U0061361

香港閩南方言生態研究

徐宇航　著

中 華 書 局

香港閩南方言生態研究

徐宇航　著

責任編輯　陳思思

裝幀設計　黃書見

排　　版　劉美真

印　　務　劉漢舉

出版
中華書局（香港）有限公司
香港北角英皇道四九九號北角工業大廈一樓 B
電話：（852）2137 2338　傳真：（852）2713 8202
電子郵件：info@chunghwabook.com.hk
網址：http://www.chunghwabook.com.hk

發行
香港聯合書刊物流有限公司
香港新界大埔汀麗路三十六號
中華商務印刷大廈三字樓
電話：（852）2150 2100　傳真：（852）2407 3062
電子郵件：info@suplogistics.com.hk

印刷
美雅印刷製本有限公司
香港觀塘榮業街六號海濱工業大廈四樓 A 室

版次
2020 年 7 月初版

規格
32 開（230mm×155mm）

ISBN
978-988-8674-83-1

序

徐宇航博士的《香港閩南方言生態研究》即將出版，請我作序，我對這本書的撰作過程略有參與，而且這個題材也牽涉到我的語言背景和研究範圍等方面，自當出來説幾句話。

徐博士是我的研究生，由碩士到博士學位的最後一年，都由我負責指導。因為退休的關係，才由萬波教授接棒，指導她完成博士學位的論文。還未入學時，她的一位本科老師對我説，到了香港後要好好地“敲打”她，意思是要嚴加訓練吧。其實她完全不用我擔心，到了香港中文大學後，她在學業方面的進展，她學術修養的累積，日見進步。只看她的哲學碩士論文、博士論文，都是在規定最低的期限內完成，就知道她付出了多大的努力，取得多好的成績。除了她的毅力，還有她思想的敏鋭，開拓的精神，都使人刮目相看。這本書的出版就是一個好例子，在完成了博士學位後，她主動找到這個課題，而且還搜尋到可以申請衞奕信勳爵文物信託基金贊助經費，終於一舉成功，呈現在各位面前的這本著作，就是這項研究的成果。申請上述基金時，她邀請我連名，我們一同出席了面試。其後在問卷設計，以及請福建商會協助調查泉州腔閩南語等，我做了一點工作，其他的都是徐君獨自操作完成的，從這本書中讀者可以看出徐博士學養的深厚，觀察力的深入，和分析能力的高明。

香港是移民城市，中國居民來自內地各地，所用的方言十分複雜，是研究語言接觸的好地方。就閩南方言來説，來自福建的閩南人就有逾一百二十萬人，如加上潮州人，數量更大。在構思這個題目時，我曾考慮過要不要把雷琼話也包括在內。海南省建省較晚，所以一直被廣東省所掩蓋，很容易被忽略。當然雷琼方言很特殊，與本土閩南方言有較大的差距。1987 年的《中國語言地圖集》正式把它從閩南語中劃出，把它與閩南區並列，成為閩語的一個大區，但這只是一種處理方式，多數人的心目中，還是把雷琼語看作閩南方言的。上世紀九十年代，我們多次在海南島開閩方言研討會，也作過大規模調查，就我個人的語感和觀察，海南閩語還是視作閩南語較合適。香港除了廣東話（粵語）、福建話（套用南洋華人的説法）、潮州話、客家話，説海南話的人在香港的人口，要算第五位吧。香港海南商會已有逾百年歷史，由我們中大中國文化研究所中國語文研究中心捐贈人吳多泰博士創立的旅港海南同鄉會也近六十年，吳夫人朱蓮芬曾答應幫助我們作類似本書的調查。總之，期之未來，雷琼方言應可以作為我們下一步的研究對象吧。本書除了提供大量的語料外，分析部分也很精彩，涉及語言比較、語言接觸等方面。徐君長於社會語言學理論，她的碩士論文就是用社會語言學的理論，分析潮州方言的韻尾變化，而取得不俗的成績。現在駕馭更大量更複雜的材料，更能顯現她的功力，這一點，值得向讀者們推薦。

光陰荏苒，自我於 1961 年尾由福建泉州來香港已接近五十多年。近十五歲才學粵語，加上資質魯鈍，一些口音總是無法擺脱。約五十年前在中文系做助教，已要開課，講授多個科目。老師對我的口音深以為憂，怕我引致學生的不滿。而四十多年的教齡，居然平安度過，不禁要感謝同學們的寬容。我研究的主要是語言學，但粵語、閩語、普通話無一標準，真是汗顏不已，本人正是本書最好的研究對象和活標本。退休後，回泉州老家的次數多了，賀之章《回鄉偶書》之一說“少小離家老大回，鄉音無改鬢毛衰”，我感到可悲的是鄉音已改，人事全非，每次到劇院看家鄉的梨園戲，純粹的鄉音，濃濃的鄉情，才能稍解遊子的鄉情。

是為序。

張雙慶

2019 年 9 月

目　録

第一章　緒論

1.1　引言

香港的語言政策統稱“兩文三語”，兩文為中文與英文，三語指粵語、英語及漢語普通話。據政府語言普查，香港有近九成居民以粵語為最常用語言。然而，考察香港居民的民系來源可知，香港有諸多福建與廣東東部閩籍來源的居民。籍貫及來源不同的市民通常有不同的家庭語言。據不完全統計，香港有逾兩百萬閩南人及其後裔（包括泉州、漳州、潮汕、海陸豐、海南等）。香港閩籍第一代居民通常有良好的閩語會話能力。第一代移民的後代因生長於香港，以粵語作日常溝通較為常見。部分第二代閩籍人士因需與長輩溝通，仍掌握閩語，第三代閩籍人士則多已僅知籍貫，不曉閩語。同時，遠離本土的閩南方言與香港最強勢的粵語共存，無論音系還是詞彙、語法，皆不自覺沾染了粵語色彩。這種異於本土方言的特色，亦增添了語言事實的豐富性。

香港具有多元文化特徵，語言承載文化傳承，為重要的非物質文化元素。現年有香港語言保護團體對香港原居民語言進行研究與保護，而對香港社會中的閩南方言，則尚無系統研究。同樣存在閩南方言的新加坡則對閩南方言本體和生態情況有不少的研究成果。本書以存在於香港社會中的閩南方言為研究對象，具體考察來自福建泉州、廣東潮汕、廣東海陸豐的閩南方言。研究目的有三，第一，記錄與展現共時存在的香港閩南方言特徵，為香港閩南方言作記錄式保存；第二，考察香港閩南方言與本土閩南方言的異同，研究語言演變；第三，聯繫粵語特徵，觀察香港粵語與閩南方言接觸現象，探究現象背後的語言規則。

1.2 研究方法

本書主要從語言學角度對目前存在於香港社會中的閩南方言做調查記錄及研究。研究涉及方言學、語言比較、語言接觸、社會語言學範疇，亦綜合質性與量化研究方式，具體的研究方法列舉如下。

第一，方言調查法。本書以長居香港的閩籍人士為調查對象，運用方言調查方式，通過電腦配合外置聲卡、專業話筒和錄音軟件，對香港泉州、朝陽、海豐閩南方言做細緻錄音，再將錄音轉寫為國際音標符號，製作方言同音字表。

第二，基於社會語言學的量化普查法。本書涉及閩籍人士對閩南方言的語言態度問題，故採用問卷調查的研究方式，藉抽樣調查的推斷統計方法，對閩籍香港居民作語言態度調查，以量化的方式考察語言態度趨勢。

第三，共時語言比較法。本書考察香港閩南方言與粵語的接觸現象，對兩種方言在音系、詞彙等方言的比較是重要的研究手段。同時本書亦涉及香港閩南方言與本土閩南方言的共時比較，考察同宗異地閩南方言之異同。

第二章　音系描寫：香港四種閩南方言的音系及同音字表

2.1　香港四種閩南方言簡介

20世紀有成批因天災、戰亂、政治等因素而由福建及廣東東部“西進”移民至香港的閩籍居民。這些居民在香港落腳生根、繁衍生息，並將自己的母語帶入香港社會。為了更好地相互溝通，互惠互助，閩籍居民形成了各種同鄉組織，如福建同鄉會、潮州同鄉會等。據各同鄉會的反饋，在香港的閩籍居民中，福建移民以來自泉州地區為多，潮汕（即廣義的潮州）移民以來自潮陽地區為多。因此，本書調查的四種香港閩南方言中，包括福建泉州方言、廣東潮陽方言，另加調查海豐方言，並整理幾近消失的新界元洲仔閩南方言，形成四種閩南方言的描寫與比較。

在閩語內部的分類中，泉州、潮陽、海豐閩語皆屬閩南方言，是沿海閩語的典型。泉州為閩南區域的始祖地帶，其方言對漳州、廣東等地閩語皆有輻射力量。而因方言的分化與發展，潮汕地區的閩南方言夾雜客家方言、粵方言層次，與福建閩語形成差異。海豐閩語雖與潮汕閩語同為廣東地區閩語，但其語音特徵卻與福建漳州閩語更為相似，而有別於潮汕及泉州閩南方言。同時，香港新界地區的元洲仔曾流行一種腔調“或潮或漳”的元洲仔閩語，此方言在2003年仍可尋得發音人，並由張雙慶教授與莊初昇教授調查記錄。[1]而今日元洲仔已無閩語通行。因此，對元洲仔方言的整理，亦是保存香港閩南方言資源的必要舉措。基於此，本書細緻調查的四種方言在語言類型上具有區別意義，是泉系閩南方言（泉州）、漳系閩南方言（海豐），潮系閩南方言（潮陽）、飛地閩南方言（元洲仔）的區別之所在。

本書所調查的方言雖為閩南方言，但調查地皆為香港，發音人皆已在香港居住三十年以上（或幼年時已來港），所以我們展現的閩南方言是帶有"香港味道"的閩南方言，有別於本土閩南方言。正是這些有別於本土"純正"閩南方言的特色，展現了語言變化發展的可能，亦為語言接觸結果之表現。

2.2 香港泉州方言的音系及同音字彙

如上文所言，香港的福建移民中，以泉州地區為多。本書泉州方言音系、詞彙、短句發音人黃先生於 20 世紀 50 年代初期出生於泉州市，成年後來港，後定居香港九龍。黃先生日常與家人及福建同鄉友人使用閩南方言交流，與其他人則轉用香港粵語。因粵語並非其母語，黃先生所說的香港粵語帶有泉州方言的痕跡。這點在第一代移民中十分常見，無須討論。而有趣的是，以泉州方言作為母語的黃先生，因旅港多年，其泉州方言已帶有粵語色彩，這種粵語色彩深藏於音系、詞彙、句式，且不為發音人自己所知。發音人唯一能感知的語言變化，則是認為自己來港多年，很多泉州話都已不會說。

總體上說，泉州方言發音人有諸多聲母、韻母、聲調"錯位"現象，即音節表現異於本土泉州方言，而這些"錯位"多與粵語音值的影響相關。此類現象詳見於下文的同音字表。

1 參張雙慶、莊初昇，2003，《香港新界方言》，香港：商務印書館。

2.2.1　香港泉州方言的聲母分佈

p 把脾搬	ph 派片盤文	b/m 卯味問	
t 帶碟彈	th 太程推		l/n 樓臨律
ts 層嬸船	tsh 才超蔡	s 賽世舒	
k 界繼刮	kh 開慶區	g/ŋ 雁疑元	h 海險腐
Ø 阿野蛙			

說明：聲母 b/m、l/n、g/ŋ 呈現互補分佈，在鼻化元音後實際音值為 m、n、ŋ，在非鼻化元音後的音值為 ᵐb、l、ᵑg，l 有時有 ⁿd 色彩。

2.2.2　香港泉州方言的韻母分佈

	i 閉啼奇	u 舞聚副		iʔ 裂滴薛	
a 麻差牙	ia 惹寄鵝	ua 大寡外	aʔ 百插甲	iaʔ 僻赤額	uaʔ 缽刮活
o 羅桃澳	io 表笑搖		oʔ 博索鶴	ioʔ 著惜尺	
ɔ 布兔烏			ɔʔ □嘔吐		
e 迷紗藝		ue 杯罪畫	eʔ 伯冊格		ueʔ 八節劃
ə 腡短火			əʔ 襪説郭		
ɯ 呂煮拒					
ai 貸概海		uai 怪壞歪			
	iu 柳秀丘	ui 梯腿慧			
au 包抄孝	iau 料蕭繳		auʔ □捲起	iauʔ □打勾	
əm 森	im 林心今			ip 立習急	
am 淡甘銜	iam 尖檢鹽		ap 答鴿合	iap 攝澀狹	
	in 免鄰謹	un 吞斤混		it 畢疾一	ut 率術屈
an 難散漢	ian 便仙緣	uan 斷管完	at 八賊額	iat 別切孽	uat 奪絕月
	iəŋ 命蒸英		ik 得織席		
aŋ 旁通紅	iaŋ 涼槍揚	uaŋ 風筐凡	ak 北塞獄	iak 碧德域	
ɔŋ 夢蟲縫	iɔŋ 涼漿鄉		ɔk 薄捉各	iɔk 畜菊約	

	ĩ 染白甜圓			ĩʔ 捏	
ã 膽三敢	ĩã 餅成白兄	ũã 炭山換	ãʔ □凹		
ɔ̃ 毛模奴	ĩɔ̃ 唱		ɔ̃ʔ 膜		
ẽ □應諾			ẽʔ 咩		
ãĩ 乃耐唉		ũãĩ □敲詐		ũãĩʔ □椅聲	
ãũ 茅	ĩãũ 貓鳥	ũĩ 千肩閒			
	ĩũ 兩牆強				
m 媒	ŋ 本白算勸	y 柱文			

說明：韻母中的 -m 韻尾有向 -n 演變的趨勢。

2.2.3 香港泉州方言的單字調及兩字組連讀變調分佈 [1]

第一，單字調 [2]

調類	陰平	陽平	陰上	陽上	去聲	陰入	陽入
調值	33	35	54	21	53	51	13

第二，兩字組連讀變調

33+33	33+35	33+54	33+21	33+53	33+51	33+13
33+33	33+35	33+54	33+21	33+53	33+51	33+13

35+33	35+35	35+54	35+21	35+53	35+51	35+13
22+33	22+35	22+54	22+21	22+53	22+51	22+13

54+33	54+35	54+54	54+21	54+53	54+51	54+13
35+33	35+35	35+54	35+21	35+53	35+51	35+13

---

1 限於調查資源，我們對連讀變調的調查僅採用 72 詞表，僅做調類的簡單描寫，並未討論因語法搭配規則和其他特殊原因導致的連調現象，下文潮陽、海豐方言的連讀變調描寫亦然，特此說明。

2 本書沿用五度標音法描寫聲調系統，特此說明。泉州方言陰上調亦可記為 55，因發音人實際音調常有下降特徵，故以 54 記錄。

21+33	21+35	21+54	21+21	21+53	21+51	21+13
11+33	11+35	11+54	11+21	11+53	11+51	11+13

53+33	53+35	53+54	53+21	53+53	53+51	53+13
55+33	55+35	55+54	55+21	55+53	55+51	55+13

51+33	51+35	51+54	51+21	51+53	51+51	51+13
51+33	51+35	51+54	51+21	51+53	51+51	51+13

13+33	13+35	13+54	13+21	13+53	13+51	13+13
21+33	21+35	21+54	21+21	21+53	21+51	21+13

2.2.4　香港泉州方言同音字彙[1]

i/iʔ	
p	陰平：碑悲　陽平：稗脾　陽上：被　去聲：閉手避比痺備　陰入：劈
ph	去聲：屁鼻　陰入：僻
m/b	陽平：眉　陰上：米　陽上：微未　去聲：美味　陽入：篾
t	陽平：池遲　陽上：在弟第　去聲：戴啼文地稚置治　陰入：滴　陽入：碟
th	陽平：啼白　陰上：恥　陽上：奶　去聲：剃　陰入：鐵
n/l	陽平：泥兒梨　陰上：禮李裏鯉　陽上：黎離利二　去聲：例厲麗字耳　陽入：裂
ts	陰平：支資之芝　陽平：糍　陰上：姊脂指子　去聲：紫止址趾祭世勢誓志　陰入：叔　陽入：舌
tsh	陰平：妻　陽平：持　陽上：市　去聲：翅飼試痔　陽入：□毛蟹
s	陰平：西施屍絲詩　陽平：匙時　陰上：死始　陽上：是視士侍　去聲：示四寺　陰入：薛
k	陰平：支基機　陽平：奇旗期　陰上：巳己杞　去聲：計義痣記忌繼

1　本書將有明顯粵語色彩的例字加黑顯示作説明，有明顯誤讀傾向而又獲發音人認同的，則以灰底紋顯示，下同。

kh	陰平：欺　陰上：啟齒起　陽上：柿　去聲：器氣　陰入：缺
ŋ/g	陽平：疑　陽上：硬
h	陰平：希　去聲：戲喜
Ø	陰平：伊醫衣　陽平：瓞宜移姨　陰上：以已　陽上：遇愈異易　去聲：椅藝意

a/aʔ	
p	陰平：疤　陽平：爸把　陰上：飽　去聲：豹曝　陰入：百
ph	陰平：抛　陰入：拍
t	陰平：焦白　去聲：打　陰入：貼帖　陽入：踏
th	陰平：他　陰入：塔　陽入：疊
n/l	陰平：拉　陽入：蠟獵曆
ts	陰平：渣查文　陰上：早蚤　去聲：榨灶　陽入：閘
tsh	陰平：差釵　陽平：查樵　陰上：炒吵　陰入：插擦拆
s	陰平：沙　陽入：煠
k	陰平：茄家加佳膠　陽平：假文　陰上：攪　陽上：咬　去聲：架嫁教　陰入：甲　陽入：□含在嘴裏
kh	去聲：敲　陰入：屐
ŋ/g	陽平：涯牙
h	陽平：霞　陽上：下廈　去聲：夏　陰入：嚇
Ø	陰平：阿鴉啞　陰入：鴨押壓　陽入：盒

ia/iaʔ	
p	陰入：脊壁
ph	陽入：僻
t	去聲：□住　陰入：糴
th	陰入：拆
n/l	陰上：惹　陽入：掠
ts	陰平：遮　陰上：者姐　去聲：蔗　陽入：食

tsh	陰平：車　陽平：斜　陰入：赤
s	陰平：賒　陽平：邪　陰上：寫　陽上：社　去聲：謝　陰入：削錫　陽入：勺
k	去聲：寄
kh	陽上：徛
h	陽上：瓦蟻　陽入：額
Ø	陽平：鵝爺　陰上：野　去聲：夜　陽入：頁易

ua/uaʔ	
p	陰入：缽
ph	去聲：破　陰入：潑
m/b	陽平：磨　陰入：抹
t	陽上：惰　去聲：大帶
th	陰平：拖
n/l	陰上：紙　去聲：賴白　陽入：熱
ts	陽平：蛇　去聲：誓白
tsh	去聲：蔡
s	陰平：沙梳白舒白**刷**　陰上：徙
k	陰平：歌白柯瓜文　去聲：蓋芥掛卦　陰入：割刮
kh	陰上：寡　陰入：闊
ŋ/g	去聲：我外
h	陰平：花文　陽入：劃
Ø	陰平：蛙挖　陰上：倚　陽入：活

u	
p	去聲：富
ph	陽平：浮
m/b	陰上：舞母　陽上：無文　去聲：霧
t	陽平：廚

n/l	陰上：女
ts	陰平：珠　陰上：主　陽上：住　去聲：聚
tsh	去聲：處趣
s	陰平：舒文輸　陽上：樹文
k	陰平：龜韭　陰上：久　陽上：具舅　去聲：句舊
kh	陰平：區　陽上：臼
ŋ/g	陽平：牛
h	陰平：夫膚　陽平：扶父　陽上：傅婦　去聲：赴腐副
Ø	陰上：羽　陽上：有

o/oʔ	
p	陰平：簸　陽平：婆白　陰上：保　去聲：報　陰入：博　陽入：薄卜
ph	陰平：波坡　陽平：婆文　陽上：抱　去聲：破
m/b	去聲：磨石~帽茅
t	陰平：刀　陽平：逃　陽上：道　去聲：倒　陰入：桌
th	陽平：桃　陰上：妥　去聲：套
n/l	陽平：羅籮柔　陰上：螺腦惱　陽入：落
ts	陰上：左棗　去聲：奏　陰入：作啄
tsh	去聲：錯湊
s	陰平：搜　陰上：嫂　陰入：索宿
k	陰平：哥高篙膏　去聲：個稿告
kh	陰上：考白　去聲：課
ŋ/g	去聲：餓
h	陽平：何河和毫　陰上：好　陽上：荷號　陽入：鶴
Ø	去聲：澳襖　陰入：扼沃　陽入：學白

io/ioʔ	
p	陰上：表
ph	去聲：票

m/b	陽平：謀　陰上：母白
t	陰平：朝　陽平：潮　去聲：趙釣門文　陽入：著
th	陰平：挑
n/l	陽平：瓤嚷　去聲：尿
ts	陰平：蕉椒招　陰上：少白　去聲：照　陽入：石
tsh	去聲：笑　陰入：尺
s	陰平：燒　陰上：小少文　陰入：惜　陽入：液
k	陰平：勾文　去聲：叫構
kh	陰上：口
h	陽平：侯　陰上：否
Ø	陰平：腰　陽平：搖　陰上：舀　去聲：藕

ɔ/ɔʔ	
p	陰平：夫　陰上：斧　陽上：部　去聲：補布佈步傅
ph	陰平：舖　陽平：譜　陽上：簿
m/b	陽平：無白　陰上：某畝　陽入：莫
t	陰平：都　陽平：圖途　陰上：島　陽上：肚杜　去聲：度
th	陽平：塗淘　去聲：兔
n/l	陽平：爐勞老　陰上：惱鹵　去聲：路露
ts	陰平：租　陰上：祖阻　陽上：造　去聲：助曹　陰入：作
tsh	陰平：粗初　陽平：槽　陰上：楚草　去聲：醋操糙
s	陰平：蘇梳舒　陰上：所　去聲：素數
k	陰平：姑枯高　陽平：糊白　陰上：古鼓　去聲：故僱顧
kh	陰上：苦許白考　去聲：褲靠
ŋ/g	陽平：吳　陽上：五　去聲：誤
h	陰平：呼　陽平：何　陰上：虎　陽上：雨
Ø	陰平：烏　陽平：胡湖糊文　陽上：戶護　去聲：芋

e/eʔ	
p	陽平：爸爬　去聲：幣　陰入：百伯　陽入：白
m/b	陽平：迷　陰上：馬白　陽入：脈麥
tl	陽平：茶
th	陽平：堤提　陰上：體　陽入：宅
ts	陰上：姐　去聲：寨
tsh	陰平：差　去聲：債廁　陰入：冊
s	陰平：紗
k	陰平：家白　陰上：假白　陽上：下白　去聲：嫁　陰入：隔
kh	陰入：客
ŋ/g	去聲：藝
h	陽平：蝦霞　陽上：下~願
Ø	陽上：廈解白

ue/ueʔ	
p	陰平：杯　陽平：焙培　去聲：背　陰入：八　陽入：拔
m/b	陰上：買　去聲：賣
n/l	陽入：笠
ts	陽上：罪　去聲：最　陰入：節白　陽入：截
s	陰平：衰　陰上：洗　去聲：細
k	陰平：瓜白雞　陰上：改解　去聲：戒怪
h	陰平：花白
Ø	陰平：挨　陽平：鞋　陰上：矮　去聲：畫話　陽入：狹劃

ə/əʔ	
b	去聲：未　陽入：襪脈麥
t	陰上：短
n/l	陽上：腡
ts	陽上：坐座　陽入：絕

s	陰入：説
k	陰上：果　去聲：過　陰入：郭格隔
kh	陰入：客
ŋ/g	陽入：月
h	陰平：靴　陽平：和　陽上：火禍　去聲：貨

ɯ	
p	陰平：飛　陽平：賠　去聲：背
ph	陽平：皮　陽上：被
m/b	陽平：糜　陰上：尾　去聲：妹
t	陰平：豬　陽平：除　去聲：著箸戴代袋塊地
th	去聲：退
n/l	陽平：揉白　陽上：呂　去聲：旅慮汝
ts	陰平：書　陽平：薯　陰上：煮子　陽上：自
tsh	陰平：炊白　陰上：鼠此髓　去聲：次
s	陰平：私師文思　陽平：徐　陰上：史　陽上：嶼祠　去聲：稅賜事
k	陰平：居　陰上：指　陽上：拒　去聲：鋸矩
kh	去聲：去
ŋ/g	陰上：語
h	陰平：墟虛灰　陽平：魚　去聲：歲白
Ø	陽平：餘　陰上：與　陽上：預

ai	
p	陽平：排牌擺　去聲：拜敗
ph	去聲：派
t	陽平：台　去聲：戴貸代帶事白
th	陰平：胎篩白　陽平：苔　陽上：待　去聲：態太泰
n/l	陽平：來　陽上：內　去聲：賴厲利白
ts	陰平：災齋知　陽平：臍　陽上：在　去聲：宰載再

tsh	陽平：才　去聲：彩菜
s	陰平：篩文西師獅　陰上：使駛屎　去聲：賽婿使
k	陰平：該階　去聲：蓋界戒芥解
kh	陰平：開　陰上：楷　去聲：概
ŋ/g	去聲：礙
h	陰上：海　陽上：亥　去聲：害械
Ø	陰平：哀挨　去聲：愛

uai	
k	陰上：拐　去聲：怪
kh	去聲：快
h	陽平：懷
Ø	陰平：歪

iu	
ph	陽平：瓢
m/b	陽上：謬　去聲：廟
t	陽平：綢籌
th	陰平：抽　陰上：丑
n/l	陰上：柳鈕　陽上：流文
ts	陰平：珠周州　陰上：酒　陽上：邵　去聲：就
tsh	陰平：鬚秋　陰上：帚手　陽上：愁　去聲：樹白咒
s	陰平：修收　陽平：游仇　陰上：守首朽　陽上：受　去聲：秀袖獸壽
k	陽平：求球　陰上：九文　去聲：轎救究糾
kh	陰平：丘
h	陰平：休　去聲：**獲**
Ø	陰平：優　陽平：郵由油游文　陰上：有文友　陽上：擾　去聲：又右柚幼

ui	
p	陽平：肥　去聲：貝吠痱
ph	去聲：配
m/b	陽平：媒梅文　陰上：每
t	陰平：堆　去聲：對隊墜文
th	陰平：梯推　去聲：腿墜白
n/l	陽平：犁雷魏　陰上：蕊　去聲：累類淚
ts	去聲：醉水白
tsh	陰平：催炊文　陽平：錘　去聲：碎脆喙翠
s	陰平：蓑雖　陽平：垂隨　陰上：水文　去聲：歲文睡瑞隧
k	陰平：機規　陰上：幾鬼　陽上：跪貴　去聲：界白桂季櫃
kh	陰平：開白虧　陽平：癸　去聲：氣
h	陰平：恢飛文非揮　陽平：回　陰上：毀　去聲：會悔廢肺慧費
Ø	陰平：衣白　陽平：危為維圍　陰上：偉　去聲：衛位畏慰胃

au/auʔ	
p	陰平：包　陽平：飽文雹　陽上：爆
ph	陰平：拋泡　陰上：跑　去聲：炮
m/b	陰上：卯　陽上：痳
t	陰上：斗　去聲：罩白豆晝
th	陰平：偷　陽平：頭　陰上：敨　去聲：透
n/l	陽平：流白留劉樓　陰上：老　陽上：鬧白　去聲：鬧文漏
ts	陰平：糟　陰上：走　去聲：罩文
tsh	陰平：抄　陰上：草吵　去聲：臊臭
s	去聲：掃
k	陰平：交溝勾　陽平：猴九白　陰上：狗　陽上：厚　去聲：遘　陰入：□捲起
kh	陰上：口
h	陰上：敲　陽上：校后侯　去聲：耗孝候

Ø	陽平：嘔　陽上：後**敖**

iau/iauʔ	
p	陰平：標彪　陰上：表
ph	陰平：飄
m/b	陽平：苗
t	陰平：雕　陽平：條　陰上：兆　去聲：吊
th	陽上：柱白　去聲：跳
n/l	陰平：貓　陰上：爪了　去聲：料
ts	陰平：焦文招　去聲：照鳥
tsh	陰平：超　陽平：朝潮
s	陰平：消蕭簫　陽上：卲　去聲：少
k	陰平：驕　陽平：僑　陰上：繳　陰入：□打勾
kh	陰上：巧　去聲：竅
h	陰上：曉
Ø	陰平：妖**貓**文悠幽　陽平：堯　去聲：要

əm	
s	陰平：參

im/ip	
t	陽平：沉
n/l	陽平：林淋臨　陰上：忍　陽入：立入
ts	陰上：嬸　陽入：蝍集
tsh	陰平：侵深
s	陰平：心森　陽平：尋文蟬　陰入：**聶**濕　陽入：習
k	陰平：今　陰上：錦　陽上：妗　去聲：禁　陰入：急　陽入：及
kh	陽平：琴乾　陰入：級吸
h	陽平：熊
Ø	陰平：淹音　陰上：飲文　陽上：壬

am/ap	
t	陰平：耽擔　陽平：談　陰入：搭答
th	陰平：貪　陽平：潭痰淡　去聲：探　陰入：塌
n/l	陽平：男南藍覽淋　去聲：濫　陽入：納
ts	陰平：針　陰上：斬　陽上：站　陰入：執汁　陽入：雜十
tsh	陰平：參　陽平：蠶　陰上：慘
s	陰平：三文杉
k	陰平：甘柑　陰上：感敢　去聲：監鑑　陰入：鴿
kh	陰上：砍　陰入：恰　陽入：磕
h	陽平：含咸銜餡　去聲：陷　陰入：合　陽入：洽
Ø	陰平：庵　陰上：飲白　去聲：暗　陰入：壓

iam/iap	
t	陰上：點
th	陰平：添文
n/l	陰平：黏拈白　陽平：鐮　陰上：染文　陰入：攝捏　陽入：粒
ts	陰平：尖拈文　陰上：枕　陽上：暫漸　陰入：接
tsh	陰平：簽　陰入：妾
s	陽平：簷　陰上：陝閃　陰入：澀　陽入：涉
k	陽平：鹹　陰上：減檢　陰入：劫　陽入：夾狹
kh	陽上：儉
ŋ/g	陽平：巖　去聲：驗　陽入：業
h	陰上：險
Ø	陽平：鹽　陽上：吟　去聲：厭炎焰　陽入：葉

in/it	
p	陰平：鬢　陽平：貧　陰入：筆畢
ph	陰上：品　陰入：匹
m/b	陽平：眠民　陽上：免　去聲：面　陽入：蜜

t	陰平：津珍　陽平：塵　去聲：鎮陣　陰入：趺　陽入：直
n/l	陽平：憐鱗鄰仁　去聲：戀認韌　陽入：日
ts	陰平：真徵　陽平：秦　陰上：診振淨　去聲：進盡　陰入：質鯽殖責 陽入：疾蜀白值
tsh	陰平：親　去聲：秤白　陰入：七
s	陰平：新身　陽平：神辰臣　陽上：腎　去聲：信慎迅　陰入：失　陽入： 實食
k	陰平：肩　陰上：謹　去聲：勁
kh	陰平：輕　陰上：肯　陰入：乞
h	去聲：硯　陰入：歇
Ø	陽平：鉛　陰上：引　去聲：印　陰入：乙

un/ut	
p	陰平：奔分白　陰上：本　去聲：糞　陽入：勃佛
ph	陽平：盤　陽上：拌墳
m/b	陽平：文　陽上：聞問　去聲：悶　陽入：物
t	陰平：墩　陽平：唇白　陰上：盾　陽上：鈍　去聲：頓　陽入：突
th	陰平：吞　陽平：塵白屯　陽上：屯
n/l	陰上：忍　陽上：論　去聲：閏　陽入：律率
ts	陰平：尊遵　陽平：船存　陰上：準　去聲：陣俊　陰入：卒
tsh	陰平：村春　陽平：存　陰上：蠢　去聲：寸　陰入：出
s	陰平：孫　陽平：旬巡純唇文　陰上：損筍　去聲：迅順　陽入：術
k	陰平：官文根巾斤筋均軍勻　陽平：拳群裙　陰上：滾　去聲：棍　陰入： 骨　陽入：滑掘
kh	陰平：昆坤　陽平：勤　陰上：墾捆菌　陽上：近　去聲：困　陰入： 窟屈
ŋ/g	陽平：銀
h	陰平：婚分薰　陽平：魂雲　陰上：粉　去聲：混份　陰入：血忽　陽入： 核佛
Ø	陰平：溫　陰上：隱穩允　去聲：運

an/at	
p	陰平：班搬彬賓　陽平：瓶　陰上：板　去聲：辦瓣　陰入：八　陽入：拔別
ph	陰平：攀　去聲：盼
m/b	陽平：蠻蔓閩　陰上：挽　去聲：慢　陽入：密
t	陰平：單釘　陽平：陳亭　陰上：等　陽上：彈但　去聲：旦　陽入：達
th	陰平：攤　陽平：檀　陰上：毯坦　去聲：趁
n/l	陽平：鱗難蘭　陽上：難懶　陽入：栗力
ts	陰平：曾　陽平：層殘　陰入：紮　陽入：侄摘
tsh	陰平：餐　陽平：殘睦　陽上：陳　去聲：襯　陰入：察漆冊　陽入：賊
s	陰平：山刪　陰上：產　去聲：散　陰入：殺蝨室
k	陰平：肝文竿艱間奸　陽平：揀緊　去聲：幹
kh	陰平：牽　去聲：看
ŋ/g	陽平：顏諺　陰上：眼　去聲：雁　陽入：額
h	陽平：寒閒文喊　陽上：限痕　去聲：漢旱汗恨　陰入：渴喝
Ø	陰平：安　去聲：案晏

ian/iat	
p	去聲：便辯　陽入：別
m/b	陽平：棉文　陽入：默
t	陰平：顛　陰上：展典　陰入：哲
th	陰平：天文　陰入：撤
n/l	陽平：連燃
ts	陰平：煎氈　陽平：前　陰上：碾剪　去聲：賤戰薦　陰入：折浙節　陽入：截
tsh	陰上：淺
s	陰平：仙鮮文先文　陽上：善　陰入：設室悉
k	陰入：橘
ŋ/g	陽入：額
Ø	陰平：煙姻　陽平：緣　陰上：寅　去聲：燕宴

uan/uat	
m/b	去聲：萬　陽入：沒末
t	陰平：端　陽平：傳　去聲：斷　陽入：奪
th	陽平：團　陰入：脱
n/l	陰上：卵軟　去聲：亂　陰入：劣
ts	陰平：專　陽平：全泉　陰上：轉　去聲：鑽　陽入：絕
tsh	陰平：川穿　陰上：喘　去聲：簒串
s	陰平：酸宣　陽平：懸旋　陰上：選　去聲：算　陰入：雪説戌
k	陰平：關　陽平：權　陰上：管　去聲：貫罐慣倦　陰入：決
kh	陰平：寬圈　陽平：環　陰上：款　陽入：缺
ŋ/g	陽平：員元源　去聲：願　陽入：月
h	陰平：歡翻　陽平：還環煩繁袁玄　陰上：反　陽上：患　去聲：販幻　陰入：發　陽入：乏伐罰
Ø	陰平：緩彎灣冤　陽平：完丸晚挽　陰上：阮遠文　去聲：玩怨　陽入：粵

iəŋ/ik	
p	陰平：冰兵　陽平：朋憑　去聲：並
ph	陽平：平　去聲：聘
m/b	陽平：明　陰上：猛　去聲：命文
t	陰平：燈　陽平：藤　陰上：頂鼎　陽上：澄鄧重　去聲：鄭定　陰入：得　陽入：的
th	陰平：聽　陽平：程停庭
n/l	陽平：寧零鈴龍　陰上：嶺　陽上：冷　去聲：令
ts	陰平：蒸鐘舂　陽平：情文松白　陰上：整種樹~腫　陽上：靜淨　去聲：證正種~花　陰入：織跡積績脊　陽入：籍
tsh	陰平：稱清青　陽平：晴　陰上：廠　去聲：唱秤頌白
s	陰平：升聲星　陽平：承蠅乘成　陰上：省醒　去聲：盛勝　陽入：席
k	陰平：驚經宮　陽平：窮　陰上：景　去聲：警敬
kh	陰平：卿傾　陽平：瓊　去聲：慶

ŋ/g	陽平：迎
h	陰平：馨胸　陽平：興形　陽上：行幸
Ø	陰平：英鶯嬰　陽平：凝蠅迎盈榮螢營　陰上：影永湧　去聲：應映用

說明：在本土泉州方言中的部分 it 入聲字，在香港泉州方言中讀為 ik，這種由 it 向 ik 的演變，形成本土與香港泉州方言的讀音差異。

aŋ/ak	
p	陰平：幫邦崩　陽平：旁房龐馮　去聲：放棒　陰入：剝北擘腹　陽入：縛
ph	陰平：芳白蜂　陽平：帆篷縫　去聲：縫　陰入：撲白
m/b	陽平：忙盲莽　陽上：網　去聲：夢　陽入：墨木目
t	陰平：東冬　陽平：同　陰上：董　陽上：動白重　去聲：凍　陽入：毒
th	陰平：窗　陽平：桐蟲　陰上：桶統　陰入：踢　陽入：讀
n/l	陰平：□稀疏　陽平：聾膿　陽入：六
ts	陰平：棕　陽平：叢　去聲：粽　陰入：則
tsh	陰平：蔥　陽平：膣
s	陰平：雙生鬆　去聲：送　陰入：塞
k	陰平：崗岡江公功　陰上：講港　陰入：覺菊白
kh	陰平：空　陰上：孔白　陰入：殼
ŋ/g	陽入：樂岳獄
h	陰平：烘白　陽平：行降恆　陽上：航杭行杏　去聲：泛巷　陰入：法
Ø	陰平：翁白　陽平：紅洪　陰入：握扼沃白

iaŋ/iak	
p	陰平：鞭　陰上：貶　去聲：變　陰入：逼百伯　陽入：白
ph	陰平：編　陰入：碧
t	去聲：店　陰入：德竹　陽入：特的笛軸
th	陰平：添文
n/l	去聲：念　陽入：勒力歷曆綠
ts	去聲：佔　陰入：燭跡

tsh	陰平：兼　陰上：鏟　去聲：鑲槍　陰入：測粟戚
s	陰入：色釋息　陽入：熟
k	去聲：劍　陰入：擊　陽入：極局
kh	陰平：謙　去聲：欠　陰入：刻曲
ŋ/g	陽平：嫌　陽入：逆玉
h	陽入：協或域肉
Ø	陽平：揚　陰入：翼益　陽入：液役

uaŋ	
kh	陰平：筐
h	陰平：風　陽平：凡　陽上：範

ɔŋ/ɔk	
p	陰上：幫　陽平：榜　陽入：薄
b	陽平：亡蒙盲　陽上：夢望
t	陰平：當~時東文　陽平：同桐董　陰上：黨　陽上：動文　去聲：當~舖凍蕩洞
th	陰平：通　陰上：統　去聲：痛　陰入：托託
l	陽平：郎狼隆濃聾農　去聲：浪　陽入：落
ts	陰平：莊宗　陽平：種　陽上：撞崇　去聲：葬臟壯狀總眾
tsh	陽平：蟲文叢重　去聲：創
s	陰平：雙　陰上：爽　去聲：喪頌文
k	陰平：光公功　陽平：狂　陰上：廣講　去聲：貢
kh	陰平：康空　陰上：孔文恐　去聲：看抗控礦
h	陰平：荒方芳文腔轟烘風豐蜂胸　陽平：黃皇防弘紅洪縫　陰上：訪況　去聲：放鳳
Ø	陰平：翁文　陽平：王　陰上：往　去聲：旺

^{d}n	陽平：攔　去聲：懶
ts	陰平：煎　陽平：泉
s	陰平：山　去聲：線
k	陰平：肝竿官白　陽平：寒　陰上：趕　去聲：汗
kh	陰平：寬　陰上：款
h	陰平：歡　去聲：岸
Ø	陰平：安　陰上：碗　陽上：旱　去聲：換晏

ɔ̃/ɔ̃ʔ	
^{b}m	陽平：模毛茅矛　去聲：墓戊幕冒　陽入：膜
^{d}n	陽平：奴
$^{g}ŋ$	去聲：臥

ĩɔ̃	
kh	陽平：茄
tsh	去聲：唱白

ẽ/ẽʔ	
^{b}m	陰入：咩
h	去聲：□應諾

ãĩ	
^{d}n	陽平：奶　去聲：耐
ŋ	去聲：艾

ũãĩ/ũãĩʔ	
k	陰上：□敲詐
Ø	陽入：□椅子移動之聲

ãũ	
m	陽平：茅文

ĩãũ	
n	陰平：貓　陰上：鳥

ũĩ	
p	陰上：反白
^{d}n	去聲：楝
ts	陽平：前
tsh	陰平：千清
s	陰平：先
k	陰平：肩關白　去聲：縣慣白
^{g}ŋ	陰上：眼
h	陽平：還橫　去聲：莧
Ø	陽平：閒

ĩũ	
t	陰平：張　陽平：場　陰上：長　陽上：丈　去聲：帳
l	陽平：糧　去聲：兩
ts	陰上：蔣　陽上：癢　去聲：醬
tsh	陽平：牆　陰上：搶　陽上：象　去聲：唱
s	陰平：箱　陽上：想　去聲：尚
k	陰平：薑　陽平：強
kh	陰平：姜腔
h	陰平：香鄉白
Ø	陰平：秧　陽平：羊烊楊　陰上：養　去聲：樣

m	
Ø	陽上：媒　去聲：唔

ŋ	
p	去聲：飯
t	陰上：等
s	陽平：旋
h	陰平：方　陽平：園　陽上：遠
Ø	陽平：園黃

y	
ts	陽上：住

2.3　香港潮陽方言的音系及同音字彙

據潮汕同鄉組織的統計，來港潮籍人士以潮陽人為多。本書的潮陽方言發音人連女士，出生於20世紀40年代廣東潮陽（今潮南區）司馬浦鎮大布村，十五歲來港，此後長居香港。司馬浦鎮是中國廣東省汕頭市潮南區所轄的一個鎮，位於潮南區西部。全鎮面積30.5平方公里，人口11.97萬人。下轄十九個村（居）委：大布上居委會、大布下居委會、下店、司上居委會、司下居委會、蔡溝居委會、華里西村、溪美朱村、美西村、港洲村、仙港村、長隴居委會、上底村、下橋村、下美村、塭美村、港美村、下方村、窖洋村。[1]

連女士與家中長輩以粵東閩南方言交流，日常外出則以粵語交流。因成長於潮陽，連女士的閩南方言非常純正，僅有個別讀音沾染香港粵語色彩，其方言表現在香港第一代移民中具代表性。

1　司馬浦資料參考維基百科。

2.3.1 香港潮陽方言的聲母分佈

p 壩比布	ph 袍票捧	b 眉味蜜	m 埋妙滿	f 煩放忽		
pf 破佈杯	pfh 盤賠盆	bv 霧媒				
t 導點頓	th 痰丑傳		n 南鐮鈕			l 梨離蕊
ts 造少白專	tsh 草鮮徐			s 賽世私	dz 二如任	
k 家枯怪	kh 概器季	g 牙疑魏	ŋ 眼宜元	h 海霞花		
Ø 鞋移話						

說明：聲母 p、pf 互補分佈，pf 只與 u 開頭的元音搭配，即：p → pf/_u;

聲母 ph、pfh 互補分佈，pfh 只與 u 開頭的元音搭配，即：ph → pfh/_u;

聲母 b、bv 呈互補分佈，bv 只與 u 開頭的元音搭配，即：b → bv/_u。

2.3.2 香港潮陽方言的韻母分佈

	i 味試喜	u 佈旅狐		iʔ 碟折缺白	
a 把文渣教	ia 加寫謝	ua 破拖禍	aʔ 踏恰押	iaʔ 僻脊額	uaʔ 潑殺活
ɔ 羅坐膏	iɔ 錶笑轎	uɔ 蝸	ɔʔ 駁桌鶴	iɔʔ 略惜頁	
ɛ 把白查家		uɛ 杯歲慰	ɛʔ 白冊格		uɛʔ 刷郭月
ai 貸再凱		uai 乖快懷			
ɔi 代街蟹			ɔiʔ 八笠節		
au 爆炒交	iau 標小文要	ui 腿碎廢			
ɔu 補肚苦	iu 流酒球				
	im 心金音			ip 立習入	
am 探參感	iam 漸險掩	uam 凡犯患	ap 答汁盒	iap 帖涉劫	uap 法
	iŋ 檳鄰煙	uŋ 盆盾困		ik 畢實乙	uk 突術佛
aŋ 當殘罕	iaŋ 變連疆	uaŋ 莊皇亡	ak 栗蝨覺	iak 別略揭	uak 括罰粵
ɔŋ 凍公文封	iɔŋ 窮文雄文容		ɔk 獨谷屋	iɔk 畜俗育	
ɛŋ 憑燈興		uɛŋ 傾盈永	ɛk 德刻黑		uɛk 或獲役
	ĩ 麵鮮院	ũ 遇			
ã 籃三銜白	ĩã 冰請京	ũã 單肝案			ũãʔ 末抹
ɔ̃ 魔蛾澳	ĩɔ̃ 丈傷薑		ɔ̃ʔ 莫膜		

ɛ̃ 病井勁		ũɛ̃ 每糜白關	ɛ̃ʔ 脈		ũɛ̃ʔ 物
ãĩ 斑賴閒		ũãĩ 縣挖			
ãũ 貌惱熬	ĩãũ 貓苗妙	ũĩ 匪慣位			
ɔ̃ũ 某虎否	ĩũ 紐休幼				
	ĩm 吟				
ãm 藍覽	ĩãm 黏念嚴		ãp 納	ĩãp 攝葉	
	ĩŋ 民面銀			ĩk 密文	
ãŋ 夢諺言	ĩãŋ 免敏仰	ũãŋ 顏玩願	ãk 密白默納	ĩãk 滅捏孽	
ɛ̃ŋ 命文凝文迎			ɛ̃k 肉逆		
ɔ̃ŋ 蒙			ɔ̃k 疫		
m 唔	ŋ 方郎缸				

說明：潮陽方言音系韻尾 -ŋ 有偏央趨勢，如 uŋ 常出現 un 變體。

2.3.3　香港潮陽方言的單字調及兩字組連讀變調分佈

第一，單字調

調類	陰平	陽平	上聲	去聲	陰入	陽入
調值	33	55	53	21	11	51

在粵東閩語內部，方言以七個或八個單字調為主，香港潮陽方言僅有六個單字調，異於粵東本土的閩南方言。其中，香港潮陽方言的陰平、陽平轄字基本同於本土粵東閩語，上聲則轄清上、部分次濁上、部分全濁上字及清去、部分次濁去、部分全濁去字。去聲主要轄部分次濁上、部分全濁上字及部分次濁去、部分全濁去字，歸併規則詳見本書5.2.3。同時，上聲、去聲調的分混與音韻層次的分佈亦有關係。如全濁去聲字"大"、"利"、"汗"，文讀皆讀上聲調，白讀則皆讀去聲調。香港潮陽方言這種聲調分混與轄字規則亦有別於本土粵東閩南方言。香

港潮陽方言上、去兩調皆為降調，一高一低，單字調中沒有升調類[1]，亦是異於本土粵東閩南方言的奇特之處。

第二，兩字組連讀變調

33+33	33+55	33+53	33+21	33+11	33+51
33+33	33+55	33+53	33+21	33+11	33+51

55+33	55+55	55+53	55+21	55+11	55+51
21+33	21+55	21+53	21+21	21+11	21+51

	53+33	53+55	53+53	53+21	53+11	53+51
清上	53+33	53+55	53+53	53+21	53+11	53+51
次濁上 / 去 全濁上 / 去	33+33	33+55	33+53	33+21	33+11	33+51
清去	55+33	55+55	55+53	55+21	55+11	55+51

21+33	21+55	21+53	21+21	21+11	21+51
33+33	33+55	33+53	33+21	33+11	33+51

11+33	11+55	11+53	11+21	11+11	11+51
51+33	51+55	51+53	51+21	51+11	51+51

51+33	51+55	51+53	51+21	51+11	51+51
11+33	11+55	11+53	11+21	11+11	11+51

1 調查中發現發音人“卵雞蛋”、“是”二字除了 53 調讀法之外，還有 35 調讀音，但發音人明確指出這種 35 調讀音是學“其他潮州人”的讀法。由於“卵雞蛋”、“是”在粵東潮州、汕頭、揭陽等地方言的確讀 35 調，故這種 35 調讀法有較大概率是借自同在香港的其他區域潮籍人士讀音。因轄字稀少且來源複雜，我們將 35 調僅做註釋說明，不納入香港潮陽方言的聲調體系。

2.3.4　香港潮陽方言同音字彙

i/iʔ	
p	陰平：碑　陽平：枇脾　上聲：幣斃閉臂比庇痺　去聲：被避備
ph	陽平：脾
b	上聲：米　去聲：味　陽入：篾
t	陰平：低　陽平：池　上聲：戴帝弟知白智致　去聲：地治置　陰入：滴跌　陽入：碟
th	陰平：蜘　陽平：苔提啼持　上聲：替剃　去聲：痔　陰入：鐵
l	陽平：離　上聲：禮麗利李裏鯉　去聲：例厲
ts	陰平：□女陰　上聲：祭際製紫指至子巳止志　陰入：哲折接摺　陽入：舌
tsh	陰平：妻　陽平：遲　上聲：翅恥試市　去聲：飼　陰入：妾
s	陰平：施屍絲詩　陽平：時匙　上聲：世勢是死四始侍　去聲：樹誓豉示視　陰入：薛
dz	陽平：兒　上聲：二　去聲：字寺
k	陰平：支枝飢基機幾　陽平：棋旗　上聲：計繼指痣己記杞
kh	陰平：欺　陽平：奇期　上聲：啟器齒起氣　陰入：缺乞
g	陽平：疑
h	陰平：希　上聲：系戲喜
Ø	陰平：伊衣　陽平：移姨　上聲：易意異

u	
pf	陽平：浮　上聲：佈富
b	上聲：舞
bv	去聲：霧
t	陰平：豬　陽平：除　上聲：著　去聲：箸
th	陽平：途
l	陽平：驢　上聲：呂旅慮汝
ts	陰平：書朱珠資芝　陽平：薯　上聲：煮聚註住主蛀子　去聲：自
tsh	陰平：蛆　陽平：徐　上聲：處鼠此次趣取

s	陰平：舒輸私師思　陽平：祠　上聲：素嶼賜士史　去聲：事
dz	陽平：如　上聲：乳愈耳文
k	陰平：龜車　上聲：顧居舉鋸矩句具久韭灸舅　去聲：故舊
kh	陰平：區　陽平：渠　上聲：[illegible]去臼　去聲：拒
g	陽平：牛
h	陰平：呼文虛墟夫膚灰　陽平：湖糊狐魚符扶　上聲：護許府傅赴附副婦　去聲：腐負
Ø	陽平：餘　上聲：預與雨文羽有

a/aʔ	
p	陰平：疤爸　上聲：把壩飽
ph	陰平：抛　上聲：泡　陰入：拍
t	陰平：焦白　陰入：搭貼　陽入：踏
th	陰平：他她　陰入：塔　陽入：疊
l	陰平：拉　陽入：蠟獵
ts	陰平：渣　上聲：榨早　陽入：閘
tsh	陰平：差　陽平：樵　上聲：炒　陰入：插
s	陽入：煠
k	陰平：膠　上聲：絞教咬　陰入：甲
kh	上聲：巧　陰入：恰
h	上聲：孝白　陽入：合
Ø	陰平：阿鴉亞　上聲：拗　陰入：鴨押

ia/iaʔ	
p	陰入：壁
ph	陰入：僻
t	陰入：糴摘　陽入：糴
th	陰入：拆
ts	陰平：遮　上聲：者蔗　去聲：謝籍　陰入：跡脊　陽入：食

tsh	陰平：車賒　陰入：赤
s	陽平：斜　上聲：寫瀉社　陰入：削錫　陽入：席
dz	上聲：惹
k	陰平：茄加佳　上聲：假寄　陰入：揭　陽入：劇屐
kh	陰平：家文　陽平：騎　上聲：徛　陰入：隙
h	陰平：靴　陽平：霞　上聲：下　陰入：歇　陽入：額
Ø	陽平：爺　上聲：野瓦　去聲：也　陰入：益

ua/uaʔ	
pf	上聲：簸　陰入：缽　陽入：撥白
pfh	陽平：婆　上聲：破　陰入：潑撥文
b	陽平：磨
t	上聲：帶　去聲：大
th	陰平：拖
l	陽平：籮
ts	陽平：蛇　上聲：紙　去聲：誓白
tsh	上聲：蔡□歪斜
s	陰平：沙　上聲：世徙　陰入：殺宿
k	陰平：柯　上聲：寡　陰入：割刮
kh	上聲：掛　陰入：渴闊
g	去聲：外
h	陽平：和華　上聲：禍　陽入：伐
Ø	陰平：蛙　上聲：我　陽入：活

uɔ	
Ø	陰平：蝸

ɔ/ɔʔ	
p	陰平：波坡　上聲：保寶報　陰入：駁　陽入：薄

ph	上聲：抱
b	陽平：無　上聲：母　去聲：帽
t	陰平：多刀　陽平：逃桃$_{白}$萄　上聲：倒短　陰入：桌　陽入：奪
th	陽平：舵桃$_{文}$　上聲：妥退　陰入：托　陽入：鮀
l	陽平：羅籮$_{文}$螺腡　上聲：惱腦　陰入：落
ts	陽平：槽　上聲：左坐阻助棗　去聲：座狀　陰入：作
tsh	陰平：初臊　陽平：鋤　上聲：錯楚草糙錯
s	陰平：梭　陽平：傻　上聲：鎖所嫂　陰入：雪索
k	陰平：歌哥膏篙糕　上聲：稿告　陰入：各
kh	上聲：可
ŋ	陽平：愚
g	陽平：鵝　去聲：餓
h	陽平：何河　上聲：好耗　去聲：賀號　陽入：鶴
Ø	陰平：阿窩　去聲：臥　陽入：學$_{白}$

iɔ/iɔʔ	
p	陰平：錶　上聲：表
ph	上聲：票
b	去聲：廟
t	陽平：潮　上聲：趙釣　陰入：著
l	陽入：略掠
ts	陰平：焦蕉招椒　上聲：照少$_{白}$　陰入：質　陽入：石
tsh	上聲：笑唱$_{白}$　陰入：勺尺　陽入：蓆
s	陰平：燒　上聲：小　陰入：惜　陽入：石液
dz	去聲：尿
k	陽平：茄　上聲：叫　去聲：轎　陰入：夾
h	陽入：頁
Ø	陰平：腰　陽平：搖窯　上聲：舀

ɛ/ɛʔ	
p	陽平：爬耙　上聲：把父　陰入：百伯柏　陽入：白
b	上聲：馬　陽入：麥
t	陽平：茶
th	陽入：宅
l	陽入：歷曆
ts	陰平：齋　上聲：姐債　去聲：寨　陰入：責績積
tsh	陰平：差　陽平：查邪　上聲：廁　陰入：冊策
s	陰平：紗
k	陰平：家加　上聲：假架駕價嫁　陰入：格隔
kh	陰入：客
g	陽平：牙芽
h	陽平：蝦　上聲：夏　去聲：廈　陰入：嚇
Ø	上聲：下啞

uɛ/uɛʔ	
pf	陰平：杯飛　陽平：賠　上聲：輩背倍　去聲：焙
pfh	陽平：皮陪　上聲：配被
b	上聲：尾
bv	陽平：梅媒　去聲：未
ts	上聲：罪最
tsh	陰平：吹炊　上聲：髓
s	陰平：衰　上聲：歲稅帥　陰入：說刷
dz	陽平：揉
k	陰平：瓜　上聲：粿過會卦　陰入：郭
kh	陰平：科　上聲：課　陰入：缺
g	陽入：月襪
h	陰平：花恢灰　陽平：回　上聲：火貨化悔匯會歲　陰入：血
Ø	上聲：衛慰　去聲：畫話　陽入：劃

ai	
p	陽平：排牌　上聲：拜擺　去聲：敗
ph	上聲：派
b	陽平：眉
t	上聲：大戴貸
th	陰平：篩　陽平：台苔　上聲：待太泰
l	陽平：來黎梨　去聲：內利
ts	陰平：知災
tsh	陰平：猜
s	陰平：西私獅　上聲：賽曬婿屎柿使駛
k	陰平：該階　陽平：個　上聲：界戒芥
g	去聲：礙
h	上聲：海亥械　去聲：害
Ø	陰平：哀

uai	
k	陰平：乖　上聲：怪拐
kh	上聲：快
h	陽平：懷

ɔi/ɔiʔ	
p	陰入：八
ph	陰平：批
b	上聲：買　去聲：賣
t	陰平：堤　陽平：題蹄　上聲：底　去聲：代袋第　陰入：啄
th	陰平：釵　上聲：代
l	陽平：犁　陽入：笠
ts	陽平：齊　陰入：節　陽入：截
s	上聲：洗細

k	陰平：街雞　上聲：改解計
kh	陰平：溪
g	去聲：藝
h	上聲：蟹
Ø	陰平：挨　陽平：鞋　上聲：矮

au	
p	陰平：包　上聲：爆
ph	陰平：抛　陽平：袍　上聲：跑炮豹
b	上聲：卯
t	陽平：投　上聲：島稻道導斗門晝　去聲：豆
th	陰平：偷　陽平：頭淘　上聲：套透敨
l	陽平：勞樓留白流白　上聲：老　去聲：漏
ts	陰平：糟　上聲：竈造罩走奏
tsh	陰平：操抄　陽平：囚醜　上聲：吵臭
s	上聲：掃嗽
k	陰平：高交勾溝　陽平：猴　上聲：遘搞攪鉤狗夠厚九
kh	上聲：考靠構口扣
h	陽平：毫侯　上聲：孝校　去聲：候
Ø	陰平：歐　陽平：喉　上聲：嘔後漚

iau	
p	上聲：表文
ph	陰平：標飄
t	陰平：雕　陽平：條　上聲：吊　去聲：召調
th	陰平：挑　陽平：調　上聲：柱超跳
l	陽平：遼療　上聲：了　去聲：料
ts	陰平：招　上聲：鳥
tsh	陽平：朝

s	陰平：消簫搜　上聲：數小少文紹
dz	陽平：饒　上聲：爪
k	陰平：驕　上聲：繳
kh	陰平：敲　陽平：喬僑　上聲：竅
h	陰平：僥　上聲：曉
Ø	陰平：妖　陽平：搖丘　上聲：要耀

ui	
ph	上聲：屁
pf	上聲：貝
bv	陰平：悲微　陽平：肥　上聲：痱　去聲：吠
t	陰平：追　陽平：槌　上聲：對　去聲：隊墜
th	陰平：梯　陽平：錘　上聲：腿
l	陽平：雷　上聲：蕊　去聲：累類淚
ts	陰平：錐　上聲：醉水
tsh	陰平：推催　上聲：碎脆喙翠
s	陰平：蓑雖　陽平：隨垂隧　上聲：睡　去聲：穗
dz	陽平：維
k	陰平：機白規歸　上聲：桂跪鬼貴　去聲：櫃
kh	陰平：開虧　陽平：癸　上聲：氣季
g	去聲：魏
h	陰平：非飛文揮　上聲：廢肺慧惠費
Ø	陰平：醫衣白威　陽平：為圍　上聲：委偉畏　去聲：胃

ɔu	
p	陰平：夫白　上聲：補布部斧傅　去聲：步
ph	上聲：譜鋪普簿剖
b	上聲：畝　去聲：戊
t	陰平：都　陽平：圖廚　上聲：肚杜　去聲：度渡

th	上聲：土吐兔
l	陽平：爐蘆　上聲：滷　去聲：路露鷺
ts	陰平：租　上聲：祖
tsh	陰平：粗　陽平：曹愁　上聲：醋湊
s	陰平：蘇
k	陰平：姑枯　陽平：糊　上聲：古鼓僱
kh	陰平：呼白　上聲：苦庫褲許
g	陽平：吳　去聲：誤
h	上聲：戶雨白后
Ø	陰平：烏　陽平：胡湖　去聲：芋

iu	
p	陰平：彪
t	陽平：綢　上聲：晝
th	陰平：抽　陽平：籌　上聲：丑
l	陽平：流白留白榴　上聲：柳
ts	陰平：周州　上聲：酒咒　去聲：就
tsh	陰平：初鬚秋　陽平：酬仇　上聲：手帚　去聲：樹白
s	陰平：梳修收　陽平：游白　上聲：秀袖守首
dz	陽平：柔
k	陽平：球　上聲：九救究糾
kh	陰平：丘　陽平：求
Ø	陰平：優悠幽　陽平：尤郵由油游文　上聲：友右酉　去聲：柚

im/ip	
t	陽平：沉
th	陰平：欽
l	陽平：林淋臨　陽入：立
ts	上聲：枕　陰入：執　陽入：集

tsh	陰平：侵深　陽平：尋
s	陰平：心森參　上聲：瀋嬸　陰入：濕　陽入：習
dz	上聲：任壬　陽入：入
k	陰平：今金　上聲：錦妗　去聲：禁　陰入：急　陽入：及
kh	陽平：鉗琴　陰入：吸級
h	陽平：熊
Ø	陰平：音陰　上聲：飲

ĩm	
ŋ	陽平：吟

am/ap	
t	陰平：耽　陰入：答
th	陰平：貪　陽平：潭談痰　上聲：探　陰入：塌
l	上聲：濫艦
ts	陰平：針　上聲：站斬　陰入：汁　陽入：雜十
tsh	陰平：參　上聲：慘
s	陰平：三文杉
k	陰平：甘監　陽平：含　上聲：感鑑　陰入：夾鴿
kh	陰平：堪　上聲：砍　陰入：恰
h	陽平：含咸銜文　上聲：喊　去聲：陷　陽入：合
Ø	陰平：庵　上聲：暗飲白　陽入：盒匣

ãm/ãp	
n	陽平：男南藍　上聲：覽　陽入：納

iam/iap	
t	陽平：甜　上聲：點　去聲：店
th	陰平：添文　陰入：帖　陽入：疊

l	陽入：粒
ts	陰平：黏　上聲：漸暫佔　陰入：接　陽入：洽捷
tsh	陰平：簽　陽平：潛
s	陽平：簷　上聲：陝閃　陰入：澀　陽入：涉
dz	上聲：染
k	陰平：兼　陽平：鹹　上聲：減檢劍　陰入：劫
kh	陰平：謙　陽平：鉗　上聲：儉欠
h	陽平：嫌　上聲：險　陽入：狹協脅
Ø	陰平：淹閹掩　陽平：鹽　上聲：厭　去聲：炎焰　陰入：壓　陽入：葉

iãm/iãp	
n	陰平：黏　陽平：廉鐮　去聲：念　陰入：攝
ŋ	陽平：巖閻嚴　去聲：驗　陽入：業

uam/uap	
h	陽平：凡　上聲：泛範犯患　陰入：法

iŋ/ik	
p	陰平：檳　上聲：品　陰入：筆畢必
b	陽入：蜜
t	陽平：塵藤　去聲：陣　陰入：得　陽入：直
th	陽平：陳
l	陽平：鱗鄰
ts	陰平：津真　上聲：進薦晉盡振震　陰入：鯽織　陽入：疾
tsh	陰平：親　陽平：秦臣　上聲：襯　陰入：七
s	陰平：辛新身申　陽平：神辰承繩　上聲：迅慎信　陰入：失室　陽入：實殖
dz	陽平：仁　上聲：忍刃　去聲：認　陽入：日
k	陰平：根巾斤筋均　上聲：緊謹近　陰入：橘

kh	陰平：輕　陽平：芹　陰入：乞
h	陰平：掀欣　陽平：眩　上聲：恨
Ø	陰平：煙恩因　上聲：印引隱應　陰入：一乙

ĩŋ/ĩk	
m	陽平：眠民　去聲：面　陰入：密文
ŋ	陽平：銀

uŋ/uk	
pf	陰平：分　陽平：墳　上聲：糞
pfh	陰平：奔　陽平：盆
b	陽平：文
bv	上聲：悶聞
f	陰入：忽
t	陰平：堆墩　陽平：唇　上聲：頓盾　去聲：鈍　陽入：突
th	陰平：吞　陽平：塵屯　陰入：脱
l	陽平：輪　上聲：嫩論　陽入：率律
ts	陰平：尊遵　陽平：船　上聲：准俊　去聲：陣　陰入：卒
tsh	陰平：春　陽平：存　上聲：寸　陰入：出
s	陰平：孫　陽平：旬巡純　上聲：損筍順　陰入：戌　陽入：
dz	上聲：允　去聲：韌閏
k	陰平：君　陽平：拳裙　上聲：滾　陰入：骨　陽入：滑掘
kh	陰平：昆坤　陽平：群　去聲：困菌　陰入：窟屈
h	陰平：婚分薰　陽平：痕魂焚雲　上聲：混粉訓　去聲：份　陽入：核佛
Ø	陰平：溫　陽平：匀　上聲：穩韻　去聲：運

aŋ/ak	
p	陰平：班幫方邦崩　陽平：房馮瓶白　上聲：放　去聲：扮　陰入：剝北幅腹輻　陽入：縛

ph	陰平：芳白蜂白　陽平：帆旁航訓　上聲：紡棒　去聲：盼謗縫　陰入：博　陽入：雹曝
pf	陽入：勃
b	去聲：萬　陽入：墨木
t	陰平：丹東冬　陽平：陳同銅筒　上聲：黨等但蕩凍白重　去聲：旦洞　陽入：達值毒
th	陽平：彈檀堂桐蟲　上聲：坦嘆趁桶統　陰入：踢　陽入：讀
l	陽平：蘭鱗白廊狼零白聾膿　去聲：攔　陽入：栗力六
ts	陰平：莊姓氏曾鬃棕　陽平：層叢　上聲：贊臓莊~嚴粽　陰入：紮節作
tsh	陰平：餐瘡蔥　陽平：殘　上聲：鏟　去聲：燦　陰入：擦察漆鑿　陽入：賊
s	陰平：刪雙鬆白　上聲：喪送　陰入：蝨塞
k	陰平：艱奸崗江工　上聲：幹簡講港降　去聲：共　陰入：結各角覺
kh	陰平：牽康空白　上聲：抗　陰入：霍殼確　陽入：磕
h	陽平：寒行杭降　上聲：罕漢汗限項　去聲：巷恆　陰入：轄核　陽入：學文
Ø	陰平：安翁白　陽平：紅洪　上聲：按宴　陰入：惡沃白

ãŋ/ãk	
m	陽平：蠻閩忙　上聲：挽莽網　去聲：慢夢　陽入：目密白
n	去聲：難　陽入：納
ŋ	陽平：言凝　上聲：眼雁　去聲：**諺**　陰入：扼　陽入：鄂樂岳

iaŋ/iak	
p	陰平：彬　上聲：變便辯扁匾　陽入：別
ph	陰平：編　上聲：片遍貶騙
t	陰平：珍顛　上聲：碾展典鎮　去聲：電
th	陰平：天文　陽平：填　上聲：暢　陰入：撤
l	陽平：連聯憐良涼　上聲：量兩諒輛量　去聲：練　陽入：列

ts	陰平：煎將張章樟　上聲：剪戰診釀獎將匠長脹丈杖障　陰入：浙雀鵲
tsh	陰平：遷　陽平：長腸場　上聲：淺廠唱　陰入：切酌
s	陰平：仙商　陽平：蟬詳　上聲：癬善腎相像象上尚　陰入：設屑
dz	陽平：燃文　上聲：壤讓　陽入：熱弱
k	陰平：疆姜堅　上聲：見健　陰入：結潔吉　陽入：傑
kh	陽平：強乾　上聲：肯墾犬
h	陰平：香文　陽平：賢玄懸　上聲：獻顯響向　去聲：現
Ø	陰平：淵央秧　陽平：延鉛演寅洋文陽瘍　上聲：遠養癢映　去聲：羨 陰入：約

iãŋ/iãk	
m	上聲：免敏　陽入：滅
n	陽入：捏
ŋ	上聲：仰　陽入：孽揑虐

uaŋ/uak	
f	陽平：煩　上聲：放訪
pfh	上聲：叛販
bv	陽平：亡
t	陰平：端
th	陽平：傳團
l	陽平：戀　上聲：暖亂　陰入：劣
ts	陰平：專裝　上聲：轉狀撞
tsh	陰平：川　陽平：栓全　上聲：喘串
s	陰平：宣　陽平：旋　上聲：選爽
dz	陽入：閱
k	陰平：光關　上聲：管貫罐慣倦捲券廣　陰入：括決
kh	陰平：寬圈　陽平：權狂　上聲：款曠況礦

h	陰平：翻荒方芳風封白　陽平：環皇防　上聲：緩幻還反　陰入：發　陽入：乏伐罰穴
Ø	陰平：彎冤枉　陽平：完員緣袁王　上聲：怨汪往旺　陽入：粵越

uãŋ	
ŋ	陽平：顏元原　上聲：玩願

ɔŋ/ɔk	
p	上聲：榜　陰入：卜
ph	陽平：篷縫龐　上聲：捧　陰入：樸撲僕
t	陰平：中　上聲：凍動重　去聲：中　陰入：督築　陽入：獨逐
th	陰平：通　陽平：桐　上聲：痛統
l	陽平：轟農隆濃　上聲：攏　陽入：錄
ts	陰平：宗終盅　上聲：總　陰入：鑿濁祝足牘　陽入：族
tsh	陰平：聰充衝　陽平：蟲崇松　陰入：捉促觸
s	陰平：鬆　上聲：宋頌　陰入：索速肅束　陽入：續屬
dz	陽平：絨
k	陰平：公功恭　陰入：國　陽入：谷
kh	陰平：空　上聲：孔控　陰入：藿
h	陰平：風文楓豐封文蜂文　陽平：弘洪縫　上聲：烘鳳　陰入：福複幅　陽入：覆伏服伏復
Ø	陰入：握屋

ɔ̃ŋ/ɔ̃k	
m	陽平：蒙　陽入：疫

iɔŋ/iɔk	
th	陰入：畜
tsh	陽平：從

s	陽平：松　陽入：俗[1]
dz	陽平：茸　陽入：褥
kh	陽平：窮　上聲：恐
h	陰平：兇　陽平：雄
Ø	陰平：翁文擁　陽平：容　上聲：勇湧　陰入：約　陽入：藥沃育

ɛŋ/ɛk	
p	陽平：憑並　陰入：逼
ph	陽平：朋平　上聲：聘　陰入：碧劈
t	陰平：燈徵丁釘　陽平：亭重~新　上聲：等稱釘頂　去聲：鄧　陰入：德竹　陽入：特值的目~笛敵鹿軸
th	陰平：窗　陽平：澄停庭文　上聲：挺　陰入：畜
l	陰平：鈴　陽平：能陵零籠龍　上聲：令　陽入：勒陸
ts	陰平：增蒸精文鐘舂　上聲：證淨政眾腫種　去聲：眾　陰入：叔燭
tsh	陰平：稱清　陽平：情　上聲：銃　去聲：頌　陰入：膝則側戚
s	陰平：升生甥　陽平：乘剩承成盛　上聲：勝　陰入：悉息色識適釋　陽入：熟
k	陰平：更驚經弓宮　陽平：窮　上聲：境景警敬競　陰入：革菊　陽入：極局
kh	陰平：筐　上聲：肯杏慶　陰入：刻擊曲
g	陽入：玉獄
h	陰平：胸馨　陽平：王形雄　上聲：興幸　陰入：核黑
Ø	陰平：鷹英嬰　上聲：應湧　去聲：用　陽入：翼液譯易浴

ɛ̃ŋ/ɛ̃k	
m	陽平：明　上聲：命文
n	陽入：肉

1　“翁、從、俗、茸、褥”這類通攝字讀 iɔŋ/iɔk 而非 ɔŋ/ɔk，同於泉、漳系而異與潮州、汕頭等粵東系閩語。

ŋ	陽平：凝迎　陽入：逆

uɛŋ/uɛk	
kh	陰平：傾　陽平：宏瓊
h	陽入：或域役
Ø	陽平：榮螢　上聲：永　去聲：盈　陽入：獲

ĩ	
p	陰平：鞭邊辮　上聲：編扁遍
ph	陰平：便白　去聲：鼻
m	陽平：迷糜棉　上聲：美　去聲：麵
t	陽平：纏
th	陰平：添白天白
n	陽平：泥尼年　上聲：染白
ts	陰平：支脂氈　陽平：錢　上聲：稚擠箭
tsh	陰平：鮮
s	上聲：扇
k	上聲：見
ŋ	陽平：宜　去聲：硯
h	陽平：弦　上聲：耳
Ø	陽平：圓　上聲：蟻義議椅以已燕　去聲：院

ũ	
ŋ	上聲：遇語

ã	
p	上聲：泛白
m	上聲：馬文
t	陰平：擔　上聲：膽淡擔

n	陽平：籃林白　上聲：拿
s	陰平：三文衫
k	陰平：柑　陽平：銜白　上聲：敢
ŋ	上聲：瓦
Ø	陽平：含白　去聲：餡

ĩã	
p	陰平：冰兵　上聲：丙餅
m	陽平：名　去聲：命白
t	陽平：庭白　上聲：鼎　去聲：定
th	陰平：聽廳　陽平：程
n	上聲：領嶺
ts	陰平：精白　陽平：情白成白　上聲：正整
tsh	上聲：請
s	陰平：聲　陽平：成白城　上聲：聖
k	陰平：京驚　陽平：行　上聲：囝件鏡　去聲：健白
h	陰平：兄　陽平：顏連燃白　去聲：艾白
Ø	陽平：迎贏營　上聲：影

ũã/ũãʔ	
m	陽平：磨麻瞞　上聲：滿　陰入：抹　陽入：末
pf	陰平：搬般　陽平：盤　上聲：半
pfh	陰平：潘　上聲：伴販
t	陰平：單　陽平：壇　上聲：惰旦　去聲：彈
th	陰平：攤灘　上聲：炭
n	去聲：爛
ts	陽平：泉　上聲：盞　去聲：賤
tsh	上聲：閂
s	陰平：山　上聲：散產線

k	陰平：肝棺官　陽平：寒白　上聲：稈趕　去聲：汗
kh	陰平：寬
h	陰平：歡
Ø	陰平：鞍安白　上聲：旱案碗　去聲：晏換

õ/õʔ	
m	陽平：魔模毛　上聲：墓幕　去聲：望　陽入：莫膜
n	陽平：努
ŋ	陽平：蛾
Ø	上聲：襖澳

ĩõ	
t	陰平：張　陽平：場　上聲：帳丈
n	陽平：娘量糧梁　上聲：兩
ts	陰平：漿章　上聲：蔣掌癢　去聲：醬上
tsh	陰平：槍　陽平：牆　上聲：搶像象
s	陰平：箱鑲傷　陽平：常　上聲：想相賞償　去聲：尚
k	陰平：薑
kh	陰平：腔
h	陰平：香白鄉　上聲：向
Ø	陽平：羊洋白烊楊　去聲：樣

ɛ̃/ɛ̃ʔ	
p	陽平：棚平白　上聲：柄　去聲：病
ph	陽平：彭
m	陽平：暝盲明　上聲：猛　去聲：罵　陽入：脈
t	去聲：鄭
n	上聲：冷
ts	陰平：爭　陽平：晴　上聲：井靜靖

tsh	陰平：生~肉青星　上聲：親白醒
s	陰平：生~日牲　上聲：省姓
k	陰平：更庚耕　上聲：勁梗徑
kh	陰平：坑
ŋ	上聲：硬

	ũɛ̃/ũɛ̃ʔ
m	陽平：糜白　上聲：每　去聲：妹　陽入：物
k	陰平：關　上聲：果
h	陽平：横　上聲：和

	ãĩ
p	陰平：斑　上聲：板反白　去聲：辦
m	陽平：埋
t	去聲：殿
n	陽平：蓮　上聲：耐賴奶　去聲：荔楝
ts	陽平：前　上聲：指
tsh	陰平：千　陽平：蠶
s	陰平：先
k	陰平：間肩　上聲：揀繭
kh	上聲：蓋
ŋ	陽平：涯　上聲：研　去聲：岸
h	陽平：還　去聲：莧
Ø	陰平：挨　陽平：閒　上聲：愛

	ũãĩ
k	去聲：縣
Ø	陰平：挖

ãũ	
m	陽平：茅　上聲：冒貌茂
n	陽平：奴　上聲：惱腦鬧藕
ŋ	陽平：熬

ĩãũ	
m	陽平：苗　上聲：妙
ŋ	陰平：貓　陽平：堯

ãĩ	
k	陽平：懸　上聲：慣
ŋ	陽平：危
h	上聲：毀匪
Ø	去聲：位

ɔ̃ũ	
m	陽平：謀　上聲：某
ŋ	上聲：五午
h	上聲：虎否

ĩũ	
n	上聲：紐
h	陰平：休朽
Ø	上聲：又幼

ŋ	
p	陰平：方　上聲：本　去聲：飯
m	陽平：門　上聲：晚　去聲：問
t	陰平：當　陽平：堂塘長腸　上聲：斷頓當丈　去聲：段緞

th	陰平：湯　陽平：糖　上聲：燙褪
n	陽平：郎　上聲：女軟　去聲：卵
ts	陰平：磚莊　上聲：鑽葬[1]
tsh	陰平：穿村倉瘡　陽平：床　上聲：刺
s	陰平：酸孫白桑喪霜　上聲：算蒜
k	陰平：缸杠光　上聲：卷鋼廣
kh	陰平：糠　上聲：勸
h	陰平：方　陽平：園　上聲：遠白
Ø	陽平：黃

m	
Ø	上聲：唔

2.4 香港海豐方言的音系及同音字彙

海豐縣隸屬汕尾市，位於廣東省東部。海豐方言因語言特徵有別於潮州、汕頭等地，故到底是否屬潮汕方言存在爭議。有學者將廣東海陸豐地區的方言定義為“粵東閩語西片”[2]，以示與潮州、汕頭、揭陽等地方言的區別。海陸豐方言有別於潮汕其他區域方言的特徵，與福建漳州地區之方言卻較為相似。這種“遠同近異”的語言特徵分佈，預示著海陸豐地區移民年代及方言形成與發展有別於潮汕其他區域。基於此，在廣東東部的閩南方言中，海豐方言有其別具一格的特色，有別於泉州系方言，亦有別於潮汕系主流方言。

有別於上述泉州、潮陽方言的老派發音人，本書海豐方言的發音人吳先生較為年輕。吳先生於20世紀90年代出生於海豐梅隴，八歲來港，錄音時為香港大專院校研究生，因家庭語言為海豐方言，其音系與詞句

1　ŋ 韻母在塞擦音 ts、tsh 後有介音 ə 色彩，特此說明。

2　參邵慧君、甘于恩（2007），潘家懿、鄭守治（2010）。

皆非常地道。同時因在語言形成期已抵港，其香港粵語亦十分標準，不具閩語口音。

2.4.1　香港海豐方言的聲母分佈

p 波閉本	ph 蜂脾皮	b 眉米梅	m 痲棉滿	
t 貸池錘	th 台剃腿		n 腦泥卵	l 來慮雷
ts 渣尖狀	tsh 參手川	s 西是隧	dz 爪兒蕊	
k 甘救割	kh 概吸款	g 牙疑月	ŋ 雁銀五	h 夏魚扶
Ø 愛椅位				

2.4.2　香港海豐方言的韻母分佈

	i 呂箸遇	u 途住牛		iʔ 接跌缺	
a 馬沙膠	ia 寫佳靴	ua 破沙外	aʔ 拍搭甲	iaʔ 壁食劇	uaʔ 末粉~ 刮熱
o 波初膏	io 廟蕉轎		oʔ 薄索鶴	ioʔ 石惜藥	
e 爬坐白廈		ue 火果畫	eʔ 百客格		ueʔ 説月郭
ai 排太柿		uai 怪快懷			
ei 買細改		ui 對催季			
au 跑掃厚	iau 飄跳竅		auʔ □捲起	iauʔ □跳起	
ou 布路苦	iu 柳秋救				
	im 林今音			ip 立集吸	
am 貪甘陷	iam 鐮尖鹽	uam 泛凡範	ap 答雜合	iap 獵涉劫	uap 發髮法
om 森參			et 雪		
	in 賓秦根	un 本船婚		it 筆哲乞	ut 律術滑
aŋ 班黨杭	iaŋ 編戰員	uaŋ 端全灣	ak 別白力岳	iak 別略揭	uak 勃絕罰
oŋ 同公風	ioŋ 中宮胸		ok 撲族福	iok 竹屬局	
eŋ 朋澄興			ek 逼特極		
	ĩ 鼻尼耳白	ũ 墓霧			
ã 擔三敢	ĩã 兵正燃白	ũã 搬肝碗	ãʔ 納		ũãʔ 末~尾抹

õ 毛	ĩõ 娘醬張白		õʔ 膜莫幕	õk 目文木	
õĩ □舔舐					
ẽ 柄鄭更		ũẽ 妹每關	ẽʔ 麥脈		
ãĩ 反耐揀		ũãĩ 縣懸慣			
ãũ 毛冒腦	ĩãũ 貓	ũĩ 飯川廣			
õũ 模五午	ĩũ 謬				
ãm 男南	ĩãm 黏念		ãk 目西	ĩãp 捏	ũãk 沒默
	ĩn 面銀			ĩt 滅	
				ũt 物	
ãŋ 蠻雁難	ĩãŋ 免年元	ũãŋ 玩		ĩãk 密虐	
ẽŋ 明能寧					
õŋ 蒙農膿				ĩõk 肉	
m 唔	ŋ 郎床扛				

說明：海豐方言韻尾 -n/-t 有向 -ŋ/-k 演變的趨勢。

海豐方言的韻母 e 實際音質偏低，接近 ɛ，與潮陽方言較為接近。但海豐方言的韻母 o 明顯高於潮陽方言的 ɔ，故將海豐方言韻母標記為 e、o，以示有別於潮陽方言的 ɛ、ɔ。

2.4.3 香港海豐方言的單字調及兩字組連讀變調分佈

第一，單字調

調類	陰平	陽平	陰上	陽上	陰去	陽去	陰入	陽入
調值	33	55	53	35	223	21	31	51

第二，兩字組連讀變調

33+33	33+55	33+53	33+35	33+223	33+21	33+31	33+51
33+33	33+55	33+53	33+35	33+223	33+21	33+31	33+51

55+33	55+55	55+53	55+35	55+223	55+21	55+31	55+51
21+33	21+55	21+53	21+35	21+223	21+21	21+31	21+51

53+33	53+55	53+53	53+35	53+223	53+21	53+31	53+51
24+33	24+55	24+53	24+35	24+223	24+21	24+31	24+51

35+33	35+55	35+53	35+35	35+223	35+21	35+31	35+51
22+33	22+55	22+53	22+35	22+223	22+21	22+31	22+51

223+33	223+55	223+53	223+35	223+223	223+21	223+31	223+51
55+33	55+55	55+53	55+35	55+223	55+21	55+31	55+51

21+33	21+55	21+53	21+35	21+223	21+21	21+31	21+51
22+33	22+55	22+53	22+35	22+223	22+21	22+31	22+51

31+33	31+55	31+53	31+35	31+223	31+21	31+31	31+51
51+33	51+55	51+53	51+35	51+223	51+21	51+31	51+51

51+33	51+55	51+53	51+35	51+223	51+21	51+31	51+51
31+33	31+55	31+53	31+35	31+223	31+21	31+31	31+51

2.4.4　香港海豐方言同音字彙

i/iʔ	
p	陰平：坡碑悲　陽上：備幣避　陰去：背臂痺閉　陽去：被
ph	陰平：批　陽平：脾
b	陽平：微　陰上：米　陽去：味
t	陰平：豬知　陽平：廚池遲　陽上：弟稚　陰去：戴　陽去：箸地治　陰入：跌滴　陽入：笛
th	陽平：提持堤　陰上：體　陰去：替剃　陰入：鐵
l	陽平：黎離　陰上：禮呂旅汝李鯉　陽上：慮厲麗利　陽去：例
ts	陰平：支　陽平：薯糍　陰上：煮主紫指子止址　陰去：祭志痣置　陽去：字寺　陰入：接折截捷節　陽入：舌

tsh	陰平：妻　陽平：徐　陰上：取鼠此恥齒　陽上：市視　陰去：趣處賜翅　陽去：飼　陰入：妾切
s	陰平：書舒施屍絲　陽平：匙時　陰上：死始　陽上：是侍　陰去：世勢四試誓　陽去：示
dz	陽平：如兒宜　陰上：耳　陽上：二　陽去：字
k	陰平：居支基機　陽平：棋旗　陰上：矩杞己　陽上：具　陰去：計繼忌
kh	陰平：區欺　陽平：奇期　陰上：啟起拒　陰去：去器氣　陽去：己　陰入：缺
g	陽平：疑　陰上：語
h	陰平：墟虛希　陽平：魚　陰上：許喜　陽上：系　陰去：戲
Ø	陰平：伊醫衣　陽平：嶼餘移姨　陰上：與雨羽椅以已　陽上：遇預　陰去：意　陽入：頁

u	
ph	陽平：浮
b	陰上：舞
t	陽平：廚
th	陽平：途
ts	陰平：資珠脂芝　陰上：子　陽上：住自
tsh	陰去：處次
s	陰平：舒輸私師思詩　陽平：祠　陰上：史　陽上：士事
dz	陽平：如
k	陰平：龜　陰上：久　陽上：舅　陰去：鋸句　陽去：舊
g	陽平：牛
h	陰平：呼夫膚腐　陽平：胡糊扶　陽上：護傅赴附婦　陰去：副富　陽去：腐
Ø	陽上：有

a/aʔ	
p	陰平：疤爸阿~　陰上：飽把　陽上：爸爸~　陰去：豹　陰入：伯
ph	陽上：泡　陰入：拍
t	陰上：打　陰入：搭貼　陽入：踏
th	陰平：他　陰入：塔
l	陰平：拉　陽入：蠟
ts	陰平：渣榨　陰上：早　陽入：閘
tsh	陰平：差　陽平：樵　陰上：炒　陰入：插
s	陰平：沙文紗文　陽入：煠
k	陰平：茄文膠　陽上：咬　陰去：教　陰入：鴿甲
kh	陰去：敲　陰入：恰
Ø	陰平：阿鴉亞　陰入：鴨押壓

ia/iaʔ	
p	陰入：壁
ph	陰入：劈
t	陰入：摘
th	陰入：拆
ts	陰平：遮　陰去：蔗　陰入：雀脊　陽入：食
tsh	陰平：車　陰入：赤
s	陰平：賒　陽平：斜邪　陰上：寫　陽上：社　陽去：謝　陽入：席
dz	陰上：惹
k	陰平：家加文佳　陰去：寄　陽入：劇屐
kh	陽平：騎　陽上：徛
h	陰平：靴　陽上：下蟻瓦白
Ø	陽平：爺　陰上：野惹[1]

1　“惹”有新舊兩讀，零聲母讀法同於粵語，應為粵語影響所致。

ua/uaʔ	
ph	陽平：婆　陰去：破　陰入：潑
b	陽平：磨　陰入：抹
t	陰去：帶　陽去：大
th	陰平：拖
l	陽平：籮
ts	陽平：蛇　陰上：紙
tsh	陰去：蔡
s	陰平：施白沙白紗白　陰上：徙
dz	陽入：熱白
k	陰平：歌　陰上：寡　陰去：蓋　陰入：割刮
kh	陰入：渴闊擴
g	陽上：臥　陽去：外
h	陽上：禍
Ø	陰平：蛙　陽平：何白　陰上：我倚瓦文　陽入：活

o/oʔ	
p	陰平：波　陽平：婆　陰上：保　陰去：報　陰入：駁　陽入：薄
ph	陽上：抱　陰去：破文　陰入：樸
b	陽平：無　陰上：母　陽去：帽
t	陰平：多刀　陽平：桃白　陰上：倒~下　陰去：倒~水　陰入：桌
th	陽平：桃文　陰入：托
l	陽平：羅
ts	陽平：槽　陰上：左阻棗　陽上：助　陽去：坐文座
tsh	陰平：初　陰上：楚　陰去：錯
s	陰平：梳　陽平：傻　陰上：鎖嫂所　陰入：索
k	陰平：哥膏篙　陰入：各
kh	陰上：可
g	陽平：蛾鵝　陽去：餓

h	陽平：何文河荷和　陰上：好　陽去：號　陽入：鶴
Ø	陰平：阿文　陽平：禾　陰去：澳　陽入：學獲

io/ioʔ	
ph	陰去：票
b	陽平：苗　陽去：廟
t	陽平：潮　陰去：釣　陽去：趙　陽入：著
ts	陰平：蕉椒招　陰去：照　陽入：石
tsh	陰去：笑　陰入：尺
s	陰平：燒　陰上：小少　陰入：惜　陽入：液白
dz	陽去：尿
k	陽平：茄白　陰去：叫　陽去：轎
Ø	陰平：腰　陽平：搖　陰上：舀　陰入：約　陽入：藥

e/eʔ	
p	陽平：爬　陰上：把　陽上：爸　陰入：八百伯擘　陽入：白
b	陰上：馬白
t	陽平：茶　陰上：短　陽去：袋
th	陰平：胎　陰上：睇　陰去：退
l	陽平：螺
ts	陰平：齋　陰上：姐者　陽上：坐白　陰去：債
tsh	陰平：釵差　陽平：查　陰去：廁　陰入：冊
s	陰平：篩
k	陰平：家加白階　陰上：假　陰去：架嫁　陰入：格隔
kh	陰入：客
g	陽平：牙
h	陽平：蝦霞　陽上：下夏　陽去：廈夏
Ø	陰上：啞

ue/ueʔ	
p	陰平：杯飛白　陽平：賠焙　陽上：貝
ph	陽平：皮　陽上：被　陰去：配
b	陽平：梅媒　陰上：尾　陽去：未
ts	陽上：罪　陰去：最
tsh	陰平：炊
s	陰平：衰　陰去：稅歲文　陰入：說
dz	陽平：揉白
k	陰平：瓜　陰上：果　陰去：過卦　陰入：郭
kh	陰去：課
g	陽入：襪月
h	陰平：花灰　陽平：回　陰上：火　陽上：會衛　陰去：貨悔歲白　陰入：血霍
Ø	陽去：畫話　陽入：劃

ai	
p	陽平：排牌　陰上：擺　陰去：敗拜
ph	陰去：派
b	陽平：眉
t	陽上：待大文　陰去：戴代　陽去：弟
th	陰平：篩　陽平：台苔　陰去：態太泰
l	陽平：來梨　陽上：賴　陽去：利白
ts	陰平：知災　陽上：在文宰載　陰去：再
tsh	陽平：才　陰上：彩　陰去：菜
s	陰平：西獅師白私白　陰上：屎駛　陽上：柿　陰去：賽婿
k	陰平：該　陽平：個　陰去：概蓋界戒芥
h	陽平：癢　陰上：海　陽上：亥　陽去：害
Ø	陰平：哀

uai	
k	陰上：拐　陰去：怪
kh	陰去：快
h	陽平：懷

ei	
b	陰上：買　陽去：賣
t	陰平：低　陽平：題蹄　陰上：底
l	陽平：犁
ts	陽平：齊白
tsh	陽平：齊文
s	陰平：帚　陰上：洗　陰去：細
k	陰平：街雞　陰上：改解文
kh	陰平：溪　陰去：契
h	陽上：蟹
Ø	陽平：鞋　陰上：矮　陽上：解白

ui	
p	陽平：肥　陰去：吠
ph	陰去：屁
b	陽平：痱
t	陰平：堆　陽平：錘　陰去：對　陽去：隊
th	陰平：梯推　陰上：腿
l	陽平：雷　陽上：累類　陽去：累
ts	陰上：水白　陰去：醉
tsh	陰平：催　陽平：垂　陰去：碎脆喙翠
s	陰平：雖　陽平：隨　陰上：水文　陽上：睡瑞　陰去：髓　陽去：隧垂
dz	陽上：蕊
k	陰平：規　陰上：幾鬼　陽上：跪　陰去：桂季貴　陽去：櫃

kh	陰平：開虧規　陰去：氣白
h	陰平：恢灰非揮飛文　陽平：危　陽上：慧　陰去：廢肺費
Ø	陽平：為維圍　陰上：毀偉　陽上：胃　陰去：畏慰　陽去：位

au/auʔ	
p	陰平：包　陰上：保文　陰去：爆
ph	陰平：拋　陰上：跑　陰去：炮
t	陰上：島斗　陽上：稻道　陰去：鬥晝　陽去：豆
th	陰平：偷　陽平：逃頭淘　陰上：敨　陰去：套透
l	陽平：勞樓流白留白劉　陰上：老文　陽上：老白　陽去：鬧漏
ts	陰平：糟　陰上：走　陽上：罩　陰去：灶奏造
tsh	陰平：操抄　陽平：曹籌　陰上：草　陰去：湊臭
s	陰去：掃
k	陰平：高交勾溝　陽平：猴　陰上：稿攪狗九白　陽上：厚　陰去：遘構告　陰入：□捲起
kh	陰上：口　陰去：靠喊
h	陽平：毫侯　陽上：校　陰去：孝　陽去：候
Ø	陰上：嘔　陽上：後后　陰去：漚

iau/iauʔ	
p	陰平：標　陰上：表
ph	陰平：飄
t	陰平：雕　陽平：條　陽上：兆　陰去：吊
th	陰平：挑　陽上：柱　陰去：超跳
l	陰上：了　陽去：料
ts	陰平：焦招　陰上：鳥
tsh	陽平：朝
s	陰平：消蕭簫搜　陰去：數少
dz	陰上：爪擾

k	陰平：驕　陰上：繳
kh	陰上：巧　陰去：竅
g	陽平：堯
h	陰上：曉
Ø	陰平：妖　陰去：要　陰入：□跳起

ou	
p	陰平：夫白　陰上：補斧　陽上：部　陰去：布佈　陽去：步
ph	陰平：舖　陰上：譜　陽上：簿
t	陰平：都　陽平：圖　陰上：肚　陽上：杜　陽去：度
th	陰上：土　陰去：兔
l	陽平：爐　陽上：鹵惱　陽去：路露
ts	陰平：租　陰上：祖
tsh	陰平：粗　陰去：醋
s	陰平：蘇　陰去：素
k	陰平：姑　陰上：古鼓　陰去：顧
kh	陰平：枯呼白　陰上：苦　陰去：褲
g	陽平：吳　陽去：誤
h	陰上：虎　陽上：戶雨白
Ø	陽平：胡白湖白糊白　陽去：芋

iu	
p	陰平：彪
t	陰去：晝　陽去：住白
th	陰平：抽　陰上：丑
l	陽平：流文留文　陰上：鈕柳
ts	陰平：周州珠白　陰上：酒　陽上：就　陰去：咒
tsh	陰平：初鬚秋　陽平：仇囚　陽去：樹
s	陰平：梳修收　陽平：游白　陰上：守首　陽上：受袖　陰去：秀獸　陽去：壽

k	陽平：球　陰上：久韭九文糾　陰去：救究
kh	陽平：求
h	陰平：休
Ø	陰平：柔優幽　陽平：郵由油游文悠　陰上：友　陽上：又右　陰去：幼 陽去：柚

im/ip	
l	陽平：林淋臨　陽入：立
ts	陰上：枕　陽入：集
tsh	陰平：侵深　陽平：尋沉
s	陰平：心　陰上：嬸　陽入：習十文
dz	陽上：壬　陽入：入
k	陰平：今　陰上：錦　陽上：妗　陰去：禁　陰入：急
kh	陽平：琴　陰入：吸　陽入：及
h	陽平：熊
Ø	陰平：音　陰上：飲文

am/ap	
t	陰平：耽擔　陽上：淡　陰入：答
th	陰平：貪　陽平：潭談痰　陰去：探　陰入：塌
l	陽平：藍籃淋白　陰上：覽艦濫
ts	陰上：斬　陽上：站　陰入：汁　陽入：雜十白
tsh	陰平：參　陽平：蠶　陰上：慘
s	陰平：三文
k	陰平：甘柑監鑑　陽平：含白　陰上：感敢
kh	陰上：砍　陽入：磕
h	陽平：含文　陽上：陷　陽入：合
Ø	陰平：庵　陰上：飲白　陰去：暗　陽入：盒

ãm/ãk	
m	陽入：目
n	陽平：男南　陽入：納

iam/iap	
t	陽平：甜　陰上：點　陰去：店　陽入：疊碟
th	陰平：添　陰入：帖貼　陽入：疊
l	陽平：鐮　陽入：獵粒
ts	陰平：尖針　陽上：暫漸　陰去：佔　陰入：接
tsh	陰平：簽
s	陰上：陜閃　陰入：攝涉
k	陰平：兼　陽平：鹹　陰上：減檢　陰去：劍　陰入：澀劫　陽入：夾
kh	陰平：謙　陽平：鉗　陽上：儉　陰去：欠
g	陽入：業
h	陽平：嫌　陰上：險　陰入：協
Ø	陰平：淹　陽平：鹽簷　陰上：染　陽上：焰炎　陰去：厭　陽入：葉

ĩãm/ĩãp	
n	陽平：黏　陰去：拈　陽去：念
ŋ	陽平：巖　陽去：驗

uam/uap	
h	陽平：凡帆　陽上：範犯　陰去：泛　陰入：法發

om	
s	陰平：森參

et	
s	陰入：雪

in/it	
p	陰平：賓鬢奔　陰入：筆畢
ph	陽平：貧憑　陰上：品　陰入：匹
b	陰入：蜜
t	陰平：珍　陽平：塵藤　陰去：鎮陣　陽入：直值
l	陽平：鄰鱗
ts	陰平：津真　陰上：振診　陽上：盡　陰去：進　陰入：執哲節質鯽
tsh	陰平：親　陽平：秦　陰去：襯　陰入：七漆
s	陰平：新身　陽平：神辰臣承繩　陽上：慎　陰去：信　陰入：濕薛蝨失室翼　陽入：實
dz	陽平：仁　陰上：忍　陽上：刃　陽去：認　陽入：日
k	陰平：根巾斤筋　陰上：緊謹　陽上：近　陰入：吉
kh	陰平：輕　陽平：勤　陰入：乞
h	陰平：欣　陽上：恨
Ø	陰平：恩姻　陰上：引隱　陰去：印應　陰入：一乙

ĩn/ĩt	
p	陽平：民　陽去：面
ŋ	陽平：銀

un/ut	
p	陰平：分白　陰上：本
ph	陽平：盆墳
b	陽平：文聞
t	陽平：唇　陰上：墩盾　陽上：頓鈍
th	陰平：吞　陽平：屯
l	陰上：忍　陽上：論　陽入：率律
ts	陰平：尊遵　陽平：船　陰上：準　陰去：俊　陰入：卒
tsh	陰平：春　陽平：存旬　陰上：蠢　陰去：寸　陰入：出

s	陰平：孫　陽平：巡純　陰上：損筍　陽上：順　陰去：迅　陽入：術
dz	陽上：閏　陽去：韌
k	陰平：均菌軍轟　陽平：拳裙　陰上：滾　陰去：棍　陰入：骨　陽入：滑掘
kh	陰平：昆坤　陽平：群　陰去：困　陰入：屈
h	陰平：婚薰分文　陽平：魂雲勻　陰上：粉　陽上：混　陰去：訓糞　陽去：份　陰入：忽佛　陽入：核
Ø	陰平：溫　陰上：穩允　陽去：運

ũt	
m	陽入：物

aŋ/ak	
p	陰平：班幫方邦崩文　陽平：房瓶白　陰上：板榜　陽上：棒　陰去：辦　陰入：八剝北　陽入：縛拔別白
ph	陰平：攀蜂　陽平：旁　陰去：盼　陽去：縫　陰入：博　陽入：曝
b	陽入：密墨
t	陰平：當東白冬白　陽平：陳白同　陰上：黨等　陽上：重動白　陽去：洞　陽入：值達
th	陽平：堂文蟲白　陰上：桶　陰去：趁　陰入：塞　陽入：讀
l	陽平：鱗狼聾　陽上：浪　陽入：勒力六
ts	陽平：叢　陽上：臟　陰去：粽　陰入：紮作
tsh	陰平：蔥　陰入：擦　陽入：賊
s	陰平：刪喪雙鬆白　陰去：送　陰入：殺塞
k	陰平：艱奸崗岡缸江　陰上：港　陰去：鋼　陽去：共　陰入：各覺
kh	陰平：牽康空白　陰去：抗　陰入：殼
g	陽入：樂
h	陽平：行航杭降　陽去：巷　陰入：核嚇　陽入：學文
Ø	陰平：翁白　陽平：紅　陰入：惡沃白

ãŋ	
m	陰平：挽　陽平：蠻忙亡　陰上：猛莽　陽上：網　陽去：慢萬夢
n	陽平：難儂
ŋ	陽平：顏　陽上：雁

iaŋ/iak	
p	陰平：编邊　陰上：扁匾　陽上：便　陰去：變辯　陽入：別文
ph	陰去：騙片
t	陰平：顛　陰上：展典　陽上：電殿　陽入：侄
th	陰平：天　陽平：田
l	陽平：連憐良涼　陰上：戀　陽上：亮量　陽入：列裂劣略掠
ts	陰平：煎將張　陰上：剪長　陽上：丈匠　陰去：賤戰獎將障　陰入：浙
tsh	陰平：昌　陽平：長場　陰上：鏟淺廠　陰去：暢　陰入：擦撤雀鵲
s	陰平：仙先相霜商雙　陽平：詳常　陰上：想　陽上：腎象尚文上文　陰去：相　陰入：設
dz	陽平：燃文　陰上：嚷　陽上：讓　陽入：熱文
k	陰平：堅疆姜　陽上：健　陰去：見　陰入：結潔　陽入：傑
kh	陰平：掀圈　陽平：乾強　陰上：犬肯　陰去：勸　陰入：揭歇文決缺
h	陰平：香文　陽平：懸文　陰上：顯　陰去：獻向　陽去：現　陰入：歇白　陽入：穴
Ø	陰平：煙冤央　陽平：延演完圓員鉛源袁園楊文揚　陰上：遠養文　陰去：燕宴怨　陰入：約

ĩãŋ/ĩãk	
m	陰上：免
n	陽平：年文
ŋ	陽平：言元

uaŋ/uak	
p	陽入：勃
t	陰平：端　陽上：斷　陽入：奪
th	陽平：團傳　陰入：脱
l	陽上：亂
ts	陰平：專　陰上：轉　陽上：狀　陰去：壯　陽入：絕
tsh	陰平：川文　陽平：全泉床文　陰上：喘　陰去：創
s	陰平：宣雙　陽平：旋　陰上：選爽
k	陰平：關文光　陰上：管廣　陰去：罐慣
kh	陰平：寬文筐　陽平：狂　陰上：款　陰去：況礦
h	陰平：翻荒方芳　陽平：還環煩繁黃防橫緩　陰上：反訪販　陽上：患幻　陰去：放況　陽入：伐罰
Ø	陰平：彎灣　陽平：皇王宏　陰上：往　陽上：望旺

ũãŋ/ũãk	
m	陽入：沒默
ŋ	陰上：玩

oŋ/ok	
p	陰入：卜
ph	陽平：篷　陰入：撲
t	陰平：東文冬文　陰上：董　陽上：動　陰去：凍　陽入：獨毒
th	陰平：通　陽平：同文桐　陰上：統
l	陽平：隆　陽入：落樂
ts	陰平：棕宗　陰上：總　陰去：眾　陰入：作捉祝足　陽入：族粥
tsh	陰平：充　陽平：蟲文從重白　陰入：畜
k	陰平：公功　陰上：講　陰去：貢　陰入：國
kh	陰平：空　陰上：孔恐　陰去：控
h	陰平：烘風楓豐蜂　陽上：鳳　陰入：幅福腹　陽入：伏服
Ø	陰平：翁文　陰入：屋握

õŋ/õk	
m	陽平：蒙　陽入：目木
n	陽平：農膿濃

ioŋ/iok	
t	陰平：中~間　陽上：重文　陰去：中~狀元
th	陰平：窗
l	陽平：龍
ts	陰平：鍾　陰上：撞總　陽上：種菜~腫　陰去：種~花
tsh	陰平：銃　陽去：頌
s	陽平：松
k	陰平：宮　陽上：共文
h	陰平：胸兇　陽平：洪雄
Ø	陽平：絨容　陰上：勇湧擁　陽上：用

ĩõk	
n	陽入：肉

eŋ/ek	
p	陰平：冰　陽去：並　陰入：逼碧
ph	陽平：朋憑平　陰去：聘　陰入：僻
t	陰平：燈釘　陽平：亭停　陰上：等頂鼎文　陽上：鄧定　陰入：得德滴的　陽入：特敵
th	陽平：程庭文　陰入：踢
l	陽平：零鈴　陰上：冷　陽上：令　陽入：曆
ts	陰平：曾徵蒸精　陰上：整　陽上：靜　陰去：證　陰入：則織責跡績陽入：籍
tsh	陰平：稱清青　陽平：陳文澄情晴　陰去：稱秤　陰入：察測拆戚
s	陰平：升生文　陽平：乘承成　陰上：省　陰去：勝盛　陰入：悉息色釋

k	陰平：更驚經　陰上：景警　陰去：敬勁　陰入：擊　陽入：極
kh	陰平：傾　陽平：瓊　陰上：肯　陰去：慶　陰入：刻
h	陰平：興卿磬　陽平：恆行形　陽上：杏幸　陰去：興　陰入：黑核
Ø	陰平：英嬰　陽平：迎盈榮營螢　陰上：映永　陰去：應　陰入：益　陽入：翼液易役

ẽŋ	
m	陽平：明　陽上：命文
n	陽平：能寧

ĩ/ĩʔ	
p	陰平：鞭編邊辮　陰上：比貶　陰去：變遍
ph	陰平：便　陽去：鼻
m	陽平：迷棉眠　陰上：美　陽去：麵
t	陰去：擠
th	陰平：天　陽平：甜
n	陽平：泥尼年　陰上：女染
ŋ	陽上：義藝
ts	陽平：錢　陰去：箭
tsh	陰平：鮮　陽平：纏
s	陰去：扇
k	陰上：指　陰去：見
h	陽上：耳　陰去：獻
Ø	陽平：圓　陰上：椅□睡覺　陽去：院

ũ	
m	陽上：墓霧
n	陽平：奴

ã/ãʔ	
ph	陰去：泛
m	陽平：麻　陽上：馬文　陽去：罵
t	陰平：擔　陰上：膽旦　陰去：罩白
n	陽入：納
s	陰平：三白衫
k	陰上：敢

ĩã	
p	陰平：兵　陰上：餅
m	陽平：名　陽去：命白
t	陽平：庭白　陰上：鼎　陽去：定
th	陰平：聽　陰去：痛
n	陰上：嶺
ts	陰平：精　陽平：情白成白　陰去：正
s	陰平：聲　陽平：成白城
k	陰平：京驚白　陽平：行　陰上：囝　陽上：件　陰去：鏡　陽去：健白
h	陰平：兄　陽平：燃白
Ø	陽平：贏　陰上：影

ũã/ũãʔ	
p	陰平：搬　陽平：盤　陰去：半
ph	陰平：潘　陽上：伴　陰去：判白
m	陽平：麻瞞　陰上：滿　陽入：末抹
t	陰平：單　陽去：彈
th	陰平：攤　陰去：炭
tsh	陰去：閂
s	陰平：山　陰上：世白　陰去：散線
k	陰平：肝官　陽平：寒　陰上：竿趕　陽去：汗

kh	陰平：寬白
h	陰平：歡　陽平：還　陰上：旱
Ø	陰平：安　陰上：碗　陰去：案晏　陽去：岸換

	õ/õʔ
m	陽平：毛　陽入：莫膜幕

	ĩõ
t	陰平：張　陽平：場　陽上：丈　陰去：帳
n	陽平：娘糧梁量　陰上：兩斤~
ts	陰平：漿　陰上：蔣掌　陽上：上白　陰去：醬
tsh	陰平：槍　陽平：牆　陽上：象　陰去：唱
s	陰平：箱鑲傷　陰上：賞　陽上：想　陰去：相　陽去：尚白
k	陰平：薑
h	陰平：香白鄉
Ø	陽平：羊烊楊白　陰上：養白　陽去：樣

	õĩ
ts	陰上：□舔舐

	ẽ/ẽʔ
p	陽平：平白　陰去：柄　陽去：病
ph	陽平：彭棚坪
m	陽平：盲　陽入：脈麥
t	陽去：鄭
n	陰平：奶訓
ts	陰平：爭　陰上：井
tsh	陰平：生白青白星白　陰上：醒
s	陰平：生白甥　陰上：省　陰去：姓

k	陰平：更耕

ũẽ	
m	陽平：糜　陰上：每　陽上：妹妹～　陽去：妹兄～
k	陰平：關白

ãĩ	
p	陰平：崩白　陰上：反白
n	陽平：蓮　陽上：耐內
ts	陽平：臍前
tsh	陰平：千
s	陰平：先
k	陰平：間肩　陰上：揀
ŋ	陰上：研
h	陽平：還
Ø	陽平：閒　陰去：愛艾

ũãĩ	
k	陽平：懸白　陰去：慣白　陽去：縣

ãũ	
m	陽平：毛茅矛　陽上：冒
n	陰上：腦文惱文　陽上：鬧
ŋ	陽平：熬　陽上：藕

ĩãũ	
n	陰上：鳥
ŋ	陰平：貓

uĩ	
p	陽去：飯
m	陽平：門　陽去：問
t	陽上：斷　陰去：頓　陽去：段
n	陰上：軟　陽上：卵
ts	陽平：全　陰上：轉　陰去：鑽　陽去：旋
tsh	陰平：川白穿　陽平：村　陰去：串
s	陰平：酸　陰去：蒜
k	陰平：光　陰上：捲廣
h	陽平：園　陽上：遠
Ø	陽平：黃

õũ	
m	陽平：模　陰上：某畝
ŋ	陰上：午　陽上：五

ĩũ	
m	陽上：謬

m	
m	陽上：唔

ŋ	
t	陽平：堂白長白腸藤　陰去：當
th	陰平：湯　陽平：糖塘　陰去：燙
n	陽平：郎
ts	陰平：莊椿　陰去：葬
tsh	陰平：倉　陽平：床
k	陰平：扛

kh	陰平：坑　陰去：囥
Ø	陰平：央

2.5　香港元洲仔閩南方言的音系及同音字彙

香港有豐富水產資源，20 世紀 60 年代大批漁民聚集在大埔區元洲仔村附近，以棚屋、寮屋和漁船為家，以“鶴佬話”為溝通方言，這批居民在 70 年代末元洲仔拆遷時遷入三門仔和魚角安置區，後搬入大元邨和太和邨。[1] 這些水上漁民所講“鶴佬話”即為閩方言。今元洲仔村已不復存在，僅存“大王爺廟”及“蘇徐李鍾石大埔元洲仔漁民村公所”。“鶴佬話”亦僅為少數年長者使用，漁民的後代多用香港粵語溝通。元洲仔漁民的閩方言資源隨著都市化的發展日漸消亡。這種瀕危的“鶴佬話”在 2003 年時由張雙慶、莊初升兩位先生調查記錄，並將其定位為“粵東腔的閩南方言”[2]。從地理分佈上講，廣東省廣府以東地區皆有“粵東”之稱，因此從語言分佈情況看，狹義的粵東閩南方言以潮汕方言為主，廣義則兼及汕尾方言。基於此，對兩位先生對元洲仔閩語“粵東腔閩南方言”之定位有細化的必要。同時，來港的潮汕與汕尾居民在民系分屬上也有不同的認知，前者認為自己是“潮州人”，後者認為自己是“鶴佬人”。有趣的是，元洲仔漁民對自己的民系認同曾發生過變化：“當年他們認為自己是朝陽人，現在都認同自己為鶴佬人。”[3] 民系認同有方言、文化、地域三大標準，方言標準等同實證，意義重大。因此，元洲仔方言雖已幾近消亡，但仍是香港閩南方言生態中曾存的一環，其語言特徵、方言性質等情況，亦可為民系認同標準提供參考。基於此，本書重新整理張、莊兩位先生在 2003 年的調查結果，製作香港元洲仔閩南方言同音字彙，以便進一步對比研究。

1　參《大埔傳統與文物》，頁 102。

2　參《香港新界方言》，頁 25。

3　參《大埔傳統與文物》，頁 102。

2.5.1　香港元洲仔方言的聲母分佈

p 霸盤八	ph 蜂鼻陪	m 買苗梅		b 馬米帽
t 東地豬	th 台剃拖	n 卵白年兩		l 老聯農
ts 做濟租	tsh 餐淺粗		s 三扇隨	dz 熱娛蛇
k 厚旗歸	kh 巧起氣白	ŋ 玉藝遇	h 康耳花	Ø 紅鞋藥

說明：元洲仔閩語的 tsh 聲母有 tʃh 變體，例字如"差"、"插"，屬聲母的個別變異，加說明而不單列聲母。

2.5.2　香港元洲仔方言的韻母分佈[1]

	i 米世喜	u 霧主句		iʔ 蜜舌缺	
a 巴早教	ia 寫寄野	ua 拖沙掛	aʔ 拍閘甲	iaʔ 壁食額	uaʔ 熱割活
o 播楚糕	io 票茄舀		oʔ 博托索	ioʔ 惜石尺	
e 爬家下		ue 倍最瓜	eʔ 百策隔		ueʔ 刮血
ai 排財佳		uai 怪塊歪			
oi 蹄街鞋			oiʔ 八節截		
au 包抄校	iau 標笑妖				
ou 步路姑	iu 柳手球	ui 肺隊鬼			
om 森參	im 林心音			ip 集習急	
am 南蠶喊	iam 點尖謙		ap 答汁吸	iap 疊接葉	uap 法
	in 身巾因	un 本旬棍		it 必即益	ut 律術佛
aŋ 賓雙漢	iaŋ 片將現	uaŋ 專罐皇	ak 北六結	iak 熱結	uak 發罰划
oŋ(ɔŋ) 邦通風（礦）	ioŋ 中獎共		ok 獨束覺	iok 足局藥	
eŋ 燈升興	ieŋ 員院元		ek 得測浴		
	ĩ 鼻鮮見	ũ 墓遇牛		ĩʔ 椅	
ã 麻膽敢	ĩã 兵嶺兄	ũã 半攤肝			

1　由於"鼻音聲母是否能與帶鼻音韻尾韻母搭配"是潮汕方言與福建本土閩南方言的重要差異，因此本文在韻母歸納上採用與張、莊兩位先生不同的策略，如有將鼻音聲母與鼻音韻尾搭配音節則單列，以便作為音系歸屬確定的判斷環節。

õ 魔兩臥	ĩõ 場糧香				
ẽ 柄牙耕		ũẽ 梅美橫	ẽʔ 脈		ũẽʔ 月
ãĩ 眉千肩		ũãĩ 關慣縣			
õĩ 買賣					
ãũ 貌謀矛	ĩãũ 貓秒畝	ũĩ 呂			
õũ 吳五	ĩũ 紐				
ãm 岩癌	ĩãm 閻嚴念			ĩãp 業	
	ĩn 面民	ũn 門悶		ĩt 篾	ũt 物
ãŋ 慢網萬	ĩãŋ 免	ũãŋ 願	ãk 木襪密		
ẽŋ 明銘			ẽk 滅玉		
õŋ 望旺亡			õk 剝		
m 唔	ŋ 飯霜央				

2.5.3 香港元洲仔方言的聲調分佈

調類	陰平	陽平	陰上	陽上	陰去	陽去	陰入	陽入
調值	33	44	53	24	21	32	31	51

2.5.4 香港元洲仔方言同音字彙

i/iʔ	
p	陰平：碑卑悲　陰上：比　陽上：敝　陰去：閉祕　陽去：弊**備**
ph	陽平：**脾**
b	陰上：米　陽去：味**未**　陽入：蜜
t	陽平：池　陽上：弟　陰去：帝　陽去：地　陰入：滴
th	陽平：苔**題**啼　陰上：體　陰去：剃　陰入：鐵**撤**
l	陽平：離**尼**　陰上：旅禮李理
ts	陰平：**資支脂之**　陰上：紫止　陰去：濟志　陽去：治　陽入：舌
tsh	陽平：**儲**遲　陰上：取此**始試**　陰去：處刺　陽去：飼
s	陰平：斯**賜**施屍詩　陽平：時　陰上：死　陽上：是市　陰去：世勢四 陽去：豉視事

dz	陽平：**如娛**兒**疑餘**　陽上：二　陽去：字
k	陰平：居車支枝基機　陽平：旗　陰上：舉己　陰去：記痣
kh	陰平：欺　陽平：渠奇棋期祈　陰上：起　陰去：去氣汽　陰入：缺
h	陰平：希　陽平：宜　陰上：許**器**喜　陽去：戲
Ø	陰平：依　陽平：移姨夷　陰上：已以　陰去：意　陽去：**義**

u	
p	陽上：婦白　陰去：富
ph	陽平：浮
b	陰上：舞　陽去：霧
t	陰平：都豬　陽平：除　陽去：著
th	陽平：徒
l	陰上：汝
ts	陰平：諸朱珠　陽平：薯　陰上：主子　陰去：注　陽去：自
tsh	陽平：徐**廚**　陰上：鼠　陰去：趣次
s	陰平：書舒殊輸司　陽平：祠詞　陰上：史
k	陰平：孤龜　陰上：久　陽上：舅　陰去：鋸句　陽去：**具**舊
kh	陰平：區
h	陰平：呼虛膚　陽平：胡湖壺瓠魚扶　陰上：府　陰去：副　陽去：戶互護腐附
Ø	陽上：有

a/aʔ	
p	陰平：巴疤　陰上：飽　陰去：霸壩
ph	陽上：泡　陰去：怕　陰入：拍
t	陰去：罩　陽入：踏
th	陰入：塔
l	陽入：臘
ts	陰平：渣　陰上：早　陽入：閘

tsh(tʃh)	陰平：差叉　陽平：**搽查**（柴）　陰上：炒
s	陰平：紗　陽入：煠
k	陰平：膠　陰上：攪　陽上：咬　陰去：教　陰入：甲
kh	陰上：巧
Ø	陰平：亞　陰入：鴨

ia/iaʔ	
p	陰入：壁
t	陰入：摘
th	陰入：拆
ts	陰平：遮　陰上：姐　陰去：蔗　陰入：跡脊隻　陽入：食
tsh	陰平：車賒
s	陽平：邪斜　陰上：寫**捨社**　陰去：瀉　陽去：謝　陰入：削錫
k	陰去：寄　陽入：屐
kh	陽平：騎　陰入：曲
h	陽上：瓦　陽入：額
Ø	陰上：**惹**野　陰去：**爺**　陽入：頁

ua/uaʔ	
p	陰去：簸
ph	陽平：婆　陰去：破　陰入：潑
b	陽平：磨
t	陽上：舵　陰去：帶　陽去：大
th	陰平：拖
l	陽平：籮
ts	陰上：紙
s	陰平：沙
dz	陽平：蛇　陽入：熱
k	陰平：歌　陰上：寡　陰去：蓋掛卦　陰入：割

kh	陰平：誇　陰入：闊
h	陽平：華
Ø	陰平：蛙　陰上：我　陽上：**畫**　陽入：活

o/oʔ	
p	陰平：波坡玻　陽平：婆　陰上：保寶　陰去：播報　陰入：博駁　陽入：薄
ph	陽上：抱
b	陽平：禾無　陽去：磨**冒**帽
t	陰平：多刀　陰上：**朵**島倒　陽去：代袋**道導**　陰入：桌
th	陽平：陀駝馱桃淘陶　陰上：妥討　陰去：套　陰入：托託
l	陽平：羅鑼螺腡　陽入：落
ts	陰上：左阻棗　陽上：坐　陰去：做　陽去：**助造**
tsh	陰平：臊　陽平：曹鋤　陰上：楚　陰去：錯
s	陰平：蓑蔬　陰上：鎖所嫂　陰入：索
k	陰平：哥糕　陰上：稿　陰去：告
h	陽平：河何荷和**豪**　陰上：好　陰去：**好**喜～　陽去：賀號
Ø	陰去：奧　陰入：惡

io/ioʔ	
p	陽平：**錶**　陰上：表
ph	陰去：票
t	陰去：釣　陽入：著
th	陰平：挑
ts	陰平：招椒　陰上：少　陽入：石
tsh	陰去：笑　陰入：尺赤
s	陰平：燒　陰上：小　陰入：惜　陽入：**鐲**
dz	陽去：尿
k	陽平：茄橋　陰去：叫　陽去：轎

h	陰平：**靴**
Ø	陽平：搖窯　陰上：舀

e/eʔ	
p	陽平：爬　陰上：把　陰入：百柏伯　陽入：白
b	陰上：馬　陽入：麥
t	陽平：茶
ts	陰上：姐者
tsh	陽上：且　陰入：策
s	陰入：雪
k	陰平：家加　陰上：假　陰去：架嫁價計　陰入：格隔
kh	陰入：客
h	陽平：蝦霞　陰入：嚇
Ø	陰上：啞　陽上：下樓~廈　陽去：**下**蜀~夏

ue/ueʔ	
p	陰平：飛杯　陽平：菠賠　陽上：倍　陰去：**貝**背
ph	陰平：**皮**　陽平：**培陪**　陽上：被　陰去：配佩
b	陰上：尾
ts	陰去：最　陽去：**罪**
tsh	陰平：炊
k	陰平：瓜　陽上：果　陰去：過　陰入：刮
kh	陰去：課
h	陰平：花灰恢　陽平：回　陰上：火　陽上：會　陰去：化貨　陰入：血
Ø	陽去：話

ai	
p	陽平：排牌　陰上：擺　陰去：拜　陽去：敗
ph	陰去：派

t	陰去：戴
th	陰平：**胎**　陰去：態太泰　陽去：**弟**
l	陽平：梨　陽上：里　陽去：賴荔利
ts	陰平：災栽知　陽平：臍　陰上：宰指　陰去：再債際制
tsh(tʃh)	陰平：（差）　陽平：財才裁　陰上：彩　陰去：菜蔡
s	陰平：西師　陰上：使屎　陽上：柿
k	陰平：階**佳**　陰去：介界戒**繼**
h	陰上：海　陽去：害
Ø	陰去：愛

uai	
k	陰平：乖　陰上：拐　陰去：怪
kh	陰去：快**塊**
h	陽平：懷槐淮
Ø	陰平：歪

oi/oiʔ	
p	陰入：八
ph	陰平：批
t	陰平：低**堆**　陽平：蹄　陰上：底　陽去：**第**
th	陰平：梯**堤**　陽平：**提**　陰去：台替
l	陽平：犁　陽入：笠
ts	陽平：齊　陰去：**序**　陰入：節　陽入：截
s	陰上：洗　陰去：**賽**細**稅**
k	陰平：**該**街雞　陰上：改解
kh	陰上：**啟**
h	陽上：蟹
Ø	陽平：鞋　陰上：矮

au	
p	陰平：包
ph	陰上：跑　陰去：**豹**炮
t	陰上：**鬥**斗　陰去：晝　陽去：豆**逗**
th	陰平：偷　陽平：頭**投**　陰去：透
l	陰平：撈　陽平：樓流劉留　陰上：**腦**　陽上：老**藕**　陰去：**勞**　陽去：**鬧**漏
ts	陰平：糟　陰上：走　陰去：竈
tsh	陰平：操抄　陽平：**吵綢籌**　陰上：**丑**草　陰去：臭
s	陰平：臊　陰去：掃
k	陰平：高交勾鉤　陽平：猴　陰上：搞狗九　陰去：夠
kh	陰上：考口　陰去：靠扣
h	陽平：毫　陰上：**校**　陽去：孝效
Ø	陰平：歐　陽平：喉　陰上：嘔

iau	
p	陰平：標
t	陽平：條
th	陽上：柱　陰去：跳
l	陽平：療聊　陰上：了　陽去：料
ts	陰平：焦朝　陰上：鳥　陰去：照
tsh	陽平：巢
s	陰平：消蕭　陽平：韶紹**愁**　陰去：數笑少
dz	陰上：爪
k	陰平：驕　陰上：繳
Ø	陰平：妖要~求　陰去：要

ou	
p	陽平：符扶白　陰上：斧補　陽上：部　陰去：布　陽去：步

ph	陰平：鋪~張　陰上：普　陽上：簿　陰去：舖店~**菩**
b	陽平：模　陰上：**武**　陽去：**務**
t	陽平：圖　陰上：**賭**肚　陽上：肚　陽去：杜度渡鍍
th	陽平：屠途塗　陰上：土　陰去：兔
l	陽平：奴盧爐　陰上：魯　陽上：滷　陽去：路露
ts	陰平：租　陰上：祖
tsh	陰平：粗　陰去：醋
s	陰平：蘇　陰去：素白
k	陰平：姑枯　陰上：古　陰去：故顧
kh	陰平：箍　陰上：鼓苦　陰去：庫褲
h	陽平：狐白鬍　陰上：虎　陽上：雨
Ø	陰平：烏　陽去：芋

iu	
p	陰平：彪
th	陰平：抽
l	陰上：柳
ts	陰平：周州　陰上：酒　陰去：咒　陽去：就
tsh	陰平：初鬚秋　陽平：仇　陰上：手　陽去：樹
s	陰平：梳修收　陰上：守　陽上：受壽授　陰去：秀繡獸
k	陰去：救
kh	陽平：求球
h	陰平：休
Ø	陰平：優　陽平：郵由油猶　陰上：友　陰去：幼

ui	
p	陽平：肥
ph	陰去：屁肺
t	陰去：對　陽去：隊

th	陰平：推　陽平：錘　陰上：腿　陰去：退
l	陽平：雷　陰上：累　陽去：類
ts	陰平：追　陰上：水　陰去：醉
tsh(tʃh)	陰平：催吹　陰去：（脆）
s	陽平：隨　陽去：隧穗
k	陰平：規歸　陰上：鬼軌幾　陽上：跪 陰去：桂季貴　陽去：櫃
kh	陰平：開虧　陽平：葵逵　陰去：氣
h	陰平：非揮　陰上：匪　陰去：**惠**費廢**會**~計　陽去：**匯**
Ø	陰平：醫衣威　陽平：違為圍　陰上：委　陽去：位胃慰

om	
s	陰平：森參

im/ip	
l	陽平：廉林臨
ts	陰上：枕　陰去：浸　陰入：執　陽入：集
tsh	陰平：侵深
s	陰平：心　陰上：閃瀋審　陰入：濕　陽入：習
dz	陽入：入
k	陰平：金　陰上：錦　陰去：禁　陰入：急
kh	陽平：琴禽擒　陰入：級
h	陽平：熊
Ø	陰平：音陰　陰上：飲

am(ãm)/ap	
f	陽去：犯
t	陰平：耽擔　陽上：淡　陰入：答搭
th	陰平：貪　陽平：潭譚談　陰去：探
l	陽平：南男藍　陰上：覽　陽入：**立納**

ts	陰上：斬　陰去：站　陰入：汁　陽入：雜十
tsh(tʃh)	陰平：參　陽平：蠶　陰上：慘　陰入：（插）
s	陰平：杉
k	陰平：甘監　陰上：感　陰入：鴿
kh	陰入：**吸**
ŋ	陽平：（巖癌）
h	陽平：含函　陰去：喊　陽入：合
Ø	陰去：暗　陰入：**壓**

iam(ĩãm)/iap(ĩãp)	
t	陽平：沉　陰上：點　陰去：店
th	陰平：添　陰入：帖　陽入：**疊碟**
l	陽平：鐮　陽入：粒
ts	陰平：尖**針**　陰去：佔　陰入：接
tsh	陰平：簽
s	陰入：澀　陽入：涉
k	陰平：兼　陽平：鹹　陰上：減檢　陰去：劍　陰入：劫
kh	陰平：謙　陽上：儉　陰去：欠
ŋ	陽平：（閻嚴）　陽去：（**念**）　陽入：（業）
h	陽平：嫌　陰上：險
Ø	陽平：鹽　陰去：厭　陽入：葉

uap	
h	陰入：法

in(ĩn)/it(ĩt)	
p	陰入：必畢筆　陽入：**別**
m	陽平：（民）　陽去：（面）　陽入：（篾）
t	陽平：藤　陰入：得**植**　陽入：直值

l	陽平：鄰輪
ts	陰平：珍真蒸　陰去：證　陰入：**質即**鯽織
tsh	陰平：親稱　陽平：秦　陰去：櫬秤　陰入：七漆　陽入：**席**
s	陰平：辛新身申　陽平：神晨**臣**蠅　陰上：**選**　陽上：**腎**　陰去：信　陰入：失室息熄識式　陽入：實翼
dz	陽平：仁　陽去：認　陽入：日
k	陰平：今跟根巾斤筋　陰上：緊　陽上：近　陰入：揭吉
kh	陰平：輕　陽平：芹勤
ŋ	陽平：（銀）
Ø	陰平：因應　陰去：引　陰入：乙一**益**

un(ũn)/ut(ũt)	
p	陰平：分白　陰上：本　陰去：糞　陰入：撥
ph	陽平：盆墳
m	陽平：（門**文聞**）　陽去：（**悶**問）　陽入：（物）
t	陰平：墩　陽平：唇　陰上：盾　陽去：鈍
th	陰平：吞
l	陽平：倫　陽去：閏　陽入：律
ts	陰平：津遵　陽平：船　陰上：準　陰去：俊**進**　陰入：卒
tsh	陰平：伸白村春　陽平：存　陰上：蠢　陰去：寸　陰入：出
s	陰平：孫　陽平：旬循純　陰上：損筍榫　陽上：順　陰去：舜　陽入：術述
k	陰平：軍君均　陽平：群卷　陰上：滾　陰去：棍　陰入：骨　陽入：滑猾
kh	陰平：昆坤　陰上：捆　陰去：困　陰入：窟
h	陰平：昏婚分文熏　陽平：痕魂雲　陰上：粉　陽去：份　陽入：佛核
Ø	陰平：溫瘟　陰上：穩　陽去：運

aŋ(ãŋ)/ak(ãk)	
p	陰平：班**賓**幫　陽平：房　陰去：放　陰入：八北　陽入：別$_{白}$縛
ph	陰平：攀芳蜂　陽平：**彭**篷　陽去：縫**辦**
m	陽上：（**敏**）　陽入：（**抹襪**密**墨木**目）
t	陰平：冬東　陽平：同銅筒**庭**　陰上：董　陽上：重　陰去：誕凍　陽去：**鄧**　陽入：達**特**
th	陽平：蟲**桐**　陰上：桶　陽上：動白　陰入：踢　陽入：讀
n	陽平：（儂）
l	陽平：難蘭欄鱗籠聾膿　陰上：懶**冷**　陽上：卵$_{白}$　陽入：力六**辣**
ts	陰平：曾棕　陽平：層叢　陰去：讚**震**　陽入：窄
tsh	陰平：餐蔥　陽平：殘**陳**　陰上：鏟**產**診　陰入：擦察　陽入：鑿賊澤
s	陰平：雙鬆　陰去：送　陰入：殺蝨塞
k	陰平：乾艱間奸江公$_{白}$工　陰上：簡港　陰去：幹降　陰入：結**郭**角
kh	陰平：空$_{白}$　陰入：殼刻
ŋ	陽平：言　陰上：眼　陽去：雁
h	陽平：寒行降　陽上：限　陰去：漢　陽去：項巷
Ø	陰平：安翁$_{白}$　陽平：紅洪虹　陰入：惡

iaŋ(ĩãŋ)/iak	
p	陽去：便
ph	陰平：偏　陰去：騙片
m	陰上：（免）
t	陽去：殿
l	陽平：連聯憐蓮良涼靈　陽去：練亮量
ts	陰平：煎將　陰上：剪展　陰去：戰薦
tsh	陽平：橙　陰上：淺廠
s	陰平：仙　陽去：**上**
dz	陽入：熱
k	陰平：堅　陰上：**頸**　陰去：建見　陰入：結

kh	陽平：強
h	陽平：賢弦　陰上：顯　陰去：向　陽去：現
Ø	陰平：煙　陽平：**然**演

uaŋ(ũãŋ)/uak	
ph	陰去：判
l	陽上：亂
ts	陰平：專
k	陰上：館　陰去：灌罐
ŋ	陽去：願
h	陰平：翻　陽平：煩皇　陰上：反　陰去：販　陰入：發　陽入：伐筏罰
Ø	陰平：灣彎　陽平：完丸**橫**　陽入：劃

oŋ(õŋ)[ɔŋ]/ok(õk)	
p	陰平：**邦**
ph	陰上：捧　陽入：**雹**
m	陽平：（亡）　陽去：（望旺）　陽入：（**剝**）
t	陰上：黨　陽去：蕩　陰入：督　陽入：毒
th	陰平：通　陽平：唐塘童　陰上：統　陰入：脫
l	陽平：**狼**農　陰上：**朗**隴　陽上：**廊**　陽去：**浪**　陽入：洛絡樂**鹿**陸
ts	陰平：宗綜　陰上：總　陽去：**臟**　陰入：作　陽入：族
tsh	陰平：匆　陽平：**重傳**　陰入：**速束**
s	陰上：宋　陰入：宿
k	陰平：**觀光**公攻功　陰上：管白**廣講**　陰去：冠貢　陰入：**各**閣**覺**國穀**菊**
kh	陰上：孔　陰去：**抗**［**礦**］　陰入：**霍確**
h	陰平：**康方芳風**豐封峰鋒　陽平：**航杭防**　陰上：訪　陽去：**鳳**　陰入：福複　陽入：鶴**學**服
Ø	陰上：**枉**

ioŋ/iok	
t	陰平：中~間　陰去：中射~
ts	陰平：張　陰上：蔣獎　陰去：壯　陰入：足
tsh	陰平：窗　陰入：**雀**
s	陰平：**商**　陰去：**常**　陽入：續
k	陰平：恭
kh	陽去：共　陰入：局
h	陽平：雄　陰上：**享**
Ø	陽平：容融　陰入：約　陽入：藥育

eŋ(ẽŋ)/ek(ẽk)	
p	陰去：遍
ph	陽平：朋**屏**
m	陽平：（明銘）　陽入：（滅）
t	陰平：**顛**登燈丁釘　陰上：**典**頂　陰去：釘　陰入：得竹　陽入：的
th	陽平：填**屯亭**停廷　陽上：艇　陽去：**電**
l	陽平：龍零能　陽去：另　陽入：栗力歷綠錄
ts	陰平：增精鐘春　陰上：**掌**種菜~　陽上：**靜**　陰去：症種~花　陰入：職績叔燭囑
tsh	陰平：清**衝**　陽平：全情程　陰入：測戚粟
s	陰平：**宣**升甥　陽平：松　陰去：乘承聖　陰入：設色析　陽入：熟
k	陰平：經　陰上：境景警　陰去：敬
kh	陰平：卿　陽平：**權**　陰上：肯　陰去：慶　陰入：決
ŋ	陽入：（玉）
h	陰平：興~旺　陰去：興高~　陽去：莧
Ø	陰平：英鷹　陰去：應　陽去：用　陽入：億浴

ieŋ	
Ø	陽平：員元　陽上：院

ĩ/ĩʔ	
p	陰平：鞭　陰上：扁　陽上：辮　陰去：變白
ph	陰平：篇　陽去：鼻
m	陽平：棉　陽去：麵
t	陽平：甜纏
th	陰平：天
n	陽平：年　陰上：女染
ts	陽平：錢　陰去：箭
tsh	陰平：鮮
s	陰去：扇
k	陰去：見
kh	陽平：鉗
h	陽上：耳
Ø	陽平：圓　陰去：延　陽入：**椅**

ũ	
m	陽去：**墓**
ŋ	陽平：牛　陽去：遇

ã	
m	陽平：痳
t	陰平：擔~任中白　陰上：膽　陰去：擔挑~
n	陽平：**拿**籃
s	陰平：三衫
k	陰平：柑　陰上：敢

ĩã	
p	陰平：冰兵　陰上：餅丙
ph	陽平：旁

m	陽平：名　陽去：命白
t	陽平：庭　陽去：定
th	陰平：聽廳
n	陰上：領嶺
ts	陰平：正精白　陽平：情白成白　陰上：整　陰去：正政
tsh	陰上：請
s	陰平：聲　陽平：城
h	陰平：兄　陽去：艾
Ø	陽平：贏營　陰上：影

ũã	
p	陰平：般搬　陽平：盤　陽上：**伴**　陰去：半
m	陽平：麻　陰上：滿
t	陰平：單　陽平：檀白
th	陰平：灘攤　陽平：彈　陰去：炭
n	陽去：爛
ts	陰上：盞
s	陰平：山　陽上：**善**　陰去：散傘線
k	陰平：肝官　陽平：寒　陽去：汗
ŋ	陽去：外
h	陰平：歡
Ø	陰上：碗　陽上：旱　陰去：晏　陽去：換

õ	
m	陽平：魔毛　陰上：**母**
n	陽上：兩白
ŋ	陽平：蛾**鵝**俄**熬**　陽去：餓臥

ĩõ	
m	陽去：廟
t	陽平：場　陰去：漲帳脹
n	陽平：娘量糧　陰上：兩
ts	陰平：漿章樟　陽上：上　陰去：醬　陽去：上
tsh	陰平：槍　陽平：牆　陰上：搶　陽上：象　陰去：唱
s	陰平：相~互箱傷　陰上：想賞　陰去：相~貌
k	陰平：薑姜
h	陰平：香鄉
Ø	陽平：羊洋楊陽茸　陽去：樣

ẽ/ẽʔ	
p	陽平：平　陰去：柄　陽去：病
ph	陽平：棚
m	陽平：盲　陰上：猛　陽去：罵　陽入：脈
ts	陰平：爭　陽平：晴　陰上：井
tsh	陰平：生青星腥　陰上：醒
s	陰平：生牲　陰上：省　陰去：姓
k	陰平：更庚耕　陰上：哽
kh	陰平：坑
ŋ	陽平：**牙芽**　陽去：硬

ũẽ/ũẽʔ	
m	陽平：**梅媒煤**　陰上：美　陰去：**妹**
ŋ	陽入：月
h	陽平：橫

ãĩ	
p	陰平：邊　陰上：扳

m	陽平：**眉**
n	陽平：蓮
ts	陽平：前
tsh	陰平：千
s	陰平：先
k	陰平：肩　陰上：揀
ŋ	陽平：偽　陽去：藝
h	陽平：還
Ø	陽平：閒

ũãĩ	
k	陰平：關　陽平：懸白　陰上：慣　陽去：縣

õĩ	
m	陽上：**買**　陽去：賣

ãũ	
m	陽平：**謀**矛　陽去：貌

ĩãũ	
m	陰平：**貓**　陽平：苗　陰上：秒**畝**

õũ	
ŋ	陽平：吳　陽上：五

ĩũ	
n	陰上：紐

m	
Ø	陽去：唔

ŋ	
p	陽去：飯
m	陽平：眠
t	陰平：當　陽平：堂長白腸　陰上：轉白　陽上：斷丈　陰去：頓
th	陰平：湯　陽平：糖團　陰去：燙
n	陽平：聯白郎白　陰上：軟　陽上：**暖**卵
ts	陰平：磚莊裝　陰去：鑽葬　陽去：狀
tsh	陰平：穿倉瘡　陽平：床　陰去：串
s	陰平：酸霜　陰去：蒜算
k	陰平：缸光白　陰去：鋼
kh	陰平：糠　陰去：勸
h	陽平：園　陽上：遠白
Ø	陰平：央秧　陽平：黃王

2.6 總結

上述具體描寫了香港四種閩南方言的音系及常用字同音字彙，是香港閩南方言記錄之集成。從上述同音字彙的描寫可直觀看出四種閩南方言皆因地處香港，與粵語長期共存，產生了諸多粵語層次讀音。這些讀音不見於本土閩南方言，是香港閩語的特色之所在。

同時，從與粵語接觸的深度來看，元洲仔閩南方言的粵語層次最為豐富，其他三種方言次之。與粵語接觸深入，且沒有譜系明確源方言的元洲仔閩南方言變化較快，已近消失，而有明確源方言的泉州、潮陽、海豐方言則仍能在粵語大環境下生存。這種現象預設著源方言地與飛地方言演變的相關關係。具體來説，使用有明確源方言地閩語的閩籍人士可從源方言地不斷修正已被粵語同化的音系，補給已為粵語代替的詞彙，故有相對的穩定性，在今天的粵語大環境下繁衍變遷。無明確源方言地的閩語無處補給，只能不斷為地緣關係最為接近的粵方言所影響。這種源方言地補給作用，對與香港閩南方言生態環境接近的其他族群語言或方言，具有類型意義。

第三章　層次比較：香港四種閩南方言的韻母層次

3.1　韻母層次比較的方法

在漢語眾多方言中，以閩方言的層次最為複雜。對閩方言的描寫與研究，層次分析是重要的步驟。而層次分析的窗口則是方言中存在的異讀現象。本書所關注的香港泉州、潮陽、海豐和元洲仔閩語在語言譜系上屬閩南方言。閩南方言韻母數量眾多，層次複雜，以中古韻攝為坐標，幾乎每一韻攝皆有層次疊加現象存在。泉州方言豐富的層次疊加現象在福建閩南方言中甚具代表性，潮陽、海豐方言的層次疊加中又夾雜客家方言、粵方言層次，顯示了與泉州方言不同的韻類分佈特徵。同時，潮陽方言與海豐方言因形成的時間不同，層次分佈亦有區別。以這三個方言為母語者移民香港後，又沾染了香港粵語層次，或有與本土方言不同的音類分佈。元洲仔閩語因長期與香港粵語共存，其層次與上述三種方言更具差異。

本章以泉州、潮陽、海豐和元洲仔閩南方言為觀察對象，以韻攝等第為坐標，以異讀為切入點，以表格的方式直觀描寫四種方言的異讀層次分佈，為層次比較提供材料。由於層次比較需要較為具體細緻的方音記錄，本章除了採用第二章調查的語料之外，亦參考前人的調查材料，以保證層次比較的完整特徵。

3.2　各韻母異讀層次的比較

果攝開口一等韻

泉州				潮陽			海豐		
ɔ	o	ua	拖歌何	ɔ	ua	籮歌	o	ua	拖籮歌我
ai		ua	大	ai	ua	大	ai	ua	大
ɔ		a	阿	ɔ	a	阿	o	a	阿
ɔ		ia	鵝						
ɔ		ua	柯可我						
ɔ	o		籮左搓哥餓河賀						

泉州方言果攝一等有三層韻母分佈，有別於潮陽、海豐方言兩層韻母層次分佈。同時，潮陽、海豐方言的異讀字數量也明顯少於泉州方言。元洲仔方言此韻多讀 o 和 ua，無異讀分佈。

果攝合口一等韻

泉州				潮陽			海豐			元洲仔		
ɔ	o	ua	波磨過科課和	ɔ	ua	婆	o	ua	簸破婆磨惰	o	ua	婆
	o	ua	簸	ɔ	ua/uɛ	和	o	ua/ue	和			
ɔ		ua	破惰				o	e	螺坐			
ɔ	o		婆座梭鎖窩				o	ue	果過			
ɔ	o	ə	螺坐				o	ui	簑			
ɔ		ə	腡果餜火貨禍									
	o	ui	簑									

果攝合口一等在泉州方言中依然有三層韻母分佈，潮陽、海豐、元洲仔方言則表現為兩層韻母分佈特徵。同時，潮陽、泉州方言“和”字皆有 ua、uɛ 兩種讀音，這兩種讀音配詞上亦有區別，作連詞時讀 ua，“和尚”這個詞中讀 uɛ。兩種讀音配詞有互補色彩，我們將其同歸入白讀層次。

假攝開口二等韻

泉州			潮陽			海豐			元洲仔		
a	e	把爸爬耙馬茶渣紗加家假價架嫁牙芽蝦霞下廈夏亞啞	a	ɛ	把爸馬差	a	e	把爸爬馬茶渣嫁牙下亞			
a	ə	壩	ia	ɛ	家	ia	e	家			
a	ua	麻沙				a	ua	麻沙	a	ua	麻

在此韻中，泉州、海豐方言的異讀類型一致，但泉州方言的異讀字數遠多於海豐方言。潮陽方言則在異讀類型與異讀字數上皆少於泉州、海豐方言。元洲仔方言僅有零星異讀。

假攝開口三等

泉州			海豐		
ia	ua	蛇	ie	ua	蛇

此韻在泉州、海豐方言中僅有一類異讀，潮陽方言沒有異讀現象存在。在泉州、海豐方言中有異讀的“蛇”字，潮陽、元洲仔方言讀ua韻母，同於其他兩種方言的白讀層讀音。

假攝合口二等韻

泉州			潮陽			海豐		
ua	ue	瓜花化	ua	uɛ	瓜	ua	ue	瓜花
ua	ia	瓦	ua	ia	瓦	ua	ia	瓦

此韻中三個方言的異讀層次類型與異讀字數基本一致，顯示了閩南方言內部的共有特點。元洲仔方言沒有異讀表現，其他三個方言異讀例字在元洲仔方言中皆僅有白讀音，不具文讀音。

遇攝合口一等韻

泉州			潮陽			海豐		
ɔ	o	粗	u	ɔu	圖呼胡糊狐	u	ou	爐故顧呼胡糊戶烏

此韻中潮陽與海豐方言的異讀類型分佈一致，海豐方言較潮陽方言的異讀字數更多。泉州方言則沒有 u 讀音層次。這種異讀類型的差異顯示福建閩南方言與廣東閩南方言層次縱深度的差別。元洲仔方言沒有異讀表現，字音多讀白讀音 ou，偶有 u 讀音。

遇攝合口三等魚韻

泉州			潮陽			海豐		
u	ɤ	如	u	i	旅	i	e	濾
						i	u	著書
ɔ	ue	初梳	ɔ	iu	初	o	iu	初梳
ɤ	ɔ	舒許	u	ɔu	許	i	ou	許

魚韻字在泉州方言中主要讀 ɤ，在潮陽方言中主要讀 u，在海豐方言中主要讀 i，顯示了閩南方言內部的讀音差異。其異讀層次分佈也展現音值與類型的區別。元洲仔方言魚韻字沒有異讀差異的表現，多讀 u，見、曉系等喉音聲母字則多讀 i，兼有潮陽、海豐方言特色。然常用語素如“魚”、“鼠”、“豬”、“箸 筷子”等皆讀 u 韻母，這種語素的語用頻率與韻母讀音關係，可為元洲仔方言的屬性提供證據。

遇攝合口三等虞韻

泉州			潮陽			海豐			元洲仔		
u	ɔ	夫斧傅数扶舞雨	u	ɔu	夫傅雨	u	ou	夫斧傅数	u	ou	扶
						i	ou	雨			
u	o	無				u	o	無			
u	iu	取鬚				i	iu	鬚			

u	iau	柱數				i	iau	柱			
u	iu	住珠蛀樹	u	iu	住樹	i	iu	住珠樹	u	iu	珠
						ou	iau	數			

此韻異讀類型以海豐方言為多，元洲仔方言最少。從異讀音值對應角度看，此韻的異讀正好體現了虞韻泉州方言 o 與潮陽、海豐、元洲仔方言 ɔu/ou 的對應，這種對應特徵同樣適用非異讀音類，即虞韻泉州方言 o，在潮陽、海豐、元洲仔方言中讀 ɔu/ou。這種對應實為福建本土閩南方言與粵東閩南方言的區域差異。粵東地區其他閩南方言，亦有此類型分佈。同時，海豐方言“數”有 ou、iau 異讀，其中 ou 音值同於粵語，應為粵語層次的展現。

蟹攝開口一等韻

泉州				潮陽			海豐		
ai	ə	i	戴	ai	i	戴苔	ai	i	戴
ai	ə		胎代災賽	ɔi	ɔ	代	ai	e	代
ai		i	苔						
ai		ue	改						
ai		ui	開						
ai	ə	ua	帶泰賴蔡蓋	ai	ua	賴蓋	ai	ua	帶賴蔡蓋
ai		ĩã	艾	ãĩ	ĩã	艾	ãĩ	ĩã	艾

泉州方言在此韻展現三層異讀分佈，其第一、第三層與潮陽、海豐方言存在對應關係，第二層則鮮見與其他兩個方言。在此韻中，三個方言最新層次 ai 韻母讀音基本相同，僅有潮陽方言存在因 ai> ɔi 音變形成的 ɔi 韻母。白讀層次讀音中，三個方言共存 i、ua、ĩã 韻母。同時，較之潮陽、海豐方言，泉州方言的白讀層讀音音值更為豐富。元洲仔方言沒有異讀表現，字音多讀 ai，另有受粵語影響讀 oi 的層次。

蟹攝開口二等韻

泉州				海豐		
ai	ue		界疥挨稗買賣街解鞋蟹矮	ai	ɛi	挨買
ai	ua		芥釵	ai	ua	芥
ai	e		債差	i	ei	稗
ai	a		柴	e	ei	釵
ai	ue	e	解			

潮陽、元洲仔方言在此韻中並無異讀現象，泉州、海豐方言具異讀的例字，在潮陽方言中以讀 ai 為多，對應與泉州、海豐方言的文讀層讀音。泉州方言文讀層以 ai 韻母為主，海豐方言則另有 i、e 讀音，顯示兩種方言的層次縱深度有異。同時，泉州方言還展現了三層異讀分類的特徵，不見於其他兩種方言。

蟹攝開口三等韻

泉州			潮陽			海豐		
e	ua	世誓	i	ua	誓	i	ua	世誓
e	i	勢						
e	ue	藝				i	ei	藝

此韻異讀類型較少，轄字不多，泉州方言異讀類型最為豐富，海豐方言次之，潮陽方言最少，元洲仔方言在此韻中則無異讀表現。

蟹攝開口四等韻

老				潮陽			海豐		
e	i	ue	底	i	ɔi	黎齊計	i	ei	低底第犁黎齊
e		ue	體替題蹄犁齊洗細雞溪契						
e		ui	梯				i	ui	梯

e	i		啼弟泥計						
e		ai	西婿	i	ai	西	i	ai	弟西

泉州方言在此韻表現為三層異讀對立分佈，潮陽、海豐方言則僅有兩層異讀對立現象。從異讀類型與異讀轄字上講，泉州方言異讀類型亦多於潮陽、海豐方言，顯示了泉州方言比其他兩個方言有更為豐富的歷史縱深度。元洲仔方言沒有異讀表現，字音多讀 oi。

蟹攝合口一等韻

泉州			潮陽			海豐		
ue	ə	背配賠倍焙退罪灰回	ue	i	背	ue	i	背
ũĩ	m	梅媒				ui	u	堆
ũĩ	ə/ẽ	妹				ũẽ	ai	內
ue	ə/u	推	ui	ɔ	推	u	e	推退
ue	ua	外				ui	ue	灰
						uai	ua	外

此韻以海豐方言的異讀類型最為豐富，以泉州方言的異讀轄字最多。同時，泉州方言“妹”、“推”二字在白讀層有不同的讀音，白讀層不同的讀音在配詞上具有區別，有“別義異讀”傾向，因此我們將其同設為白讀層讀音。元洲仔方言沒有異讀表現。

蟹攝合口二等韻

泉州			潮陽			海豐		
uai	ue	怪						
uai	ũĩ/ue	快						
ua	ui	掛	ua	ui	掛			
ua	ue	話畫				ua	ue	話

此韻以泉州方言的異讀類型最多，潮陽、海豐方言的異讀現象較少，元洲仔方言沒有異讀表現，顯示了各方言不同的歷史層次縱深度。

蟹攝合口三等韻

泉州		
ui	ə	脆歲稅

此韻僅有泉州方言表現出異讀，潮陽、海豐、元洲仔方言韻母雖有ui、uɛ/ue 差別，但並無異讀表現。

蟹攝合口四等韻

泉州		
ui	ue	慧

此韻僅有泉州方言表現出異讀，潮陽、海豐、元洲仔方言皆無異讀現象，韻母以讀 ui 為主。

止攝開口三等支韻

泉州				潮陽			海豐			
	i	ə	皮被靡	i	uɛ	皮靡		i	ue	皮靡
ɯ	i		紫	i	ŋ	刺	u	i		紫刺
	i	ua	徙					i	ua	徙
	i	ai	知	i	ai	知		i	ai	知
ɯ		ua	紙							
	i	ia	寄騎蟻	i	ia	奇蟻		i	ia	奇騎蟻
	i	a	倚	i	ɔi	易				
	i	ua	倚	i	ua	倚		i	ua	倚

泉州方言在支韻字的異讀種類最為豐富，海豐方言次之，潮陽方言

最少，元洲仔方言無異讀現象。同時，泉州海豐方言展現三層異讀分佈特徵，泉州方言 ɯ 韻母為方言模仿晚近官話舌尖元音的結果。海豐方言 u 韻母亦為比 i 更為晚近的層次。

止攝開口三等脂韻

泉州			潮陽			海豐		
i	ui	屁				i	ui	屁
i	ai	眉				i	ai	眉
i	ə	美						
i/e	ue	地				i	e	地
i	ai	梨利	i	ai	利指	i	ai	梨利指屎
ɯ	ai	私師獅屎	u	ai	師	u	i	私四師
ɯ	i	四						
i	ũĩ	指						

此韻以泉州方言異讀類型最為豐富，潮陽方言異讀類型與轄字皆較為稀少，元洲仔方言無異讀表現。泉州方言"地"有三種讀音，i、e 屬文讀層讀音。因轄字僅有一個，無其他參照，我們暫將 i、e 同設為一層讀音。

止攝開口三等之韻

泉州			潮陽			海豐		
ɯ	i	子字飼柿	u	i	耳子	u	i	子飼
ɯ	ai	事使駛史侍				u	ai	使駛

此韻異讀類型簡單，異讀音類以海豐、潮陽方言較接近，泉州方言有別於兩者。元洲仔方言無異讀表現，字音多讀 u，亦有 i 類韻母分佈。

止攝開口三等微韻

泉州			潮陽			海豐			元洲仔		
i	ui	機幾氣衣	i	ui	幾氣衣	i	ui	幾氣衣	i	ui	氣

此韻中泉州、潮陽、海豐、元洲仔方言的異讀類型一致，皆表現為 i、ui 異讀。

止攝合口三等支韻

泉州			海豐		
ui	ə	髓吹炊垂跪	ui	ue	髓垂

此韻中潮陽、元洲仔方言沒有異讀音類的體現，泉州、海豐方言的異讀轄字在潮陽方言中多讀 uɛ，在元洲仔方言中多讀 ui。

止攝合口三等脂韻

泉州			海豐		
ui	u	龜	ui	u	龜
ui	i	維			

此韻異讀現象較少，潮陽、元洲仔方言沒有異讀音類的體現。

止攝合口三等微韻

泉州			潮陽			海豐		
ui	ə	飛	ui	uɛ	飛	ui	ue	飛
						i	ui	微
i	ə	尾未				i	ue	未

此韻中三個方言的異讀種類及數量皆不一，顯示了三者不同的歷史縱深度及異讀來源。元洲仔方言沒有異讀音類的體現，此韻字音多讀 ui。

效攝開口一等韻

泉州			潮陽			海豐			元洲仔		
ɔ	o	保寶報帽刀倒討套桃逃淘萄道腦惱棗糙槽造臊嫂掃高膏糕篙稿告靠好毫	au	ɔ	毛刀惱草高告	au	o	保袍抱毛刀倒討桃逃道惱草高膏告靠好	au	o	臊
ɔ	au	袍操草掃									
ɔ	a	早									
ɔ	ŋ	毛									
ɔ	au/a	老									

此韻以泉州方言的異讀種類和異讀轄字為多。從異讀音類看，海豐方言和潮陽、元洲仔方言的異讀音類一致，與泉州方言形成差異，顯示海豐、潮陽方言與泉州方言不同的層次積澱。

效攝開口二等韻

泉州			潮陽			海豐		
au	a	飽豹拋鬧吵炒交膠教敲咬孝	au	a	拋孝	au	a	飽拋絞孝
iau	a	絞攪巧				iau	a	攪巧
au	ĩãũ/a	貓				ãũ	ĩãũ	貓
au	iau	爪抄						

此韻中泉州方言異讀類型與轄字最多，海豐方言次之，潮陽方言最少，元洲仔方言沒有異讀音類的體現。泉州、潮陽、海豐三個方言在既有的異讀音類具有一致性。

效攝開口三等韻

泉州			潮陽			海豐			元洲仔		
iau	io	標表錶票瓢廟蕉椒小笑潮趙招照燒少邵橋轎腰搖窯舀耀	iau	io	標表苗小招搖	iau	io	票苗消小笑招照燒少橋腰搖	iau	io	笑

此韻中四個方言有一致的異讀類型，轄字則以泉州方言為多，顯示了閩南方言層次分佈的共性。

效攝開口四等韻

泉州			潮陽			海豐		
iau	io	釣挑糶尿蕭叫竅	iau	io	挑	iau	io	吊挑跳

此韻中泉州、潮陽、海豐三個方言的異讀類型一致，異讀例字以泉州方言為多。元洲仔方言沒有異讀音類的體現，韻母以 iau 為多。

流攝開口一等韻

泉州				潮陽			海豐		
io		u	母	ɔ	ɔu	母	u	o	母
io	ɔ		茂						
io		au	鬥偷敨透投頭豆樓漏勾鉤溝狗夠口扣侯喉猴後候歐嘔漚				iu	au	頭樓
o		au	走奏湊	ɔu	au	夠藕	ou	au	走藕後厚
	ɔ	au	厚						

此韻中泉州方言有三層異讀分佈，潮陽、海豐方言僅有兩層異讀，元洲仔方言無異讀表現。異讀類型及轄字亦以泉州方言為多。同時，較之泉州方言，海豐方言與潮陽方言在異讀類型上具相似形。

流攝開口三等韻

泉州			潮陽			海豐		
io	u	浮				ou	iau	搜
iu	au	流劉留晝臭鬮九	iu	au	流留晝九	iu	au	流留晝九
iu	u	久韭灸丘臼舅舊柩牛有	iu	u	丘	iu	u	久丘臼牛有

此韻中泉州、潮陽、海豐三個方言有兩類異讀音類一致，顯示了閩南方言內部的層次分佈一致性。泉州、海豐方言各另有一類異讀，顯示兩個方言的差別。元洲仔方言無異讀表現，字音多讀 iu。

咸攝開口一等覃 / 合韻

泉州			潮陽			海豐		
						am	ãĩ	蠶
ap	aʔ	答搭踏納合盒	ap	aʔ	合	ap	aʔ	合

此韻異讀類型簡單，泉州、潮陽、海豐三个方言表現一致。海豐方言另有“蠶”字異讀，“蠶”在泉州方言讀 am，潮陽方言讀 õĩ，沒有異讀表現。元洲仔方言無異讀表現，字音多讀 am/ap。

咸攝開口一等談 / 盍韻

泉州			潮陽			海豐			元洲仔		
am	ã	擔膽談藍三柑敢	am	ã	藍三	am	ã	三敢	am	ã	擔
am	iam	喊									
ap	aʔ	塔				ap	aʔ	塌			
iap	aʔ	蠟獵									

此韻以泉州方言異讀類型為多，海豐、潮陽、元洲仔方言異讀類型稀少，潮陽、元洲仔方言入聲韻無異讀表現。

咸攝開口二等咸 / 洽韻

泉州				潮陽			海豐		
am	ã		斬餡衫監巖銜						
am	iam		鹹						
ap	aʔ		插閘煠甲匣鴨押壓	ap	aʔ	插	ap	aʔ	恰壓
ap	iap	ueʔ	夾						
	iap	ueʔ	狹	iap	ɔiʔ	狹	iap	eʔ	狹
ap	iap		洽						

此韻以泉州方言的異讀類型為多。潮陽、海豐方言異讀類型較少，且這兩個方言在陽聲韻的異讀音類一致。元洲仔方言無異讀表現。同時，泉州方言在此韻異讀中表現出三層異讀音類分佈特徵，顯示層次積累的豐富性。由泉州方言 ap 與 iap 的異層分佈特徵可知，同屬閩南方言的潮陽、海豐方言 ap、iap 應亦為不同層次累積的結果。不過，因這兩個方言中 ap 與 iap 並無異讀對立的例字存在，我們只能由二層異讀對立分佈的特點將 ap、iap 共視為方言文讀層讀音，不再細分其層次先後。

咸攝開口三等鹽 / 葉韻

泉州			潮陽			海豐		
iam	ĩ	染鉗鹽簷	iam	ĩ	染鉗簷	iam	ĩ	染
iam	im	淹	iam	im	淹			
iap	aʔ	獵						
iap	iʔ	接摺	iap	iʔ	接	iap	iʔ	接
iap	iaʔ	頁						
iap	iat	捷						

此韻以泉州方言異讀類型為多。潮陽、海豐方言具有的異讀類型，為泉州方言所包含。元洲仔方言無異讀表現。

咸攝開口四等韻

泉州			潮陽			海豐		
iam	ĩ	添拈	iam	ĩ	添	iam	ĩ	添甜
iam	ũĩ	店				iam	ẽ	拈
iap	iʔ	碟	iap	aʔ	貼			
iap	iaʔ	蝶						

此韻以泉州方言的異讀類型豐富，潮陽、海豐方言異讀現象及轄字皆不多。元洲仔方言無異讀表現。泉州、潮陽、海豐三個方言異讀音類各有特點，顯示了三者內部音變的差異性。

咸攝合口三等韻

泉州			海豐		
uan	ã	泛	uan	ã	泛
uan	an	範	uan	an	範

此韻轄字及異讀類型皆不多，潮陽、元洲仔方言並無異讀表現，泉州、海豐方言的異讀類型一致。

深攝開口三等韻

泉州			潮陽			海豐		
im	ã	林	im	ã	林	im	ã	林
im	am	淋飲	im	am	飲	im	am	淋飲
im	iam	臨尋沉陰	im	ĩ	尋	im	iam	尋
əm/am	iam	針						
ip	ueʔ	笠				ip	eʔ	笠
ip	iap	澀				ip	iap	粒
ip	ap	汁十什				ip	ap	十吸

此韻泉州方言在異讀類型與轄字上皆多於海豐、潮陽方言，元洲仔方言無異讀表現。海豐方言異讀類型稍少於泉州方言，但兩個方言的異讀類型相似度較大。潮陽方言則僅有三種異讀，且轄字稀少。

山攝開口一等韻

泉州			潮陽			海豐			元洲仔		
an	ũã	單旦灘攤炭彈檀壇欄懶爛殘傘散肝竿趕看岸罕寒旱銲汗安鞍案	aŋ	ũã	丹旦彈檀攔爛寒銲汗安鞍	aŋ	ũã	單丹旦灘彈檀肝竿趕岸寒銲汗安鞍	aŋ	ũã	寒
an	ã	坦				ak	ik	擦			
at	uaʔ	辣割渴喝	ak	uaʔ	喝	ak	uaʔ	辣渴喝			

四個方言在此韻的異讀類型相似度較大，轄字則以泉州方言為多。潮陽、海豐、元洲仔方言在韻母類型上具有一致性。三個方言皆屬發生 -n>-ŋ/-t>-k 音變的方言，因此在此韻中有 aŋ/ak 而無 an/at。

山攝開口二等韻

泉州			潮陽			海豐			元洲仔		
an	ũã	盞山產晏	aŋ	ũã	晏	aŋ	ũã	鏟山產晏			
an	ũĩ	間揀眼閒莧	aŋ	ɔ̃ĩ	間斑板	aŋ	ãĩ	間揀眼斑			
an	ian	鏟									
at	ueʔ	八	ak	ɔiʔ	八	ak	eʔ	八	ak	oiʔ	八
at	ueʔ	瞎									
uat	ueʔ	拔	uak	ɔiʔ	拔	uak	eʔ	拔			
at	uaʔ	殺				ak	uaʔ	殺			
at	aʔ	鍘									

此韻以泉州方言的異讀類型為多，元洲仔方言異讀類型最少，各方言層次縱深度不同，異讀類型差異較大。

山攝開口三等仙韻

泉州			潮陽			海豐			元洲仔		
ian	ĩ	鞭變篇棉連箭錢淺鮮纏氈扇	iaŋ	ĩ	鞭變便棉	iaŋ	ĩ	鞭編變便棉錢淺鮮扇	iaŋ	ŋ	聯
ian	ũã	煎賤線				iaŋ	i	展			
ian	ĩã	燃件				iaŋ	ĩã	燃			
ian	ã	囝									
ian	an	便									
ian	in	面				iaŋ	in	面			
iat	iʔ	鼈薛折舌				iak	iʔ	薛折			
iat	eʔ	徹				iak	eʔ	徹			
iat	at	別				iak	aʔ	別	it	ak	別
iat	iʔ/eʔ	裂	iak	ek	列	iak	iʔ/eʔ	裂			
iat	uaʔ	熱	iak	uaʔ	熱	iak	uaʔ	熱	iak	uaʔ	熱

泉州方言在此韻中有較多類型的異讀，海豐方言次之。同時，海豐方言的異讀音類與泉州方言相似度較高，顯示兩者在此韻擁有相對一致的歷史縱深度。

山攝開口三等元韻

泉州			潮陽				海豐		
ian	ĩã	健		iaŋ	ĩã	健	iaŋ	ĩã	健
ian	ĩ	獻	iŋ	iaŋ		掀			
				ik	iaʔ	揭	it	iaʔ	揭
iat	ioʔ	歇					ak	iaʔ	歇

此韻泉州、潮陽、海豐方言異讀類型數量較為一致，潮陽方言有三層異讀類型分佈，其中最晚近的 iŋ 讀音層次類同粵語。元洲仔方言無異讀表現。

山攝開口四等韻

泉州			潮陽			海豐			元洲仔		
ian	ĩ	邊扁片辮麵天年見硯	iaŋ	ĩ	邊扁片天見	iaŋ	ĩ	邊扁天年見弦燕	iaŋ	ĩ	見
ian	in	眠憐				iaŋ	in	顛			
ian	an	牽				iaŋ	aŋ	遍牽			
ian	ũĩ	蓮楝千前先肩研	iaŋ	ãĩ	先	iaŋ	ãĩ	蓮楝千前先肩研	iaŋ	ãĩ	蓮
ian	ĩã	顯				iaŋ	ĩã	顯			
iat	iʔ	蔑鐵				iak	iʔ	鐵			
iap	iʔ	捏				iap	eʔ	捏			
iat/at	ueʔ	節	ak	ɔiʔ	節	iak	eʔ	節			
iat	ueʔ	切潔									
iat	ueʔ/aʔ	截				ieʔ	aʔ	截			
iat	ut	屑				iak	ut	屑			
iat	at	結	iak	ak	結	iak	ak	結	iak	ak	結

此韻以泉州、海豐方言異讀類型為多，潮陽、元洲仔方言異讀類型較少。同時，泉州、海豐方言異讀音類表現亦較為一致，顯示兩個方言此韻頗為一致的歷史層次縱深度。

山攝合口一等韻

泉州			潮陽			海豐			元洲仔	
uan	ũã	搬般半潘判盤伴拌瞞滿端段官棺寬款歡換碗	uaŋ	ũã	潘判拌寬換	uaŋ	ũã	般盤寬歡換		
uan	ŋ	團斷鑽酸算蒜管貫	uaŋ	ŋ	斷段管	uaŋ	ũĩ	團斷段算		
uan	ə	短				uaŋ	e	短		

uan	un	暖								
uan	ŋ/an	卵	uaŋ	ŋ/aŋ	卵	uaŋ	ũĩ/aŋ	卵	ŋ/aŋ	卵
uat	uaʔ	撥鉢潑末抹括闊活				uak	uaʔ	潑末		
uat	əʔ	奪								
uat	ut	脱				uat	ut	脱		

此韻以泉州方言異讀類型為多，海豐方言次之，潮陽方言最少。同時，四個方言“卵”字白讀層皆有別義異讀現象出現。泉州、潮陽、海豐三個方言在異讀音類上各有不同，展現方言差異。泉州、潮陽方言有鼻音韻母 ŋ/ɯŋ，與海豐方言的 ũĩ 形成類型差異。元洲仔方言沒有別義異讀以外的異讀表現。

山攝合口二等韻

泉州			潮陽			海豐		
uan	ŋ	閂拴				uaŋ	ũã	閂
uan	ũĩ	關慣	uaŋ	ũɛ̃	關	uaŋ	ũẽ	關
uan	ũãĩ	彎				uaŋ	ũãĩ	慣彎
uat	ut	滑				uaŋ	ãĩ	還
uat	uiʔ	挖				ua	uak	挖
ua/uat	əʔ	刷				uak	ut	刷
uat	uaʔ	刮				uak	ueʔ	刮

此韻以泉州、海豐方言異讀類型為多，潮陽方言僅有一類異讀，元洲仔方言無異讀表現。從轄字數量看，此韻各類異讀轄字皆較少。同時，異讀類型較多的泉州、海豐方言在異讀音類上也有諸多的差異。

山攝合口三等韻

泉州			潮陽			海豐		
uan	ŋ	全旋轉傳磚川穿串軟捲卷圈飯晚勸園遠	uaŋ	ŋ	轉穿	uaŋ	ũĩ	全旋轉傳川穿串飯阮
			iaŋ	ŋ	遠	iaŋ	ũĩ	勸園遠
uan	ũã	泉販				aŋ	ou	圈
uan	ũĩ	喘反	uaŋ	ãĩ	反	uaŋ	ãĩ	反
uan	ĩ	圓院				iaŋ	ĩ	圓
						iaŋ	in	元
uan	un	船拳阮冤				iaŋ	un	拳
uan	an	番挽				aŋ /uaŋ		萬
uat	uaʔ	伐				uat	uaʔ	伐
uat	əʔ	絕雪説襪月				uak	oʔ	絕
uat	uʔ	發				uak	ak/uʔ	發
iat/uat		閱				iak	ueʔ	月

此韻中泉州與海豐方言都有豐富的異讀現象，潮陽方言則異讀類型較少，元洲仔方言無異讀表現。潮陽與海豐方言皆已發生 -n>-ŋ/-t>-k 音變，有 aŋ/ak 而無 an/at。而海豐方言仍有 un/ut 類韻母則又顯示了兩個方言 -n>-ŋ/-t>-k 音變不同的速度。

山攝合口四等

泉州			潮陽			海豐		
ian	ũĩ	懸縣	iaŋ	ũãĩ	懸	iaŋ	ũãĩ	懸
uat	əʔ/iʔ	缺	uɛʔ	iʔ	缺	iak	iʔ	缺
iat	uiʔ	血						

此韻異讀類型與轄字皆不多，三個方言異讀音類亦有不同，展現閩南方言的內部差異。

臻攝開口三等韻

泉州			潮陽			海豐		
in	an	貧閩鱗趁陳櫬	iŋ	aŋ	鱗陳	in	aŋ	鱗趁陳櫬
in	ian	身腎姻	iaŋ	aŋ	趁	in	iaŋ	信
in	un	塵陣	iŋ	ɛŋ	塵	in	un	塵陣
im	un	忍				im	un	忍
in	ĩ	親珍				in	ẽ	親
it	at	密漆蝨實乞	ik	ak	密實	iak	ak	密
it	iak	七悉失	iak	ak	栗	ek	ak	栗
it	ik	膝				it	ak	實

此韻泉州與海豐方言的異讀類型數量一致，異讀音類也頗為相似。潮陽方言的異讀音類則少於泉州、海豐兩個方言，元洲仔方言無異讀表現。同時，潮陽與海豐方言皆已發生 -n>-ŋ/-t>-k 音變，有 aŋ/ak 而無 an/at。泉州方言臻攝仍保持 an/at 格局。

臻攝合口一等韻

泉州			潮陽			海豐		
un	ŋ	本門頓褪村損	uŋ	ŋ	頓孫	un	ũĩ	頓村孫
						un	ũĩ/ŋ	損
ut	at	核	ek	uk	核	ut	ak	核

此韻異讀類型較少，異讀音類的類型明顯分為兩類，泉州、潮陽方言白讀層讀 ŋ/ɯŋ 韻母的，在海豐方言多讀 ũĩ。受到潮陽等鄰近方言的影響，海豐方言亦有少數 ŋ 分佈，但這種音類在海豐方言內部較為少見。

臻攝合口三等韻

泉州			海豐		
un	ŋ	問	un	ũĩ	問
			un	in	輪
ut	ŋʔ	物	ut	ueʔ	物

此韻異讀類型稀少，潮陽、元洲仔方言無異讀現象。

宕攝開口一等韻

泉州				潮陽			海豐			元洲仔		
	aŋ	ŋ	幫	aŋ	ŋ	堂塘郎倉	aŋ	ŋ	幫當湯堂郎葬倉			
ɔŋ		ŋ	榜當湯燙堂糖塘郎倉臟桑鋼康糠园									
ɔŋ	aŋ		忙									
iɔŋ/ɔŋ			狼									
ɔk		oʔ	薄莫作昨索各鶴惡				ok	oʔ	莫			
ɔk	ak		鑿				ok/ak		鑿			
ɔk		uʔ	托				ak	oʔ	托託作各惡	ak	oʔ	惡
ɔk	ɔ̃ʔ	oʔ	膜									
ɔk	ak	oʔ/auʔ	落		oʔ/auʔ	落						

泉州方言在此韻中異讀類型與轄字皆最豐富。同一層次或有兩種韻母分佈，其中“狼”的 iɔŋ/ɔŋ 應有層次先後之分，因單例且無第三層次對立，我們將其同歸層次 2。海豐方言的“鑿”之 ɔk/ak 亦有層次先後，

但由於兩者皆屬於“文讀音”範疇，且單例無其他例字，我們將其同歸為層次 2。泉州、潮陽方言共有的“落”字白讀音 oʔ/auʔ 則更有“別義異讀”可能，其 auʔ 只出現在語義“掉下”情況下，“落”的其他語義皆讀 oʔ。

宕攝開口三等韻

泉州				潮陽			海豐			元洲仔		
iɔŋ		ĩũ	娘糧梁量兩漿蔣醬搶牆匠箱鑲想相象像張長帳脹場章樟掌廠傷賞上尚讓薑姜強香鄉響羊洋烊楊陽揚瘍養癢樣	iaŋ	ĩɔ̃	匠相想相張場章樟唱常上尚強香向洋陽養癢	iaŋ	ĩõ	梁量鑲想相象像張帳脹場樟唱傷賞上尚讓強香羊洋楊揚瘍養樣	iaŋ	ĩõ	上
iɔŋ	iaŋ	ĩũ	涼唱	iaŋ	ɔ̃	兩	iaŋ	ĩũ	量			
iɔŋ		ŋ	釀兩杖瓤秧央	iaŋ	ŋ	長丈	iaŋ	õ	兩			
ɔŋ		ŋ	莊裝瘡床霜狀	uaŋ	ŋ	狀	uaŋ	ŋ	莊床霜			
iɔŋ		ŋ/ĩõ	長	iaŋ	ŋ	秧央	iaŋ	ŋ/ĩõ	丈			
iɔŋ		ŋ/ĩũ	丈				iaŋ	ŋ	長腸杖瘡央			
iɔŋ		ŋ/ĩã	向				iaŋ	iu/ĩõ	上			
iɔŋ		a	相				iaŋ	ai	癢			
iɔŋ	iaŋ	ŋ	腸				aŋ	oŋ	壯			
iɔŋ	iaŋ		亮槍				aŋ	ĩõ	章掌			
iɔk		ioʔ	略腳約藥	iak	iɔʔ	略約	iak	iaʔ	削			
iɔk		iaʔ	掠雀削勺	iap	iauʔ	雀	iak	eʔ	雀			

iɔk		ioʔ/ oʔ	著				iak	ioʔ/ oʔ	著			
							iok	ioʔ	腳約			

此韻異讀類型豐富，轄字以泉州方言為多。泉州方言文讀層有 iɔŋ、ɔŋ、iaŋ 三種音類分佈，展現多層次分佈。泉州、海豐方言的白讀層亦有 ŋ/ĩũ/ĩã/ĩõ 和 ŋ/ĩõ，ioʔ/oʔ 和 iɔʔ/ɔʔ 的對立分佈。由於這些對立音類多轄不同的詞彙，有別義異讀的色彩，故我們將其同設為白讀層，即層次 1 讀音。

宕攝合口一等韻

泉州			潮陽			海豐			元洲仔		
ɔŋ	ŋ	光廣荒黃	uaŋ	ŋ	光廣荒	uaŋ	ũĩ	光廣荒黃	oŋ	ŋ	光
			uaŋ	ũã	曠						
ɔk	əʔ	郭				uak	ueʔ	郭			

此韻異讀類型不多，轄字稀少。其中，潮陽、海豐方言的文讀層 uaŋ 讀音類型一致，與泉州、元洲仔方言 ɔŋ/oŋ 形成差別。而白讀層則是泉州、潮陽、元洲仔方言類同 ŋ，與海豐方言 ũĩ 形成差別。

宕攝合口三等韻

泉州			潮陽			海豐			元洲仔		
ɔŋ	aŋ	放芳紡房網望	uaŋ	aŋ	放芳	uaŋ	aŋ	放芳紡	oŋ	aŋ	芳
ɔŋ	ŋ/aŋ	方	uaŋ	ŋ/aŋ	方	uaŋ	ŋ/aŋ	方			
ɔŋ	iŋ	筐往	uaŋ	ɛŋ	筐王						
ɔŋ	ŋ	狂				uaŋ	ioŋ	王			
ɔk	ak	縛	uaŋ	ɔ̃	望						

此韻文讀音以潮陽、海豐方言為近，泉州、元洲仔方言與潮陽、海

豐方言有類型上差別。同時，泉州、潮陽、海豐三個方言例字“方”皆有兩類白讀音。因這兩個讀音轄詞具有差異，我們認為這是“別義異讀”的展現，故將其同攝為白讀層讀音。

江攝開口二等韻

泉州			潮陽			海豐		
ɔŋ	ŋ	缸椿撞				ioŋ	ŋ	撞
ɔŋ	aŋ	雙				uaŋ	aŋ	雙
ɔŋ	aŋ/ŋ	杠					aŋ/oŋ	講
aŋ	iɔŋ/ĩũ	腔						
ɔk	ak	駁樸濁				ok	ak	戳
ɔk	oʔ	桌						
ɔk	əʔ	啄						
iɔk	oʔ	鐲				iok	oʔ	鐲
ak	oʔ	學	ak	ɔʔ	學	ak	oʔ	學
ak/ɔk		握						

此韻以泉州方言異讀類型為多，潮陽方言異讀類型稀少，元洲仔方言無異讀表現。泉州、海豐方言白讀層皆有兩種讀音分佈。其中海豐方言的“講”在文白土人感認知上 aŋ 屬文讀，oŋ 屬白讀。然而這種認知與音韻對應產生矛盾：海豐方言此韻其他 aŋ 屬白讀音，因此，我們將 aŋ/oŋ 同設為白讀層讀音。泉州方言的“杠”、“腔”的兩種白讀音則有別義異讀色彩。元洲仔方言雖無異讀表現，但字音亦有 aŋ、oŋ 之別。從轄字類型上看，常用語素多讀 aŋ。

曾攝開口一等韻

泉州			潮陽			海豐			元洲仔		
ŋ	aŋ	崩									
ŋ	iŋ	朋恆									
ŋ	an	等曾層	ɛŋ	aŋ	等	eŋ	aŋ	等			
iŋ	in	藤肯				eŋ	iaŋ				
iak	ak	墨				ek	ak	墨			
iak	at	賊塞刻克				ek	ak	刻			
iak	mʔ	默									
iak	it	得				ek	it	得	ek	it	得
iak	ak/ iaʔ	則									

此韻以泉州方言文白異讀類型與轄字為多，潮陽、元洲仔方言僅有一類文白異讀。同時，泉州方言白讀層保留了 an/at、in/it 韻母，海豐、元洲仔方言則僅有 in/it，an/at 已然演變為 aŋ/ak。潮陽方言 -n/-t 韻尾全面發生演變，音系中僅有 -ŋ/-k，不見 -n/-t。

曾攝開口三等韻

泉州				潮陽			海豐			元洲仔		
iŋ	in		秤乘剩升承應蠅				eŋ	in	稱承應蠅			
iŋ	in	ian	凝				eŋ	aŋ	凝			
iak		at	力	ɛk	ak	值	ek	ak	力值	ek	ak	力
iak		ak	側測									
iak	it		鯽息熄翼	ɛk	ik	翼	ek	it	熄翼			
	it	at	值									
	it	iaʔ	食				ek	iaʔ	食			
	it	ik	殖									

此韻以泉州方言異讀現象為多，且表現出三層異讀分佈現象。海豐方言異讀種類較少，潮陽、元洲仔方言異讀類型最少。泉州方言的三層分佈存在預設了同屬閩南方言的海豐方言 aŋ、in 類讀音、潮陽方言的 ak、ik 類讀音亦有層次區別的可能。然因這兩個方言中，此類讀音並無對立分佈特徵，故我們將其設為同層。但參照泉州方言的異讀類型，我們不否認海豐、潮陽方言此類讀音亦有層次差異的可能。

曾攝合口一等韻

泉州			海豐		
ɔŋ	iŋ	弘	uek	ueʔ	或

此韻異讀現象及轄字皆稀少，潮陽、元洲仔方言並無異讀分佈。

梗攝開口二等韻

泉州			潮陽			海豐		
ŋ	iŋ/ĩ	彭	ɛŋ	ɛ̃	猛生牲更	eŋ	ẽ	猛生牲更梗爭
ŋ	iŋ	耕						
ŋ	ĩ	生更庚梗坑硬棚爭						
ɔŋ	ĩ	盲	aŋ	ɛ̃	盲	aŋ	ẽ	盲
iŋ	ĩã	行				eŋ	ĩã	行
iak	eʔ	伯柏白宅格客擘麥脈冊隔	ɛk	ɛʔ	柏	ek	eʔ	伯柏白
iak	aʔ	拍				ek	aʔ	拍
iak	iaʔ	拆額嚇摘				ek	iaʔ	拆
iak	aʔ/eʔ	百						
iak	it	責						
iak	ut	核						
iak	at	扼						

此韻以泉州方言異讀類型與轄字為多，海豐方言次之，潮陽方言最少，元洲仔方言無異讀表現。同時，在白讀層音類對應上，潮陽、海豐方言的 ɛ/e 類讀音與泉州方言的 i 類讀音基本形成對應，顯示了白讀音類型上，潮陽、海豐方言走得更近，與泉州方言具有類型對立的特徵。

梗攝開口三等韻

泉州			潮陽			海豐			元洲仔		
iŋ	ĩã	兵丙命京驚鏡慶迎餅名領嶺請情淨程正聲聖成城盈贏	ɛŋ	ĩã	命驚迎名精情成	eŋ	ĩã	命驚迎精情程整正聖成贏坪	eŋ	ĩã	精情
iŋ	ĩ	柄病井晴靜姓鄭	ɛŋ	ɛ̃	平省	eŋ	ẽ	病井靜鄭			
iŋ	ŋ	映									
iŋ	ĩã/ĩ	平坪精		ĩã/ɛ̃	坪	eŋ	ẽ/ĩ	平			
iŋ	ĩã/ŋ	影									
iŋ	ĩã/in	明輕				eŋ	ẽ	明			
iŋ	ĩã/ũĩ	清				eŋ	in	輕			
iŋ	in/ĩ	嬰									
iak	iaʔ	隙屐僻癖跡隻赤益易				ek	iaʔ	逆亦			
iak	ioʔ	惜蓆尺液	iaʔ/	iɔʔ	席	ek	ioʔ	液			
iɔk/iak		劇									
iak	iaʔ/ ioʔ	石									
iak	it	積席	ɛk	ɛʔ	積						
iak	it/iaʔ	脊				it	iaʔ	脊			
iak	ip	籍									

此韻以泉州方言的異讀類型與轄字為多，海豐、潮陽方言次之，元洲仔方言最少。同時，泉州方言的文讀層 iŋ 與潮陽、海豐方言的 ɛŋ/eŋ 形成對應，顯示了泉州方言與海豐、潮陽方言的類型差異。

梗攝開口四等韻

泉州			潮陽			海豐			元洲仔		
iŋ	ĩã	拼鼎聽廳庭定	ɛŋ	ĩã	庭	eŋ	ĩã	鼎聽庭定經	aŋ	ĩã	庭
iŋ	ĩ	青腥醒經					ẽ/aŋ	星			
iŋ	an	瓶釘亭零鈴				eŋ	aŋ	零			
iŋ	in/ã	挺				eŋ	ẽ	經徑			
iŋ	ĩ/an	星				eŋ	o	腥			
iak	iaʔ	壁糴錫									
iak	iʔ	滴									
iak	aʔ	曆	ɛʔ	aʔ	曆	ek	aʔ	曆			
iak	it	的績				ek	eʔ	績			
iak	at	踢笛									

此韻以泉州方言異讀類型與轄字為多，潮陽、元洲仔方言僅有零星的異讀現象。泉州方言、海豐方言皆出現白讀層有兩種讀音的現象。由於兩種讀音轄詞不一且無直接對立，我們將其同設為白讀層讀音。元洲仔方言“庭”的文讀音為aŋ，不見於其他三個閩南方言，表現極為特殊。

梗攝合口二等韻

泉州				海豐			元洲仔		
ɔŋ	ŋ		礦	uaŋ	ueŋ	宏			
ɔŋ	iŋ		轟						
	ŋ	ũĩ	橫				uaŋ	ũẽ	橫
iak	ueʔ	uiʔ	劃		ueʔ	劃			

此韻異讀類型與轄字不多，潮陽方言無異讀現象。泉州方言有三層異讀音類分佈。

梗設合口三等韻

泉州			海豐		
iŋ	ĩã	兄營螢	iɔŋ	ĩã	兄
iɔŋ/iŋ		瓊	eŋ	ĩã	營

此韻異讀類型與轄字不多，潮陽、元洲仔方言沒有異讀現象存在。泉州方言與海豐方言在白讀層音類上有類同，文讀層則顯示二者差異。

通攝合口一等韻

泉州			潮陽			海豐			元洲仔		
ɔŋ	aŋ	篷東董凍棟通桶痛同銅筒桐動籠聾攏弄稯鬃總稯聰蔥叢送公工功空孔控烘紅洪翁甕冬統農膿鬆	ɔŋ	aŋ	篷東凍通同總叢公功空紅洪鬆	oŋ	aŋ	篷東董凍棟通同銅桐動洞籠聾動攏稯總叢送公工空烘紅洪翁冬統農鬆	oŋ	aŋ	公
ɔk	oʔ/əʔ	卜	ɔŋ	aŋ/ɛŋ	翁	oŋ	õ	蒙			
ɔk	ak	曝木獨讀谷毒沃	ɔk	ak	沃	ok	ak	木讀毒沃			
						ok	ek	鹿			

此韻四個方言的異讀類型較為相似，異讀種類以海豐方言為多，異讀轄字則以泉州方言為多。同時，此韻中泉州與潮陽方言白讀層皆有“同層異讀”情況。但兩者的類型不一。泉州方言“卜”讀 oʔ/əʔ 沒有明顯轄詞區別，潮陽方言的“翁”讀 aŋ/ɛŋ，分別表示“丈夫”與“姓氏”，轄詞有明顯差異，屬別義異讀範疇。

通攝合口三等韻

泉州			潮陽			海豐			元洲仔		
ɔŋ	uaŋ	風馮	ɔŋ	uaŋ	風						
ɔŋ	ŋ	楓				oŋ	ũĩ	楓			
ɔŋ	aŋ	夢封蜂峰捧縫				oŋ	aŋ	夢蜂縫			
iɔŋ	aŋ	蟲重共	ɔŋ	ɛŋ	松	ioŋ	aŋ	重共			
iɔŋ	ŋ	中從	ɔŋ	aŋ	中重				ioŋ	ã	中
iɔŋ	iŋ	中眾銃弓宮窮雄龍松頌寵重鍾種腫種春胸擁湧用	iɔŋ	ɛŋ	窮雄	ioŋ	eŋ	眾			
iɔŋ	ĩũ	蓉									
iɔŋ/ɔŋ		崇									
ɔk	ak	福腹幅覆目	uak	ɛk	蜀	ok	ak	腹幅目			
iɔk	ak	六逐菊麴獄				iok	ak	六			
iɔk	iak	竹畜軸熟肉綠促粟燭觸褥曲局玉浴	iɔk	ɛk	浴						
iɔk	ioʔ	俗									
iɔk/ɔk	iak	宿									
iɔk	iak/eʔ	叔									

此韻以泉州方言異讀種類與轄字為多。四個方言存在類同的異讀音類。從讀音類型上，泉州、潮陽方言音系中共有 ŋ 韻母，有別與海豐方言的 ũĩ 類讀音，而海豐、潮陽、元洲仔方言音系中則共有 ɛŋ/eŋ 類韻母，有別於泉州方言的 iŋ。

3.3 泉州、潮陽、海豐方言異讀特點與趨勢

由上述各表的陳述可見，泉州、潮陽、海豐、元洲仔方言皆有文白異讀表現。相比較而言，泉州方言的異讀現象及轄字最多，潮陽、海豐

方言次之，元洲仔方言最少。同時，在調查中發現，四種閩南方言發音人的文讀系統皆有弱化的趨勢。這種趨勢表現在諸多文讀音無法在正常語境中完整表達，須加以詞彙或語境提示，方可恢復。

四種香港閩南方言文讀層弱化趨勢與香港閩南方言的語用環境相關。如上文所述，香港閩南方言並非香港社會的主流方言，發音人皆有“雙語”特徵，在對外交流及與文教相關的領域，幾乎不使用閩語，而以香港社會的主流方言粵語作為交流工具。因此，閩南方言對於閩籍人士而言，最多只作為家庭語言。與日常相關的詞彙在語音上多表現為白讀層次讀音，故發音人對閩南方言的使用，以白讀層為主。因閩南方言在香港社會的非主流地位不變，這種文讀層弱化的趨勢會加劇。文讀層次讀音會逐漸消失或為粵語音替代。香港閩南方言文白異讀的競爭性演變，對於與其具有類似語用環境的其他方言，具有啟示意義。

第四章　詞彙比較：香港四種閩南方言的詞彙差異

4.1　香港四種閩南方言詞彙的分類

因具有開放性、可生成性等特點，詞彙研究難以如音系研究一般系統描寫和總結。然而，在語言接觸中，詞彙最容易受到其他方言影響而改變，因此詞彙比較研究，是研究語言接觸最直觀的方式。目前仍存於香港的泉州、潮陽、海豐方言，其詞彙已與在泉州、潮陽、海豐本土的閩南方言存在差異，觀察這種差異，並聯繫香港粵語、通語普通話，可獲悉語言接觸之於詞彙的趨勢。元洲仔閩語紮根香港新界，與粵語同生共存，接觸程度更甚。因此本書將香港泉州、潮陽、海豐方言詞彙作為一個組合描寫比較，將接觸深度與途徑與三者存在差異的元洲仔閩語單獨分析。

在組合一中，雖同為閩南方言，泉州、潮陽、海豐方言的詞彙本身亦有差異，故本書不僅考查它們與香港粵語的接觸關係，亦比較三個方言的詞彙，先考察三者內部差異，再討論方言詞彙的“粵語化”與“通語化”，分析這種變化是否與語義分類、使用頻率相關，從而較全面描述香港閩南方言詞彙的生態現狀。香港元洲仔閩語因與粵語關係更為密切，本書著重考察其與粵語的接觸關係。

4.2　香港泉州、潮陽、海豐閩南方言詞彙的比較與分析[1]

4.2.1　香港泉州、潮陽、海豐方言詞彙的描寫與比較

與語音層次一致，詞彙的存現亦有相對時間早晚的層次問題。無論是本土閩語還是香港閩語，皆與通語官話長期共生。存在香港的閩語又與粵語長期接觸，因此"粵語化"與"通語化"是詞彙生態中不可缺少的統計步驟。同時，考察方言間詞彙的差別，又是表現方言距離的重要方式，因此"閩南方言詞彙內部差異"是描寫的另一重要特徵。參考中國社科院語言研究所 1981 年制定的《方言調查詞彙表》及香港中文大學張雙慶教授研究團隊制定的《中國五省及東南亞閩方言調查詞彙表》，在此基礎上刪繁補簡，剔除與城市生活關係疏遠的"農業 / 農具"類詞彙，我們制定了香港閩南方言生態調查詞彙 1822 個，並以語義分類排列，對存在香港社會的泉州、潮陽、海豐方言進行調查。我們的關注點為三種來源不同的閩南方言在香港這個多語多方言都市裏的存現情況，並非尋找方言為本土、最地道的層次，因此調查不刻意要求發音人思考最地道的詞彙，反而希望能就認知直覺，説出最常用的詞彙。同時，閩方言詞彙已有非常細緻完備的調查語料，因此我們對詞彙的描寫，並非展現閩語詞彙的分佈與讀音情況，而是觀察目前仍流通於香港社會的閩南方言詞彙是否有粵語、通語的層次，同時考察三種閩南方言詞彙的內部差異。為避免將"詞音"區別詮釋為詞彙的概念表達區別，我們先通過語料的比較與轉寫，將詞彙儘可能以文字（本字、表音字）表達。在每類詞彙的描寫之後，我們以"閩南方言內部差異"、"閩南方言自身演變"、"閩南方言向通語演變"、"閩南方言向粵語演變"四項特徵檢測所調查詞彙，並指出"同一概念有不同表達，發音人自身區別"的詞彙。"閩南方言內部差異"言及三種或兩種閩南方言的詞彙表達差異。

1　此節部分內容曾發表於"海上絲綢之路的漢語研究國際論壇"（2017，香港中文大學），特此説明。

“閩南方言自身演變”言及香港閩語與本土閩語不同的詞彙，且這種詞彙既不同於通語，也不同於粵語。“閩南方言向通語演變”和“閩南方言向粵語演變”則是對詞彙“通語化”和“粵語化”的考察。“閩南方言向通語演變”意謂不同於本土閩語，而與通語説法一致的詞彙。“閩南方言向粵語演變”則為不同於本土閩語，而與香港粵語一致的詞彙。我們的本土閩語參考語料主要為“中國五省及東南亞閩方言調查”結果，異同標準為“核心語素”標準，即核心語素相同詞彙為同，核心語素不同詞彙為異。例如，泉州方言的“鳥囝”與潮陽方言的“鳥”核心語素皆為“鳥”，因此詞尾的差異不算作詞彙的差異。而潮陽方言的“月娘”與海豐方言的“月姑”，因核心語素有“月”和“娘”/“姑”，“娘”與“姑”表達上具有差異，因此“月娘”與“月姑”為方言內部差異詞彙。同時，須指出，本文所謂的詞彙差異，指的是同一語義以不同的形式表達，不包括詞音差異。

1. 天文

詞彙	泉州	潮陽	海豐
太陽	日頭	日頭	日頭
下山	日落	落山	落山
日蝕	日食	日食	天狗食日 / 日食
月亮	月亮 / 月娘	月娘	月姑
月牙兒	月目眉	月眉	月眉
月蝕	月食	月食	天狗食月 / 月食
星星	星	星	星
銀河	銀河	銀河	銀河
流星（名詞）	瀉屎星	掃帚星	瀉屎星 / 流星
風	風	風	風
颱風	風颱	風颱	風颱
旋風	sə21 lie21 風	旋風 / 大風	旋風
順風	順風	順風	順風
逆風	逆風	逆風	逆風

（續表）

詞彙	泉州	潮陽	海豐
風停了	風掂了	風歇了	風掂了
黑雲	烏雲	烏雲	烏雲
霞	霞	霞	霞
雷	雷	雷公	雷
打雷	筒雷	響雷	敲雷
閃電（動賓）	閃 tshuaʔ51	雷公躡目	閃 nã223
雨	雨	雨	雨
下雨	落雨	落雨	落雨
毛毛雨	雨微囝	雨微	雨微囝
小雨	雨囝	雨囝	雨微囝
大雨	西北雨	大雨	大雨
暴雨	風颱雨	風颱雨	大雨
淋雨	沃雨	沃雨	沃雨
雨停了	雨煞咯	雨晴了	雨掂了
虹	kheŋ53	紅霞	虹
冰	冰	冰	冰
結冰	結冰	結冰	結冰
冰雹	冰雹	冰雹	冰雹
露	露水	露水	露
下露	落露	落露	落露
霜	霜	霜雪	霜
下霜	落霜	落霜	落霜
霧	霧	霧水	霧
下霧	落霧	落霧	有霧
天氣	天氣	天氣	天時
晴天	好天	好天	出日 / 晴
陰天	烏暗天	烏暗天	天烏烏
轉晴	開天	轉晴	出日
春夏暖濕天氣	水流天	返春	南風天

（續表）

詞彙	泉州	潮陽	海豐
熱（天氣～）	燒熱	熱	熱
悶熱（天氣～）	翕熱	熱	熱
暖和（天氣～）	燒靜	像燒	燒
涼快（天氣～）	秋清天	涼	涼
冷（天氣～）	寒天	寒	清 / 寒
陰冷	烏寒	烏暗寒	
天旱	洘旱	旱天	
澇了	做大水	做大水	做大水

閩南方言的內部差異：

1. 三地皆存在差異詞彙：

響雷、閃電、雨停了、轉晴、春夏暖濕天氣。

2. 任兩地存在差異詞彙：

月亮——泉州、潮陽“月娘”與海豐“月姑”形成區別。

流星——泉州、海豐“瀉屎星”與潮陽“掃帚星”形成區別。

風停了——泉州、海豐“掂”，與潮陽“歇”形成區別。

閩南方言的自身演變：

彩虹——朝陽用“紅霞”，為方言自身變化。

陰天——海豐“天烏烏”，詞法結構發生變化。

閩南方言向通語演變：

旋風——潮陽、海豐用“旋風”，同於通語。

大雨——泉州保持“西北雨”說法，潮陽、海豐皆與通語一致“大雨”。

暴雨——泉州保持“風颱雨”說法，潮陽、海豐與通語一致“暴雨”。

天氣——閩南方言本為“天時”，泉州、潮陽皆用“天氣”的通語說法。

晴天——海豐已同於通語“晴”。

涼快——潮陽、海豐同於通語“涼”，異於泉州“秋凊天”。

2. 地理

詞彙	泉州	潮陽	海豐
（開闊的）平地	平洋	平地	空地
旱地	旱地	旱地	
水田	水塍	水塍	塍
菜地	菜地	菜園	塍
荒地	空地	空地	荒地
草坪	草埔	草埔	草埔囝 / 草坪
沙土地	沙塗地	沙塗	半沙塗
山	山	山	山
山腰	半山腰	半山	半山腰
山腳	山骹	山骹	山骹
山峰	山頂	山頂	山尖頂
大河	大溪	大河	溪
河岸	溪岸	河岸	溪墘
壩	壩	壩	壩
小溪	溪囝	溪囝	溪囝
水渠	水路	水溝	水路溝 / 水渠
湖	湖	湖	湖
潭	潭	潭	
池塘	池	水池	水池
水坑	水空囝	水坑	水窟
海	海	海	海
波浪	水湧	海湧	湧
堤	堤	堤	堤泊
潮水	水漲	潮水	澇水 / 潮

（續表）

詞彙	泉州	潮陽	海豐
漲潮	漲水	水漲	滿湧 / 潮漲
退潮	退水	水退	涸湧 / 潮退
水	水	水	水
淡水	tsĩã21 水	tsĩã53 水	tsĩã53 水
洪水	大水	大水	大水
涼水	寒水	寒水	清水
泉水	泉水	泉水	泉水
溫泉	溫泉	溫泉	溫泉
熱水	燒水	燒水	燒水
溫水	溫水	溫水	半燒寒水 / 暖水
開水	滾水	滾水	滾水
石頭	石頭	石頭	石部
小石塊	細石囝	石頭囝	石部囝
沙子	沙囝	沙	沙
沙灘	沙埔	沙灘	沙壩
磚	磚	磚	磚
瓦	瓦	瓦	瓦
陶瓷	hui55	hui55	hui55
灰塵	煙塵	煙塵	ioŋ33 ia33
垃圾	糞掃	垃圾	垃圾
鐵銹	鐵鉎	生鉎	生鉎
泥土（統稱）	泥塗	塗	塗
煤	煤	煤	煤
煤油	塗油	煤油	火水 / 煤油
（牡蠣殼兒燒製）灰	殼灰	灰塗殼	灰
水泥	烏水泥	紅毛灰	水泥
磁石	吸石	吸	吸鐵

（續表）

詞彙	泉州	潮陽	海豐
木炭	火炭	木炭	炭
地方	所在	地方	地方
南洋	番囝頓	番爿	南洋
城裏	城內	城內	市內
鄉下	鄉下	農村	農村
故鄉	農村	鄉里	鄉里

閩南方言的內部差異：

水渠——泉州為“水路”，潮陽為“水溝”，海豐為“水路溝”。

地方——泉州稱“所在”，廣東閩語潮陽、海豐皆稱“地方”。

閩南方言的自身演變：

菜地——本土閩南方言一般稱為“菜園”，香港泉州、海豐閩語已經沒有“菜園”的說法，泉州類同通語稱為“菜地”，海豐更將“菜地”等同“塍（田地）”。

城裏——海豐方言稱“市內”，應為發音人自身的音變。

故鄉——泉州發音人稱為“農村”屬自身演變，泉州方言故鄉有“祖家”的稱呼。

閩南方言向通語演變：

平地——泉州保留“平洋”說法，潮陽、海豐與通語一致稱“平地”。

荒地——海豐“荒地”同於通語。

大河——閩南方言常將“河”稱為“溪”，潮陽方言則稱“河”，同於通語。

水泥——海豐稱“水泥”為與通語共有的層次，泉州“烏水泥”屬閩語固有“烏灰”與“水泥”結合的產物，潮陽“紅毛灰”屬閩語固有稱謂。

南洋——海豐稱“南洋”為與通語一致的層次，“番囝頓”、“番爿”則為閩語固有層次。

閩南方言向粵語演變：

鄉下——泉州發音人稱為“鄉下”，同於粵語，應是粵語接觸的層次。

閩南方言內部差異＋向通語演變：

水坑——“水空囝”、“水窟”為閩語內部差異，海豐方言的“水坑”與通語一致。

潮水——潮陽稱“潮水”，海豐的“潮”屬與通語共有的說法，泉州的“水漲”和海豐的“澇水”則反映了閩語內部的差異。

沙灘——泉州“沙埔”、海豐“沙壩”，體現閩語內部差異，潮陽的“沙灘”為借入通語詞彙的層次。

閩南方言向通語演變＋向粵語演變：

溫水——泉州、潮陽的“溫水”屬方言向通語演變的層次，海豐“暖水”屬粵語詞彙，其“半燒寒水”則為閩語固有層次。

同一概念有不同表達，發音人選擇不同的詞彙：

垃圾——泉州的“糞掃”為閩語層次，潮陽、海豐的“垃圾”屬閩語與粵語、通語共有的層次。

3. 時間

詞彙	泉州	潮陽	海豐
夏天	熱天	熱天	熱天時
冬天	寒天	寒天	寒天時
冬至	冬節	冬節	冬節
春節	過年	過年	過年 / 正月 / 過年
除夕	二九暗	三十暝	三十暝
年初一	正月初一	正月初一	年初一
元宵節	上元	十五暝	正月十五
清明節	清明	清明節	清明
端午節	五月節	五月節	五月節
七夕	七娘媽生	初七囝	七月初七

（續表）

詞彙	泉州	潮陽	海豐
中元節	七月半	七月十五	七月半
中秋節	中秋節	中秋節	八月半
今年	今年	今年	今年
去年	舊年	舊年	舊年
明年	明年	明年	下年
前年	前年	前年	前年
大前年	大前年	大前年	大前年
往年	往年	往年	前年
後年	後年	後年	後年
大後年	大後年	大後年	大後年
年初	年頭	年頭	年頭
年底	年冬	年尾	年尾
上半年	頂半年	上半年	上半年
下半年	下半年	下半年	下半年
每年	年年	年年	排年
整年	歸年	遘年	thaŋ213 年
正月	正月	正月	正月
閏月	閏月	閏月	閏月
月初	月頭	月頭	月頭
月底	月尾	月尾	月尾
一個月	蜀個月	個月	個月
今天	今囝	今日	今日
明天	明囝	明起	明早
後天	後日	後日	後日
大後天	大後日	大後日	大後日
昨天	昨日	昨日	昨日

（續表）

詞彙	泉州	潮陽	海豐
來日	後日	下日	別日
前天	前日	前日	左日
大前天	大前日	大前日	大左日
前幾天	前幾日	前幾日	前幾日
星期天	星期日	星期日	星期日
一星期	蜀星期	蜀星期	個星期
整天	歸日	遘日	thaŋ213 日
十幾天	十外日	十外日	十外日
上午	頂晝	上旰	眠起
中午	下晝	日晝	中午
下午	暗晡	下旰	下晝
半天	半日	半日	thaŋ213 晝
大半天	大半日	蜀大旰	輪 thaŋ213 晝
凌晨（天快亮）	天未光	天愛光	半暝
清晨（日出前後）	清早起	mŋ55 起早	thaŋ213 早
白天	日時	日旰	日時
傍晚	日未暗	暝暗時	暗昏骹
夜晚	下昏	暝旰	暝昏
半夜	半暝	半暝	半暝
整夜	歸暗	遘暝	thaŋ213 暝
每天晚上	逐暗暝	暝暗時	排暝昏
日子	日子	日子	許日
什麼時候	甚物時陣	thiaŋ33 時	咩個時暑
曆書	曆日	日曆	通書
陽曆	陽曆	國曆	新曆
陰曆	農曆	農曆	舊曆
一輩子	蜀世儂	蜀世儂	蜀世儂

（續表）

詞彙	泉州	潮陽	海豐
一會兒	蜀囝久	蜀睏囝	霎囝
古代時候	古早時陣	古早	舊社會 / 古代
先前	舊時	先前	先前
後來	後來	後來	後底
現在	現今	現在	tã33

閩南方言的內部差異：

1. 三地皆存在差異詞彙：

整年、整天、上午、中午、下午、夜晚、凌晨（天快亮）、清晨（日出前後）、整晚、什麼時候、陽曆、古代時候。

2. 任兩地存在差異詞彙：

元宵節——泉州"上元"與潮陽、海豐"正月十五 / 十五暝"形成區別。

七夕——泉州"七娘媽生"與潮陽、海豐"（七月）初七"形成區別。

中秋節——泉州、潮陽"中秋"與海豐"八月半"形成差異。

白天——潮陽"日旰"與其他兩地閩語"日時"形成差異。

閩南方言的自身演變：

往年——海豐稱為"前年"為自身演變的結果，異於本土海豐方言稱"每年"。

年底——泉州稱"年冬"，為自身演變結果，異於本土泉州方言的"年尾"。

每年——海豐稱"排年"，為自身演變結果，異於本土海豐方言"年年"。

日子——海豐"許日"為方言演變結果，異於本土海豐方言"日子"。

半日——"thaŋ213 晝"是海豐方言的自我創新。

閩南方言向粵語演變：

大年初一——海豐“年初一”，同於粵語。

明年——海豐“下年”同於粵語。

曆書——海豐“通書”同於粵語。

閩南方言向通語演變：

先前——泉州“古時”為閩語層次，潮陽、海豐“先前”則同於通語。

閩南方言的內部差異 + 向通語演變：

現在——泉州“現今”、海豐“tã33”為閩語內部差異，潮陽“現在”為通語借入層次。

短語省略區別：

“一星期”是“蜀個星期”的省略，泉州、潮陽省略“個”，海豐省略“蜀”。

4. 農事

詞彙	泉州	潮陽	海豐
種田	種塍	作塍	佈塍
年成	年冬	年冬	收成
下地	落塍	落塍	落塍
薅草	挽草	thũã53 草 / 薅草	薅草
割稻子	割	割	割
鬆土	鬆土	鬆土	敲鬆
施肥	落肥	落肥	沃肥
澆水	沃水	潑水	沃水
打水	tshiu55 水	kũã35 水	搏水
水井	古井	水井	井
水桶	水桶	水桶	小桶
犁	犁	犁	犁
脱粒機	脱谷機	摔桶	拍粟機
石磨	石磨	石磨	石磨

（續表）

詞彙	泉州	潮陽	海豐
篩子	篩	篩囝	篩
鋤	除	除頭	除頭
鐮刀	鍥囝	鍥囝	鐮
簸箕	糞箕	簸箕	簸斗
筐	筐	筐	籃囝
籮	籮	籮	籮
扁擔	扁擔	批擔	擔
掃帚（總稱）	掃帚	掃帚	掃 soi33
草繩	草索	草索	索

閩南方言的內部差異：

1. 三地皆存在差異詞彙：

打水、簸箕、脱粒機。

2. 任兩地存在差異詞彙：

種田——三個閩語有“種塍”、“作塍”與“佈塍”的區別，其中種塍或有通語影響因素。

薅草——泉州“挽草”與潮陽、海豐“薅草”形成區別。

施肥——泉州、潮陽“落肥”與海豐“沃肥”形成區別。

鐮刀——泉州、潮陽“鍥囝”與海豐“鐮”形成差異，“鐮”或有通語影響因素。

閩南方言的自身演變：

澆水——潮陽“潑水”為自身演變的層次。

筐——海豐將“筐”稱為“籃囝”，屬自身創新。

閩南方言向通語演變：

年成——泉州、潮陽“年冬”為閩語固有層次，海豐“收成”同於通語。

5. 植物

詞彙	泉州	潮陽	海豐
糧食	米糧	食糧	糧
麥子	麥囝	麥	麥
粟	粟	粟	
玉米	玉米	燕米	燕米
稻子	粙囝	粙	粙
稻草	粙草	稿草	草
米	米糧	米	米
糯米	秫米	秫米	軟米
糙米	糙米	糙米	糙米
向日葵	向日葵	向日葵	向日葵
葵花子兒	向日葵籽	向日葵籽	香瓜子
番薯	番薯	番薯	番薯
馬鈴薯	番囝番薯	乾同	馬蹄薯
芋頭	芋頭	芋	芋頭
山藥	淮山	淮山	淮山
藕	藕	藕	蓮藕
蓮子	蓮子	蓮子	蓮子
芝麻	油麻	油麻	油麻
豆芽菜	豆青	豆芽	豆芽
綠豆	綠豆	綠豆	綠豆
黑豆	烏豆	烏豆	烏豆
豌豆	荷蘭豆	青豆	荷蘭豆
豇豆	菜豆	菜豆	菜豆
青菜	青菜	青菜	菜
茄子	茄囝	力蘇	力蘇
黃瓜	青瓜	青瓜	吊瓜

（續表）

詞彙	泉州	潮陽	海豐
絲瓜	角瓜	角瓜	絲瓜
苦瓜	苦瓜	苦瓜	苦瓜
南瓜	南瓜	南瓜	金瓜 / 冬瓜
冬瓜	冬瓜	冬瓜	**醬瓜**
佛手	佛手	佛手瓜	佛手瓜
瓠子	瓠	胡瓠	胡瓠
蔥	蔥	蔥	蔥囝
洋蔥	北蔥	番蔥	洋蔥
蒜（整株的）	蒜	蒜	蒜囝
蒜泥	蒜蓉	蒜蓉	蒜泥
韭菜	韭菜	韭菜	韭菜
莧菜	莧菜	莧菜	莧菜
西紅柿	柑囝得	番茄	番茄
薑	薑	薑	薑
柿子椒	甜椒	甜青椒	青椒
辣椒	薟椒	薟椒	辣椒
胡椒	胡椒	胡椒	胡椒
芥菜	芥菜	芥菜	芥菜
菠菜	菠薐菜	菠薐	菠菱
大白菜	包白	kua33 囝菜	京白 / 白菜
洋白菜	高麗菜	甘藍蕾	甘藍
小白菜	白菜囝	白菜囝	白菜囝
芹菜	芹菜	芹菜	芹菜
芫荽	芫荽	芫荽	芫荽
花椰菜	菜花	菜花	椰花
蘿蔔	菜頭	菜頭	菜頭
蘿蔔乾兒	菜脯	菜脯	菜脯

（續表）

詞彙	泉州	潮陽	海豐
胡蘿蔔	紅蘿蔔	紅菜頭	紅菜頭
油菜	油菜	菜心	菜心
蕹菜	蕹菜	蕹菜	蕹菜
樹林	樹林	樹林	叢林
樹苗	樹苗 / 樹囝	樹栽	樹苗
樹幹	樹身	樹身	
樹根	樹根	樹根	樹根
樹葉	樹箬	樹箬	樹箬
樹枝	樹枝	樹枝	樹枝
種樹（動賓）	種樹	種樹	種樹
松樹	松樹	松樹	松
杉樹	杉樹	杉樹	杉樹
榕樹	榕樹	榕樹	松
桑樹	娘囝箬樹	桑樹	桑椹
苦楝樹	苦楝	苦楝樹	苦楝樹
竹子	竹囝	竹囝	竹
竹筍	竹筍	竹筍	竹筍
竹竿兒	竹篙	竹篙	竹篙
竹篾	竹篾	竹篾	竹籤
水果	水果	水果	生果
桃	桃	桃	桃
李子	李囝	李囝	李囝
楊梅	樹梅	楊梅	楊梅
梨	梨囝	梨	梨
枇杷	枇杷	枇杷	枇杷
柿子	柿囝	紅柿	柿
柿餅	柿餅	柿餅	柿餅

（續表）

詞彙	泉州	潮陽	海豐
石榴	石榴	石榴	石榴
番石榴	籃囝佛	佛囝	佛囝
柚子	柚	柚	柚
橘子	橘囝	橘囝	柑
橙子	橙	橙	橙
木瓜	萬壽瓠	木瓜	奶瓜
龍眼	肉眼	肉眼	肉眼
荔枝	荔枝	蓮果	蓮果
核兒	子	核	核
芒果	檨囝	檨	檨
菠蘿	旺梨	番梨	菠蘿
橄欖	橄欖	橄欖	橄欖
栗子	栗子	厚栗	hok11 栗
香蕉	弓蕉	弓蕉	弓蕉
荸薺	尾薺	錢蔥	馬蹄 / 馬蹄子
棗兒	棗	棗	棗囝
甘蔗	甘蔗	蔗	蔗
花生米	塗豆仁	豆仁	地豆
荷花	蓮花	蓮花	蓮藕花 / 蓮花
水仙花	水仙花	水仙花	水仙
茉莉花	茉莉花	茉莉花	茉莉
牽牛花	喇叭花	牽牛花	牽牛花
杜鵑花	杜鵑花	杜鵑花	杜鵑
仙人掌	仙人掌	仙人掌	刺球 / 仙人掌
蒂	蒂	蒂	蒂
蓓蕾	花梅	蕊	花穌
花瓣兒	花瓣	花 haʔ11	花箬

（續表）

詞彙	泉州	潮陽	海豐
白茅根	茅草根	白茅根	茅根
蘆葦	菅芒	蘆葦	蘆葦
香菇	香菇	香菇	冬菇
茅草	菅蓁	山草	茅
艾	艾	艾	艾
刺兒	刺囝	thũã33	尖刺
蕨	山 mŋ33	mõ33	mõ33
青苔	青苔	青苔	沙蜢飯
萍	薸	薸	薸 / 浮水蓮

閩南方言的內部差異：

1. 三地皆存在差異詞彙：

馬鈴薯、大白菜、荸薺、花生米、花瓣兒、茅草。

2. 任兩地存在差異詞彙：

茄子——泉州“茄囝”與潮陽、海豐“力蘇”形成區別。

蒜泥——泉州、潮陽“蒜蓉”與海豐“蒜泥”形成區別。

西紅柿——泉州“柑囝得”與潮陽、海豐“番茄”形成區別。

洋白菜——泉州“高麗菜”與潮陽、海豐“甘藍”形成區別。

花椰菜——海豐“椰花”與泉州、潮陽“菜花”形成區別，“椰花”或有粵語影響因素，本土海豐方言亦用此稱謂。

荔枝——泉州“荔枝”與潮陽、海豐“蓮果”形成區別。

閩南方言的自身演變：

冬瓜——海豐稱“醬瓜”，為自身創新，本土海豐話無此說法。

樹根——泉州稱“樹骨”，為自身創新，不同於本土泉州方言。

榕樹——海豐稱“松”，為自身創新，不同於本土海豐方言。

竹篾——海豐稱“竹籤”，為自身創新，不同於本土海豐方言。

核兒——泉州稱“子”，為自身演變，不同於本土泉州方言。

青苔——海豐稱“沙蜢飯”，為自身創新，不同於本土海豐方言。

萍——海豐稱“萍浮水蓮”，為自身創新，不同於本土海豐方言。

閩南方言向通語演變：

玉米——泉州直接稱“玉米”，同於通語。

豆芽菜——泉州“豆青”為閩語固有層次，潮陽、海豐“豆芽”則同於通語。

辣椒——海豐“辣椒”同於通語。

胡蘿蔔——泉州“胡蘿蔔”同於通語。

牽牛花——潮陽、海豐“牽牛花”同於通語。

蘆葦——潮陽、海豐“蘆葦”同於通語。

閩南方言向粵語演變：

豌豆——潮陽稱“青豆”，同於粵語。

絲瓜——海豐稱“絲瓜”，同於粵語。

柿子椒——海豐稱“青椒”，同於粵語，潮陽稱“甜青椒”，有粵語影響因素。

油菜——潮陽、海豐“菜心”同於粵語。

水果——海豐“生果”同於粵語。

香菇——海豐“冬菇”同於粵語。

閩南方言的內部差異＋向通語演變：

南瓜——海豐稱“金瓜 / 冬瓜”，與泉州、潮陽形成內部差異，泉、潮的“南瓜”則具有通語影響成分，本土泉州方言稱為“金瓜”，潮陽稱“番瓜”。

洋蔥——泉州、潮陽的“北蔥”、“番蔥”為閩語內部差異，海豐“洋蔥”同於通語。

木瓜——泉州“萬壽瓠”與海豐“奶瓜”形成閩語內部差異，潮陽“木瓜”同於通語。

菠蘿——泉州“旺梨”與潮陽“番梨”形成內部差異，海豐“菠蘿”有通語影響因素。

閩南方言的內部差異＋向粵語演變：

蓓蕾——泉州“花梅”與潮陽“蕊”形成內部差異，海豐“花冧”則同於粵語。

6. 動物

詞彙	泉州	潮陽	海豐
牲口	精牲	精牲	牲禽
公牛	牛公	牛牯	牛牯
母牛	牛母	牛母	牛母
牛犢	牛囝	牛囝	牛囝
羊	羊	羊	羊
公羊	羊公	羊公	羊牯
羊羔	羊囝	羊囝	羊囝
狗	狗	狗	狗
公狗	狗公	狗公	狗牯
母狗	狗母	狗母	狗母
瘋狗	痟狗	痟狗	顛狗
貓	貓	貓	貓
公豬	豬公	豬哥	豬公
母豬	豬母	豬母	豬母
豬崽	豬囝	豬囝	豬囝
閹豬	閹豬	閹豬	閹豬
兔子	兔囝	兔	兔
雞	雞	雞	雞
公雞	雞角	雞翁	雞公
閹雞	閹雞	閹雞	閹雞
野雞	山雞	山雞	野雞

（續表）

詞彙	泉州	潮陽	海豐
雞蛋	雞卵	雞卵	雞卵
下蛋	生卵	生卵	生卵
孵	孵	孵	孵
蟲兒	蟲囝	蟲	蟲
鴨	鴨	鴨	鴨
公鴨	鴨角	鴨公	鴨牯
小鴨子	細鴨囝	鴨囝	鴨微
鵝	鵝	鵝	鵝
野獸	野獸	野獸	野獸
老虎	虎	老虎	nĩãũ35 虎
母老虎	虎母	老虎母	虎母
猴子	猴囝	猴	老猴
熊	熊	熊	熊
豹	豹	豹	豹
狐狸	狐狸	狐狸	狐狸
老鼠	老鼠	nĩãũ53 鼠	nĩãũ53 鼠
蛇	蛇	蛇	蛇
蜥蜴	蜥蜴		九尾蛇 / 蜥蜴
鳥兒	鳥囝	鳥	鳥囝
喜鵲	客鳥	喜鵲	喜鵲
麻雀	粟鳥	雀暝	麻雀
燕子	燕囝	燕鳥	燕
雁	雁	雁	海銅鑼 / 天鵝 / 雁
八哥兒	鴝令囝	撩哥	八哥
老鷹	ŋĩãũ35 鷹	鷹	鷹
蝙蝠	密婆	密婆	密婆
翅膀	翼股	翼	翼

（續表）

詞彙	泉州	潮陽	海豐
嘴	喙	喙	喙
鳥窩	鳥岫	鳥岫	鳥竇
蜘蛛	蜘蛛	蜘蛛	蜘蛛
螞蟻	kau35 蟻	蟻	kau33 蟻
白螞蟻	白蟻	白蟻	白蟻
螻蛄	塗猴	塗猴	塗猴
蚯蚓	厚蚓	厚蚓	厚蚓
蝸牛	露螺		khiau53 螺
壁虎	蟮蟲	蟮蟲	簷蛇
蒼蠅	胡蠅	胡蠅	胡蠅
蚊子	蠓囝	蠓	蠓
蝨子	蝨囝	蝨	bueʔ11 囝 / 蝨母
跳蚤	ka33 蚤	ka33 蚤	蝨母跳蚤
蟋蟀	蟋蟀	竹蟀	嘰蟀
蟑螂	ka33 tsuaʔ51	ka33 tsuaʔ51	ka33 tsuaʔ51
蟬	洋飛獅	蟬	紅飛蟬
蜜蜂	蜜蜂	蜜蜂	蜜蜂
蜇（人）	刺	叮	叮
蜂窩	蜂岫	蜂岫	蜂竇
蜂蜜	蜂蜜	蜂蜜	蜂蜜
螢火蟲	火螢	火金姑	金姑囝
蝴蝶	尾蝶	蝶	蝴蝶
蜻蜓	塍蛉	沙蜢	沙蜢
鯉魚	鯉魚	鯉魚	鯉魚
鯽魚	鯽魚	鯽魚	鯽魚
草魚	草魚	草魚	草活
鰻魚	鰻魚	鰻魚	白鰻

（續表）

詞彙	泉州	潮陽	海豐
鯧魚	鯧魚	鯧魚	鯧魚
帶魚	帶魚	帶魚	帶魚
鮎魚	塗蝨	鮎魚	鯰 / 劃蝨
墨魚	墨賊	墨斗	墨
魷魚	魷魚	魷魚	魷魚
泥鰍	塗溜	塗溜	塗溜
鱔魚	鱔魚	鱔魚	黃鱔
魚鱗	魚鱗	魚鱗	魚鱗
魚刺	魚刺	魚骨	魚骨
魚鰾	魚鰾	魚鰾	魚鰾
魚腮	魚腮	魚腮	魚腮
魚子	魚子	魚春	魚春
魚苗兒	魚苗囝	魚苗	魚苗
釣魚竿兒	釣魚篙	魚篙	釣篙
魚網	魚網	魚網	魚網
捕魚	搦魚	搦魚	搦魚
蝦	蝦	蝦	蝦
蝦米	蝦米	蝦米	蝦米
龜	龜	龜	龜
鱉	鱉		甲魚
牡蠣	蠔	蠔	蠔
螃蟹	蟳	蟹	蟹
梭子蟹	tshiʔ51	tshiʔ51	tshiʔ51
蟹黃	蟹膏	蟹膏	蟹膏
青蛙	胿蛤囝 / 水雞	蛤婆	蛤鼓
蝌蚪	烏豆囝	蛤 kiu53	乖囝
蚶子	蚶	蚶	蚶
螺螄	螺	螺	螺

（續表）

詞彙	泉州	潮陽	海豐
蟶子	蟶	蟶	竹蟶

閩南方言的內部差異：

1. 三地皆存在差異詞彙：

公鴨、麻雀、蟋蟀、青蛙、蝌蚪。

2. 任兩地存在差異詞彙：

公牛——泉州“牛公”與潮陽、海豐“牛牯”形成區別。

公羊——泉州、潮陽“羊公”與海豐“羊牯”形成區別。

公狗——泉州、潮陽“狗公”與海豐“狗牯”形成區別。

雁——泉州、潮陽“雁”與海豐“海銅鑼”形成區別。

鳥窩——泉州、潮陽“鳥岫”與海豐“鳥竇”形成區別。

蜂窩——泉州、潮陽“蜂岫”與海豐“蜂竇”形成區別。

螢火蟲——泉州“火螢”與潮陽、海豐“火金姑（囝）”形成區別。

蜻蜓——泉州“胿蛉”與潮陽、海豐“沙蜢”形成區別。

魚刺——泉州“魚刺”與潮陽、海豐“魚骨”形成區別。

閩南方言的自身演變：

公豬——泉州、海豐“豬公”為自身創新結果，本土泉州、海豐方言仍有“豬哥”稱謂。

蜇（人）——泉州“刺”為自身創新結果，本土泉州方言仍有“叮”稱謂。

鱉——海豐“甲魚”為自身創新結果，本土海豐方言仍有“鱉”稱謂。

閩南方言向通語演變：

喜鵲——泉州“客鳥”為閩語固有層次，潮陽、海豐“喜鵲”則同於通語。

魚子——潮陽、海豐“魚春”為閩語固有層次，泉州“魚子”則同於通語。

野雞——海豐“野雞”同於通語。

閩南方言向粵語演變：

瘋狗——海豐“癲狗”同於粵語。

壁虎——海豐“簷蛇”同於粵語。

閩南方言的內部差異＋向通語演變：

八哥兒——泉州“鵁令囝”、潮陽“撩哥”形成內部差異，海豐“八哥”則同於通語。

蟬——泉州“洋飛獅”與海豐“紅飛蟬”為閩語內部差異，潮陽“蟬”則同於通語。

鮎魚——泉州“塗蝨”與海豐“劃蝨”為閩語內部差異，潮陽“鮎魚”則同於通語。

7. 屋舍

詞彙	泉州	潮陽	海豐
房子	戍	戍	戍
蓋房子	起戍	起戍	起戍
屋子	處	房	房
堂屋	廳	大廳	廳
場院	庭	庭	外庭
天井	窗井	窗井	窗井
平房	下處囝	平房	戍
樓房	樓房	樓房	樓
洋房	番囝樓 / 洋樓	洋樓	樓
樓上	樓頂	樓頂	樓頂
樓下	樓下	樓下	樓下
樓梯	樓梯	樓梯	樓梯
梯子	梯	梯	梯
欄杆	欄杆	欄杆	欄杆
陽台	陽台	陽台	陽台
曬台	曬台	天台	處尾頂

（續表）

詞彙	泉州	潮陽	海豐
柱	柱	柱	柱
牆	牆	牆	牆
正門	正門	正門	正門
後門	後門	後門	後門
窗子	窗	窗	窗囝
窗台	窗台	窗墘	窗盤
走廊	走廊	走廊	走廊
廚房	廚房 / 灶骹	灶房	廚房
廁所	廁所	廁所	廁所
鄰居	處邊	處邊	隔壁

閩南方言的內部差異：

1. 三地皆存在差異詞彙：平房。

閩南方言的自身演變：

屋子——泉州“戍囝”為自身創新結果，本土泉州方言仍有“房間 / 房”稱謂。

鄰居——海豐“隔壁”為自身創新結果。

閩南方言向通語演變：

廚房——海豐“廚房” 同於通語。

廁所——三地皆同於通語，閩語層次消失。

閩南方言向粵語演變：

洋房——海豐“樓”同於粵語。

閩南方言向通語演變 + 向粵語演變 + 自身演變：

曬台——泉州“曬台”同於通語，潮陽“天台”同於粵語，海豐“處尾頂”為自身創新結果。

閩南方言向通語演變＋自身演變：

窗台——泉州"窗台"同於通語，潮陽"窗墘"為閩語固有層次，海豐"窗盤"為自身創新結果，本土海豐話為"窗墘"。

8. 器具

詞彙	泉州	潮陽	海豐
鎖	鎖頭	鎖	鎖
鑰匙	鎖匙	鎖匙	鎖匙
豬圈	豬寮	豬寮	豬寮
豬食槽	豬槽	豬槽	豬槽
狗窩	狗竇	狗岫	狗竇
雞籠	雞籠	雞籠	雞籠
東西	物件	物件	零細
傢俱	傢俱 / 家私	傢俱	傢俱
櫃子	櫃	櫥	櫃
衣櫥	衣櫥	衣櫥	衣櫥
箱子	箱	箱	箱
桌子	桌	床	床斗
抽屜	拖櫃	櫃桶	拖肚
椅子	椅	椅	椅
坐墊	坐墊	椅坐	貼
床	床	眠床	舖
帳子	蠓帳	蠓罩	蠓罩
毯子	毯	氈	氈
被子	被	被	被
床單	床單	床單	床罩
褥子	褥	褥	床墊
草蓆	草蓆	草蓆	竹蓆
鏡子	鏡	鏡	鏡

（續表）

詞彙	泉州	潮陽	海豐
衣架	衫架	衫架	衫架
馬桶	尿桶	尿桶	齋盤
暖水瓶	熱水壺	熱水壺	熱水壺
木板	樵枋	木枋	木枋
鋸末	鋸屑	鋸屑	杉屑
火柴	火樵	火樵	火樵
煙囪	薰筒	煙筒	煙筒
鐵鍋	鐵鼎	鼎	鼎 / 鐵鍋
鍋蓋	鼎蓋	鼎蓋	鼎蓋
鍋鏟	煎匙	鼎 liu35	鼎 liu35
水壺	茶鈷	水鍋	水壺
碗	碗	碗	碗
海碗	大碗	碗公	簋
盤子	盤	盤	盤
碟子	碟囝	碟	碟囝
飯勺	飯匙	飯刮	飯匙
羹匙	湯匙	湯匙 / 調羹	湯匙
筷子	箸	箸	箸
茶盤	茶盤	茶碟	茶盤
小茶杯	茶甌	茶杯	茶杯
蓋碗兒	甌	甌	茶鼓
酒杯	酒杯	酒杯	酒杯
酒瓶	酒盞 / 酒瓶	酒樽	酒瓶
酒罈子	酒罈	酒罈	酒罈
瓢	匏桸	桸	桸
瓶子	瓶囝	樽	樽
瓶塞	瓶塞	樽塞	樽塞

（續表）

詞彙	泉州	潮陽	海豐
菜刀	菜刀	菜刀	菜刀
刀口	刀喙	刀喙	刀喙
磨刀石	磨石 / 刀石	磨石	磨刀石
砧板	砧	砧	砧板
缽子	缽	缽	骹缽
蒸籠	炊床	炊籠	蒸籠 / 懶煲
水缸	水缸	水缸	水疊 / 水缸
泔水	潘	潘水	潘
抹布	抹布	dzɤ55 床布	拭布
拖把	拖把	掃 soi33	地拖
鉋子	推刀	鉋	鉋囝
斧子	斧頭	斧頭	斧頭
鋸	鋸	鋸	鋸
鑽	鑽	鑽	鑽
曲尺	曲尺	曲尺	曲尺
釘子	釘囝	鐵釘	釘
鉗子	鉗	鉗	鉗
鑷子	夾囝	鉗	夾囝
繩子	索	索	索
剃刀	剃頭刀	剃刀	剃刀
梳子	捋囝	樵梳	樵梳
縫紉機	針車	衣車	縫紉車 / 衣車
剪子	鉸剪	鉸刀	鉸刀
尺	尺	尺	尺
熨斗	燙斗	燙斗	燙斗
澡盆	骹桶	浴盆	骹桶
臉盆	面桶	臉盆	骹盤

（續表）

詞彙	泉州	潮陽	海豐
香皂	芳雪文	番梘	番囝梘
肥皂	雪文	餅藥	番囝梘
泡沫兒	雪文 pheʔ51	phuɛʔ51	phueʔ51
毛巾	面巾	面布	手巾
牙刷	齒刷	牙 tshiu53	牙擦
電燈	燈	電燈	燈
手電筒	手電	電筒	手電
電池	電塗 / 電池	電塗	電池
燈謎	燈謎	燈謎	燈謎
手提包	手提包	手袋	手袋
錢包	錢包	錢袋	銀包
圖章	印囝	印	印
漿糊	漿糊	糊	糊
針尖	針頭	針頭	針尾
穿針	穿針	穿針	穿針
錐子	鑽囝	錐	尖錐
耳挖子	耳勾囝	耳耙	耳勾
蒲扇	葵扇	葵扇	葵頭扇
拐杖	拐囝	動角	拐囝
樟腦丸	臭圓	臭圓	臭圓

閩南方言的內部差異：

1. 三地皆存在差異詞彙：

抽屜、抹布、鉋子、肥皂。

海碗——泉州“大碗”、潮陽“碗公”、海豐“簋”受粵語“九大簋”影響形成。

2. 任兩地存在差異詞彙：

鍋鏟——泉州“煎匙”與潮陽、海豐“鼎 liu35”形成區別。

狗窩——泉州、海豐“狗窩”與潮陽“狗岫”形成區別。

東西——泉州、潮陽“物件”與海豐“零細”形成區別。

桌子——泉州“桌子”與潮陽、海豐“床（斗）”形成區別。

帳子——泉州“蠓帳”與潮陽、海豐“蠓罩”形成區別。

酒瓶——泉州、海豐“酒瓶”與潮陽“酒樽”形成區別。

香皂——泉州“芳雪文”與潮陽、海豐“番（囝）梘”形成區別。

毛巾——泉州、海豐“面巾”與潮陽“面布”形成區別。

針尖——泉州、潮陽“針頭”與海豐“針尾”形成區別。

耳挖子——泉州、海豐“耳勾”與潮陽“耳耙”形成區別。

拐杖——泉州、海豐“拐囝”與潮陽“動角”形成區別。原本“拐囝”與“動角”為中式、西式拐杖之分，但香港閩南方言中已無此區別，皆指拐杖。

鉋子——泉州“推子”與潮陽、海豐“鉋”形成區別。

閩南方言的自身演變：

坐墊——海豐“貼”為自身創新結果，本土海豐方言仍有“椅坐”稱謂。

馬桶——海豐“齋盤”為自身創新結果，本土海豐方言仍有“屎桶”稱謂。

褥子——海豐“坐墊”為自身創新結果，本土海豐方言仍有“褥”稱謂。

鋸末——海豐“杉屑”為自身創新結果，本土海豐方言仍有“鋸屑”稱謂。

水壺——泉州“茶鈷”為閩語固有層次，潮陽“水鍋”、海豐“水壺”為方言創新結果，本土潮陽、海豐亦有“茶鈷”稱謂。

飯勺——潮陽“飯刮”為自身創新結果，本土潮陽方言有“飯添”稱謂。

蓋碗兒——海豐“茶鈷”為自身創新結果，本土海豐方言有“蓋盅”

稱謂。

拖把——潮陽“掃 soi33”為自身創新結果，本土朝陽法院有“拖把”稱謂。

閩南方言向通語演變：

茶杯——泉州“茶甌”為閩語固有層次，潮陽、海豐“茶杯”同於通語。

梳子——泉州“捋囝”為閩語固有層次，潮陽、海豐“樵梳”有通語影響因素。

電池——泉州、潮陽“電塗”為閩語固有層次，“電池”則同於通語。

錐子——海豐“尖錐”有通語影響因素。

閩南方言向粵語演變：

毯子——潮陽、海豐“氈”同於粵語。

茶盤——潮陽“茶碟”受粵語“盤稱為碟”之影響形成。

縫紉機——潮陽、海豐“衣車”同於粵語。

熨斗——三地皆稱“淥斗”同於粵語。

澡盆——潮陽“浴盆”有粵語影響因素。

手電筒——潮陽“電筒”同於粵語。

手提包——潮陽、海豐“手袋”同於粵語。

閩南方言的內部差異 + 向通語演變：

瓶子——潮陽、海豐“樽”與泉州“矸”形成區別，而泉州“瓶”則同於通語。

蒸籠——泉州“炊床”與潮陽“炊籠”形成區別，海豐“蒸籠”則同於通語。

閩南方言的內部差異 + 向粵語演變：

牙刷——泉州“齒刷”、“齒 tshiu213”屬閩語內部差異，海豐“牙擦”同於粵語。

閩南方言向通語演變 + 向粵語演變：

錢包——潮陽“錢袋”為閩語固有層次，泉州“錢包”有通語色彩，海豐“銀包”同於粵語。

9. 人品

詞彙	泉州	潮陽	海豐
男人	諸夫	諸夫	諸夫
女人	查母	諸娘 / 查母	查母儂
嬰兒	囝囝	哄 ã35 囝	赤 he35 囝
小孩兒	細囝囝	孥囝	孥囝儂
男孩兒	諸夫囝	諸夫囝	諸夫囝
女孩兒	查母囝	諸娘囝	查母工囝
老頭兒	老阿伯	老諸夫	老公囝
老太婆	老阿婆	老諸娘	老婆囝
小夥子	後生囝	後生囝	後生囝
城裏人	城市儂	埠頭儂	城市儂
鄉下人	鄉下儂	鄉下儂	農村囝
外地人	外地儂	外地儂	外省儂 / 北囝
本地人	本地儂	本地儂	在地儂
外國人	外國儂 / 番儂	外國儂	外國儂
自己人	家己儂	家己儂	家己儂
客人	儂客	儂客	儂客
單身漢	單身漢	單身哥	單身哥
老姑娘	老姑婆	老姑婆	老姑婆
寡婦	守寡		寡婦
婊子	婊囝		老妓囝 / 雞
男妓	契弟		嫖色
情夫	契兄	老援	合食
私生子	偷生囝	偷生囝	野囝

（續表）

詞彙	泉州	潮陽	海豐
囚犯	監犯	監犯	囚犯
吝嗇鬼	鹹澀鬼	鹹澀鬼	劫澀鬼
敗家子	敗家囝	破家囝	破家囝
乞丐	乞食	乞食	乞食
騙子	佬囝	佬囝	騙儂囝
流氓惡棍	流氓	痞囝	攬尾死 / 散攬
賊	賊	賊	賊
種田人	種塍儂	作塍儂	耕塍的
做生意的	生理儂	生理儂	做生理的
老闆	頭家	頭家	老闆
房東	戍主	戍主	戍主
老闆娘	頭家娘	頭家娘	老闆娘
夥計	骹囝	夥計	夥計
學徒	師囝	師囝	學徒
顧客	主顧	顧客	客
小販	販囝	小販	街邊攤
教員	先生	老師	老師
學生	學生	學生	學生
同學	同學	同學	同學
朋友	朋友	朋友	朋友
醫生（中醫）	中醫生	中醫生	醫生
司機	司機	司機	司機
木匠	木師	木匠	樵師 / 木工
泥水匠	塗水師 / 塗師	灰工	師傅
鐵匠	拍鐵師	拍鐵師傅	拍鐵佬
裁縫	裁縫	裁縫	做衫褲的 / 裁縫
理髮員	剃頭師	剃頭師傅	剪頭毛的

（續表）

詞彙	泉州	潮陽	海豐
屠戶	豬師	豬的	豬的
下屬	下骹手	骹囝	骹囝
廚師	廚房師	火頭君	廚師
女傭	做姐	工人	妹囝 / 女傭
接生婆	掔囝姆	接生婆	接生婆
賭棍	博繳仙	博錢鬼	繳鬼
和尚	和尚	和尚	和尚
尼姑	菜姑	尼姑	尼姑
道士	師公	道士	道士 / 師公囝

閩南方言的內部差異：

1. 三地皆存在差異詞彙：

老頭兒、老太婆、賭棍。

2. 任兩地存在差異詞彙：

女人——泉州、海豐“查母”與潮陽“諸娘”形成區別。

女孩兒——泉州、海豐“查母（工）囝”與潮陽“諸娘囝”形成區別。

本地人——泉州、潮陽“本地儂”與海豐“在地儂”形成區別。

單身漢——泉州“單身漢”與潮陽、海豐“單身哥”形成區別。

婊子——泉州“婊囝”與海豐“妓囝”形成區別。

私生子——泉州、潮陽“偷生囝”與海豐“野囝”形成區別。

吝嗇鬼——泉州、潮陽“鹹澀鬼”與海豐“刦澀鬼”形成區別。

騙子——泉州、潮陽“佬囝”與海豐“騙儂囝”形成區別。

下屬——泉州“下骹手”與潮陽、海豐“骹囝”形成區別，但本土泉州方言亦有“骹囝”稱謂。

尼姑——泉州“菜姑”與潮陽、海豐“尼姑”形成區別。

閩南方言的自身演變：

城裏人——潮陽“埠頭儂”為自身創新結果，本土潮陽方言仍有“城裏儂”稱謂。

理髮員——泉州、潮陽“剃頭師（傅）”為閩語固有層次，海豐“剪頭毛的”為自身創新結果，本土海豐方言仍有“剃頭師傅”稱謂。

女傭——泉州“做姐”為自身創新結果，本土泉州方言稱“老婆”等。

閩南方言向通語演變：

囚犯——海豐“囚犯”同於通語，本土海豐方言仍有“監犯”稱謂。

老闆——泉州、潮陽“頭家”為閩語固有層次，海豐“老闆”同於通語。

老闆娘——泉州、潮陽“頭家娘”為閩語固有層次，海豐“老闆娘”同於通語。

夥計——泉州“骹囝”為閩語固有層次，潮陽、海豐“夥計”同於通語。

學徒——泉州“師囝”為閩語固有層次，潮陽、海豐“學徒”同於通語。

顧客——泉州“主顧”為閩語固有層次，潮陽“顧客”同於通語。

小販——泉州“販囝”為閩語固有層次，潮陽“小販”、海豐“路邊攤”同於通語。

醫生（中醫）——三地皆稱“醫生”，同於通語。

裁縫——泉州、潮陽直接稱“裁縫”，同於通語。

廚師——泉州、海豐“廚（房）師”有通語影響因素，潮陽“火頭君”則是閩語固有層次。

接生婆——潮陽、海豐“接生婆”同於通語。

道士——潮陽直接稱“道士”同於通語，泉州、海豐“師公”則為閩語固有層次。

閩南方言向粵語演變：

顧客——泉州“主顧”為閩語固有層次，海豐“客”同於粵語。

鐵匠——海豐“拍鐵佬”同於粵語。

女傭——潮陽“工人”同於香港粵語。香港傭人一般稱為“工人”。

閩南方言的內部差異＋自身演變：

情夫：泉州“契兄”、潮陽“老援”為閩語內部差異，海豐“合食”為方言自身創新結果，本土海豐方言則為“老契”、“老相好”。

閩南方言的自身演變＋向通語演變：

流氓惡棍——潮陽“痞囝”為閩語固有層次，海豐“攬尾死 / 散攬”為方言自身創新結果，本土海豐方言稱為“浪蕩囝”，泉州“流氓”則同於通語。

木匠——泉州“木師”與海豐“樵師 / 木工”為閩語內部差異，潮陽“木匠”同於通語。

10. 親屬

詞彙	泉州	潮陽	海豐
長輩	頂輩	長輩	大儂
曾祖父	老公	老公	太公
曾祖母	老嫲	老嫲	太嫲
祖父	阿公	阿公	阿公
祖母	阿嫲	阿嫲	阿嫲
外祖父	外家公	外公	外公
外祖母	外家嫲	阿婆	阿婆
父親	老父	阿爸	阿爸 / 我爸
母親	老母	阿媽	阿媽 / 我媽
岳父	丈儂	丈儂	丈儂父
岳母	丈姆婆	丈母婆	丈儂母
公公	諸官	諸官	阿爹 / 諸家官
婆婆	諸家	諸家	阿姆 / 諸家婆
繼父	後父	後父	後父
繼母	後母	後母	後母
乾爹	契父	契父	義父
乾媽	契母	契母	義母

（續表）

詞彙	泉州	潮陽	海豐
伯父	阿伯	大伯	阿伯
伯母	阿姆	大姆	阿姆
叔父	阿叔	阿叔	阿叔
叔母	阿嬸	阿嬸	阿嬸
舅父	阿舅	阿舅	阿舅
舅母	阿妗	阿妗	阿妗
姑媽	阿姑	阿姑	阿姑
姨媽	阿姨	阿姨	阿姨
姑夫	姑丈	姑丈	阿丈
姨夫	姨丈	姨丈	阿丈
姑奶奶	姑婆	老姑	姑婆
姨奶奶	姨婆	老姨	姨婆
平輩	平輩	同字輩	同輩
夫妻	翁姥	翁姥	翁姐囝
丈夫	翁	翁	翁
妻子	姥	姥	查姥
大姑子	阿姑	大姑	阿姑
小姑子	姑囝	細姑	細姑
大舅子	大舅	大舅	妻舅
小舅子	舅囝	細舅	妻舅
大姨子	大姨	大姨	妻姨
小姨子	姨囝	細姨	妻姨
哥哥	阿兄	阿兄	阿兄
嫂子	阿嫂	阿嫂	阿嫂
弟弟	小弟	阿弟	阿弟
弟媳	小嬸	小姆	弟母
姐姐	阿姊	阿姐	阿姐

（續表）

詞彙	泉州	潮陽	海豐
姐夫	姊丈	阿郎	姐夫
妹妹	小妹	阿妹	阿妹 / 我妹
妹夫	妹婿	妹婿	妹夫 / 妹婿
堂兄	隔腹兄	叔伯阿兄	叔伯兄弟
堂弟	隔腹小弟	叔伯阿弟	叔伯阿弟
堂姐	隔腹阿姐	叔伯阿姐	表姐
堂妹	隔腹阿妹	叔伯阿妹	表妹
表兄	表兄	表兄	表兄
表嫂	表嫂	表嫂	表嫂
表弟	表小弟	表弟	表弟
表姐	表阿姐	表姐	表姐
表妹	表小妹	表妹	表妹
晚輩	下輩	細輩	晚輩
子女	子女	囝弟	囝弟
子孫	子孫	孥囝	囝孫
兒子	囝囝	囝	囝
最大的兒子	大囝	大囝	大囝
最小的兒子	尾囝	尾囝	細囝
養子	抱的 / 養的	養囝	養子
乾兒子	契囝	契囝	義囝
兒媳婦	新婦	新婦	新婦
女兒	查母囝	查母囝	查母囝
女婿	囝婿	囝婿	囝婿
孫子	孫囝	孫	孫囝
孫媳婦	孫新婦	孫新婦	孫新婦
孫女	查母孫	查母孫	查母孫
孫女婿	查母孫婿	孫婿	孫囝婿

（續表）

詞彙	泉州	潮陽	海豐
重孫	曾孫	曾孫	曾孫
重孫女	曾孫女	曾孫女	曾孫女
外孫	外孫	外孫	外孫
外孫女	外孫女	外孫女	外孫女
外甥	外甥	外甥	外甥
外甥女	外甥女	外甥女	外甥女
侄子	孫囝	孫	侄囝
侄女	孫女	孫女	侄女
連襟	同門	同門	襟兄弟
親家	親家	親家	親家
親家母	親家母	tshe21 母（親家母）	對手 / 親家母
親戚	親情	親情	親情
夫妻倆	翁母囝	翁姐囝	翁姐囝
娘兒倆	母囝囝	母囝	兩囝母
爺兒倆	父囝囝	父囝	兩囝父
妯娌	同婿	大小母	同婿
婆媳倆	大家新婦	大家新婦	大家新婦
兄弟	兄弟	兄弟囝	兄弟囝
姐妹	姊妹	姐妹囝	姐妹
娘家	外家	家後	外家
婆家	夫家	家前	家己處

閩南方言的內部差異：

1. 三地皆存在差異詞彙：弟媳。

2. 任兩地存在差異詞彙：

乾爹——泉州、潮陽“契父”與海豐“義父”形成區別。

乾媽——泉州、潮陽“契母”與海豐“義母”形成區別。

姑奶奶——泉州、海豐“姑婆”與潮陽“老姑”形成區別。

姨奶奶——泉州、海豐“姨婆”與潮陽“老姨”形成區別。

堂兄——泉州“隔腹兄”與潮陽、海豐“叔伯阿兄”形成區別。

堂弟——泉州“隔腹弟”與潮陽、海豐“叔伯阿弟”形成區別。

乾兒子——泉州、潮陽“契囝”與海豐“義囝”形成區別。

連襟——泉州、潮陽“同門”與海豐“襟兄弟”形成區別。

閩南方言向通語演變：

平輩——泉州“平輩”同於通語。

子女——泉州“子女”同於通語。

子孫——泉州“子孫”同於通語。

養子——海豐“養子”同於通語。

侄子——海豐“侄囝”有通語影響因素。

閩南方言向粵語演變：

曾祖父——海豐“太公”同於粵語。

曾祖母——海豐“太嫲”同於粵語。

閩南方言的內部差異 + 向通語演變：

長輩——泉州“頂輩”、海豐“大儂”屬閩語內部差異，潮陽“長輩”則同於通語。

姐夫——泉州“姊丈”與潮陽“阿郎”為閩語內部差異，海豐“姐夫”同於通語。

閩南方言的內部差異 + 自身演變：

堂姐——泉州“隔腹姐”與潮陽“叔伯阿姐”形成區別，海豐“表姐”為自身演變結果，本土海豐方言有“叔伯阿姐”層次。

堂妹——泉州“隔腹妹”與潮陽“叔伯阿妹”形成區別，海豐“表妹”為自身演變結果，本土海豐方言有“叔伯阿妹”層次。

閩南方言的內部差異 + 向通語演變 + 自身演變：

婆家——泉州“夫家”同於通語，海豐“家己戍”為自身創新結果，本土泉州、海豐方言“婆家”皆為“裹家”，與潮陽“家前”形成區別。

同一概念的不同表達：

夫妻——泉州、潮陽的“翁姥”與海豐“翁姐”形成區別。事實上，兩者在閩語內部可以通用。

11. 身體

詞彙	泉州	潮陽	海豐
身體	身體	身體	身體
渾身	歸身	通身	蜀身
頭	頭	頭	頭
頭頂	頭殼頂	頭殼頂	頭頂
後腦勺子	後腦	後腦	後枕坑
頸	頷歸	頷	頷
頭髮	頭毛	頭毛	頭毛
掉頭髮	落頭毛	落頭毛	落頭毛
額	頭額	額	頭殼神
辮子	辮囝	辮	辮囝
劉海兒	頭毛 sui33	毛 sui33	頭毛 sui33
臉	面	面	面
酒窩	酒窟	酒鐘窟	酒粒
眼睛	目	目	目
眼眶	眼眶	眼眶	目簾
眼珠兒	目珠囝	目仁	目珠
眼淚	目淚	目汁	目汁
眼眵	目屎膏	目屎	目屎
眼皮兒	目皮囝	目皮	目皮
雙眼皮兒	重唇	重唇	雙唇皮
眼尖	好目色	目利	目工好
眼睫毛	目睫毛	目刺毛	目周毛
眉毛	眉目	眉	眉

（續表）

詞彙	泉州	潮陽	海豐
鼻子	鼻	鼻	鼻
鼻涕	鼻涕 / 鼻水	鼻水	鼻水 / 鼻膏
鼻牛兒	鼻屎	鼻屎	鼻屎
鼻孔	鼻空	鼻空	鼻空
鼻子尖	好鼻獅	鼻利	鼻工靈
嘴唇兒	喙唇	喙唇	喙唇
唾液	nũã35	nũã35	nũã35
唾沫星兒	鬚	鬚	phueʔ51
舌	舌	舌	舌
牙	喙齒	齒	牙
齙牙	sau53 牙	ba53 牙	sa213 牙
牙垢	喙齒 siau33	齒屎	牙屎
蟲牙	蛀齒	蛀齒	蛀牙
耳朵	耳囝	耳	耳
耳垂	耳垂	耳垂	耳垂
耳朵軟	耳囝軟	耳輕	耳工軟
下巴	下斗	下頦	喙下斗
喉嚨	喉嚨梗	喉嚨	嚨喉
喉結	喉核	喉核	嚨喉結
鬍	鬚囝	鬚	鬍鬚
肩膀	肩頭	肩頭	肩頭 / 肩膀
手上臂	手拱	手臂	手腿
胳肢窩	胳下 laŋ33	胳 laŋ33 空	胳 laŋ33 下
左手	倒手	倒手	倒手
右手	正手	正手	正手
手指	指頭囝	手指	手指囝
大拇指	大頭拇	指頭公	手指公

（續表）

詞彙	泉州	潮陽	海豐
食指	食指	食指	食指
中指	中指 / 中哥	中指	中指
小拇指	指頭囝	手尾指	尾指
手指縫兒	手指縫	手縫	手縫
指甲	指甲	指甲	指甲
拳頭	拳頭	拳頭	拳頭
手掌	手掌	手掌	手掌
手心	手心	手心	手心
手背	手背	手盤	手背
手汗	手液	手液	手液
腿	骹	骹腿	骹 / 骹腿
腿肚兒	骹肚	骹長肚	骹長肚
膝蓋	骹頭 u33	骹頭 u33	骹頭 u33
屁股	骹川	骹川	骹川
男陰	卵葩	卵鳥	卵鳥
女陰	bai33		bai55
交合	廝使	相撲	相撲
赤腳	褪隻骹	剝隻骹	剝骹
腳背	骹盤	骹盤	骹盤
腳掌	骹底	骹底	骹底
腳趾頭	骹指頭囝	骹指公	骹指囝
腳趾甲	骹指甲	骹指甲	骹指甲
腳後跟	骹後跟	骹後踭	骹踭 / 後踭
腳印兒	骹印	骹印	骹印
心口兒	心肝頭	心肝頭	心肝頭
乳房	膍	膍	膍 bou53
奶汁	膍	膍	膍水

（續表）

詞彙	泉州	潮陽	海豐
肚子	腹肚	肚	肚
肚臍眼	腹臍	肚 biʔ11 臍 / 肚目	肚臍
腰	腰	腰	腰
脊背	胛脊	巴脊	巴脊
頭髮旋兒	旋	旋	旋 / 旋風
斗	螺	斗	螺
箕	糞箕	箕	
寒毛	毛管毛		手毛
寒毛眼兒	毛管		毛孔空
痣	痣	痣	痣
腎	腎	腎	腎

閩南方言的內部差異：

1. 三地皆存在差異的詞彙：渾身、眼尖、眼睫毛、鼻子尖、耳朵軟。

2. 任兩地存在差異的詞彙：

眼珠兒——泉州、海豐"目珠"與潮陽"目仁"形成區別。

眼淚——泉州"目淚"與潮陽、海豐"目汁"形成區別。

雙眼皮兒——泉州、潮陽"重唇"與海豐"雙唇目"形成區別。

唾沫星兒——泉州"鬚"與海豐"phueʔ51"形成區別。

下巴——泉州、海豐"下斗"與潮陽"下頦"形成區別。

喉嚨——泉州、潮陽"喉嚨"與海豐"嚨喉"形成區別。

喉結——泉州、潮陽"喉核"與海豐"喉嚨結"形成區別。

手指——泉州"指頭"與潮陽、海豐"手指"形成區別。

交合——泉州"廝使"與潮陽、海豐"相撲"形成區別。

赤腳——泉州"褪隻骹"與潮陽、海豐"剝（隻）骹"形成區別。

腳趾頭——泉州、海豐"骹指囝"與潮陽"骹指公"形成區別。

肚子——泉州"腹肚"與潮陽、海豐"肚"形成區別。

肚臍眼——泉州“腹臍”與潮陽、海豐“肚臍”形成區別。

閩南方言的自身演變：

酒窩——海豐“酒粒”為自身演變的結果。

眼眶——海豐“目簾”為自身演變的結果。

閩南方言向通語演變：

頭頂——海豐“頭頂”同於通語。

後腦勺子——泉州、潮陽“後腦勺子”同於通語。

牙——海豐“牙”同於通語。

蟲牙——海豐“蛀牙”同於通語。

手背——泉州、海豐“手背”同於通語。

小拇指——潮陽、海豐“尾指”同於通語。

腳後跟——泉州“腳後跟”同於通語。

斗——潮陽“斗” 同於通語。

閩南方言的內部差異＋向粵語演變：

額——泉州“頭額”、海豐“額面神”形成區別，潮陽“額”帶有粵語色彩。本土海豐方言有“額殼神”說法。

閩南方言的內部差異＋向通語演變：

手上臂——泉州“胳拱”與海豐“手腿”形成區別，潮陽“手臂”為通語影響結果。本土潮陽方言稱“胳 laŋ33 骹”。

12. 醫療

詞彙	泉州	潮陽	海豐
生病	著病	病	儂孬
（病）輕了	病豈好咯	病 iau33 好	豈 tsuaʔ51
醫	醫	醫	醫
看病	看病	睇先生	睇病
號脈	摸脈	按脈	搦脈
開藥方子	開藥方	開方	開藥方

（續表）

詞彙	泉州	潮陽	海豐
抓藥	合藥	執茶	拆藥
藥舖	藥店	藥舖	藥材舖
藥罐子	藥罐囝	藥鍋	罐囝
煎藥	煎藥	浮藥	浮藥
藥渣	藥渣	藥粕	藥渣
搽藥膏	抹藥膏	抹藥膏	抹藥膏
藥麵兒	藥散	藥散	藥粉 / 藥散
膏藥	膏藥	藥膏	膏藥
針灸	針灸	針灸	針灸
打針	拍針	拍針	拍針
拔火罐子	拔罐囝	拔火罐	拔罐
瀉肚	屎潲	屎潲	屎潲
發燒	發燒	發燒	發熱
發冷	發寒	畏凊	發冷
起雞皮疙瘩	tshaŋ53 毛管	起雞母皮	起雞母皮
著涼	寒著	寒著	寒著
感冒	感冒	感冒	感冒
打噴嚏	拍阿 tshiu53	拍家涕	拍家涕
咳嗽	嗽	ka33 嗽	嗽
氣喘	氣喘	氣喘	氣喘
中暑	中暑	中暑	曝著
抓痧	搦痧	摳巴脊	刮痧
上火	有火氣	豈熱	燥熱
積滯	飽脹	食傷	胃脹 nĩŋ53
肚子疼	腹肚痛	肚痛	肚痛
頭暈	頭眩	頭眩	頭眩
暈車	眩車	眩車	眩車

（續表）

詞彙	泉州	潮陽	海豐
噁心	攪腹	愛吐	惡意惡意 / 愛吐
出麻疹	出痳疹	出痳	痳疹 / 生痳囝
出水痘	出水痘	出水痘	生水痘
種痘	種痘	種痘	種痘
痳風	thai53 哥	thai53 哥	thai53 哥
傳染	度著	穢	穢
蹭破皮兒	磨破皮	lu53 破皮	tshiu213 破皮
皸裂	必裂	必	必堅
扭傷	bai55（崴）著	ɔ55（崴）著	u53（崴）著
脱臼	落輪	出臼	落眼
出血	流血	流血	流血
瘀血	烏青	烏青	烏青（激血）
紅腫	紅腫	腫	腫
化膿	出膿	化膿	孵濃
發炎	發炎	發炎	發炎
結痂	結疕	結疕	凝疕
疤	疤	疤	跡
腮腺炎	瘟愛	豬頭肥	淋巴炎
長瘡	生瘡	生瘡	生顇
癬	癬		白帳 / 狗 tshua53
痱子	痱	痱	痱囝
粉刺	thio35	thiau55	thiau55
雀斑	雀斑	斑	斑
狐臭	臭獻	臭胳窿空	
大脖子	大頷歸	大頷歸	大頷龜
齉鼻兒	實鼻	塞鼻	塞鼻
公鴨嗓兒	鴨角聲	鶪聲	鴨牯聲

（續表）

詞彙	泉州	潮陽	海豐
一隻眼兒	拍烏目	目	目
癲癇	羊眩	羊眩	發羊彩
中風	中風	中風	中風
癱瘓	半遂	偏孤	癱瘓
瘸子	瘸骹	瘸骹	瘸骹
聾子	臭聾	聾耳	聾耳
啞巴	啞狗	啞	啞
結巴	重舌	大舌	缺舌
瞎子	青盲	青盲	青盲
發瘋	起	發痟	發癲
瘋子	痟的	痟儂	癲囝
傻子	戇	白仁	戇囝
禿子	臭頭	瘌頭	圓頭卵
麻子	貓空		斑囝
豁唇子	缺喙	缺喙	缺喙
六指兒	十一條	十一條	十一指
左撇子	倒手雞	倒手偏	倒手拐

閩南方言的內部差異：

1. 三地皆存在差異的詞彙：

號脈、抓痧、蹭破皮兒、癱瘓、結巴、禿子、麻子、左撇子。

2. 任兩地存在差異的詞彙：

（病）輕了——泉州、潮陽“好”與海豐“tsuaʔ51”形成區別。

藥舖——泉州“藥舖”與潮陽、海豐“藥舖”形成區別。

藥罐子——泉州、海豐“藥罐”與潮陽“藥鍋”形成區別。

煎藥——泉州“煎藥”與潮陽、海豐“浮藥”形成區別。

藥渣——泉州、海豐“藥渣”與潮陽“藥粕”形成區別。不過，本土海豐方言也有“藥粕”，香港海豐方言稱“藥渣”或為演變結果。

發燒——泉州、潮陽“發燒”與海豐“發熱”形成區別。

起雞皮疙瘩——泉州“tshaŋ53 毛管”與潮陽、海豐“起雞母皮”形成區別。

打噴嚏——泉州“拍阿 tshiu53”與潮陽、海豐“拍家涕”形成區別。

傳染——泉州“度”與潮陽、海豐“穢”形成區別。

結痂——泉州、潮陽“結疕”與海豐“凝疕”形成區別。

疤——泉州、潮陽“疤”與海豐“跡”形成區別。

長瘡——泉州“生瘡”與潮陽、海豐“生頹”形成區別。

狐臭——泉州“臭獻”與潮陽“臭胳窿空”形成區別。

囔鼻兒——泉州“實鼻”與潮陽、海豐“塞鼻”形成區別。

癲癇——泉州、潮陽“羊眩”與海豐“發羊彩”形成區別。

閩南方言的自身演變：

上火——泉州“有火氣”為自身演變結果。

積滯——三方言皆有演變痕跡。

噁心——泉州“攪腹”為自身演變結果，本土泉州方言有“bəʔ51 吐（卜吐）”說法。

癬——海豐“白帳 / 狗 tshua53”為自身演變結果，本土海豐方言亦稱“癬”。

一隻眼兒——泉州“拍鳥目”為自身演變結果，本土泉州方言有“蜀目”稱謂。

閩南方言向通語演變：

中暑——泉州、潮陽“中暑”同於通語。

種痘——泉州“種痘”同於通語，本土泉州方言有“種珠”說法。

看病——泉州、海豐“看病”與潮陽“睇先生”形成區別，這種區別應為新舊詞彙差異。“看病”為通語影響結果。

生病——泉州、潮陽“病”與海豐“儂孬”形成區別，這種區別應為新舊詞彙差異。“病”為通語影響結果。

閩南方言向粵語演變：

上火——海豐"燥熱"有粵語影響因素。

閩南方言的內部差異 + 向粵語演變：

抓藥——泉州"合藥"與海豐"拆藥"形成區別，潮陽"執茶"有粵語影響因素。

閩南方言的內部差異 + 向通語演變：

發冷——泉州"發寒"與潮陽"畏凊"形成區別，海豐"發冷"同於通語。

腮腺炎——泉州"瘟愛"與潮陽"豬頭肥"形成區別，海豐"淋巴炎"有通語影響因素，本土海豐方言亦有"豬頭肥"稱謂。

閩南方言的內部差異 + 自身演變：

脱臼——泉州"落輪"與潮陽"出臼"形成區別，海豐"落眼"為自身演變結果。本土海豐方言有"出臼"稱謂。

化膿——泉州"出膿"、潮陽"化膿"為自身演變結果，本土泉州話"煮膿 / 含膿 / 漲膿"，本土潮陽方言"孵膿"。泉州方言説法與潮陽、海豐方言"孵膿"形成區別。

公鴨嗓兒——泉州"鴨角聲"、海豐"鴨牯聲"形成區別，潮陽"臊聲"為自身演變結果，本土潮陽方言有"鴨母聲"説法。

13. 服飾

詞彙	泉州	潮陽	海豐
衣著	身頌	身頌	頌衫
打扮	妝水	打扮	打扎
衣服	衫褲	衫褲	衫褲
棉襖	棉襦	棉襦	襦
大衣	大夾	外	
毛衣	羊毛衫	毛衫	羊毛衫 / 冷衫
毛線	羊毛衫	毛線	羊毛

（續表）

詞彙	泉州	潮陽	海豐
襯衫	襯衫	恤衫	恤衫
外衣	外衫	外衫	外套 / 外衫
內衣	內衫	內衫	底衫
坎肩	甲囝	甲囝	搭囝
棉背心	棉甲囝	背心	背心
衣襟兒	衫裾	衫裾	衫骹
領子	衫領	頷領	領
袖子	ŋ35	衫 ŋ53	ũĩ53
裙子	裙	裙	裙
褲子	褲	褲	褲
褲襠	褲筒	褲筒	褲身
褲腰	褲頭	褲肚	褲頭
褲腰帶	褲頭帶	腰帶	褲帶
兜兒	袋囝	衫袋	衫袋
紐扣	鈕	鈕	鈕
鞋	鞋	鞋	鞋
拖鞋	鞋拖	鞋拖	鞋拖
皮鞋	皮鞋	皮鞋	皮鞋
鞋底兒	鞋底囝	鞋底	鞋底
靴子	靴	靴	靴
雨鞋	水鞋	水鞋	水鞋
木屐	咔咔	木屐	屐
鞋墊子	鞋 thoiʔ11 囝	鞋 thɔiʔ11	鞋貼
襪	襪	襪	襪
帽子	帽	帽	帽囝
草帽	草笠	草笠	草帽囝
斗笠	笠囝	葵笠	葵笠

（續表）

詞彙	泉州	潮陽	海豐
鐲子	手圈	手環	手索
戒指	手指	戒指	戒指
項鏈	鏈囝	頷鏈	頷鏈
別針兒	秉針	結針	扣針
橡皮筋	樹泥	樹泥	kiuʔ21 筋
耳環	耳圈	耳勾	耳勾
圍裙	圍裙	圍裙	圍裙
圍巾	領巾	頷盤	圍巾
手套	手束	手 lap11	手套 / 手襪
眼鏡	目鏡	目鏡	目鏡
傘	雨傘	雨傘	雨傘
雨衣	雨衫	雨衣	雨衣
手錶	手錶	手錶	手錶

閩南方言的內部差異：

1. 三地皆存在差異詞彙：打扮、鐲子、別針兒、圍巾、手套。

2. 任兩地存在差異詞彙：

大衣——泉州“大夾”與潮陽、海豐“褸”形成區別。潮陽、海豐說法同於粵語。

草帽——泉州、潮陽“草笠”與海豐“草帽囝”形成區別。

戒指——泉州“手指”與潮陽、海豐“戒指”形成區別。戒指或有通語影響因素。

橡皮筋——泉州、潮陽“樹泥”與海豐“kiuʔ21 筋”形成區別。

閩南方言的自身演變：

衣襟兒——海豐“衫骹”屬自身演變結果，本土海豐方言仍有“衫裾”說法。

褲腰——潮陽“褲肚”屬自身演變結果，本土潮陽方言仍有“褲頭”

説法。

木屐——泉州“咔咔”為自身演變結果，屬象聲詞，本土泉州方言仍有“屐”的説法。

耳環——泉州“耳圈”屬自身演變結果，本土泉州方言仍有“耳勾”説法。

褲襠——海豐“褲身” 屬自身演變結果。

閩南方言向通語演變：

毛線——潮陽“毛線”同於通語。

棉背心——潮陽、海豐“背心”同於通語。

閩南方言向粵語演變：

襯衫——潮陽、海豐“恤衫”同於粵語。

內衣——海豐“底衫”同於粵語。

14. 飲食

詞彙	泉州	潮陽	海豐
伙食	伙食	伙食	伙食
食物	食物	食物	食物
夜宵	暝宵	宵暝	宵暝
米飯	飯	飯	飯
剩飯	存飯	凊飯	凊飯
糊	臭焦	燒掉	爛底
餿	臭酸	臭酸	臭酸
發黴	生菇	生菇	生菇
鍋巴	臭焦疕	疕	鼎疕
粥	飲糜	糜	糜
稀粥	ka21 糜	tshiɔʔ11 糜	飲糜
米湯	飲	飲	飲
粽子	粽	粽	粽
年糕	粿	甜粿	甜粿

（續表）

詞彙	泉州	潮陽	海豐
麵條兒	麵條	麵	麵
麵糊	麵粉糊	糊	糊
饅頭	麵頭	饅頭	饅頭
包子	包囝	包	包
油條	油炸鬼	油炸鬼	油條
餃子	水餃	餃	餃囝
餡兒	餡	餡	料
餛飩	扁食	餃	雲吞 / 扁食
湯圓	圓囝	圓	圓囝
肉鬆	肉脯	肉鬆	肉鬆
豬腿	豬骹	豬骹	豬骹
豬舌頭	豬舌囝	豬舌	豬舌
下水	腹內	腹內	肚內貨
腰子	腰子	豬腎子	豬腰
大腸	大腸	大腸	大腸頭 / 豬腸
小腸	腸囝	豬粉	粉腸
香腸	灌腸	香腸	臘腸
排骨	肉骨	排骨	排骨
雞雜兒	雞腹內	雞腹內	雞雜
雞肫	雞腱	雞腱	雞腱
松花蛋	皮蛋	皮卵	皮卵
鹹鴨蛋	鹹鴨卵	鹹鴨卵	鹹卵
菜	菜	物配	配
下	配	配酒	配酒
素菜	齋菜	齋菜	菜 / 齋菜
葷菜	臊菜	臊菜	肉
豆腐	豆腐	豆乾	豆腐

（續表）

詞彙	泉州	潮陽	海豐
豆腐乾兒	豆乾	香腐	豆乾
豆腐腦兒	豆花	豆腐	豆花
豆漿	豆朧	漿水	豆漿
豆腐乳	豆腐乳	腐乳	腐乳
粉絲	涼粉	粉簽	粉絲
藕粉	藕粉	蓮藕粉	蓮藕粉
豆豉	豆豉	豆豉	豆豉
芡粉	番薯粉	薯粉	番薯粉
木耳	木耳	木耳	木耳
銀耳	白木耳	白木耳	雪耳
金針菜	金針菜	針菜	針菜
海蜇	海蜇	海蜇	海蜇
滋味	味素	味素	味
顏色	顏色	顏色	色
豬油	肉油	豬膀	豬油
花生油	塗豆油	豆油	火油 / 地豆油
茶油	茶油	茶油	茶油
芝麻油	油麻油	香油	麻油
鹽滷	鹽滷	鹽滷	鹽滷
醬油	豆油	豉油	豉油
辣椒醬	椒醬	醬	椒醬
醋	醋	醋	醋
紅糖	烏糖	烏糖	烏糖
冰糖	糖霜	冰糖	冰糖
麥芽糖	麥芽膏	麥芽糖	麥芽糖
冰棍兒	冰條	雪條	雪條
煙	熏	熏	熏

（續表）

詞彙	泉州	潮陽	海豐
煙灰	熏屎	熏屎	熏屎
煙頭	熏頭	熏囝頭	熏囝頭
鴉片	鴉片	鴉片	鴉片
茶	茶	茶	茶
茶葉	茶箬	茶米	茶箬
茶葉渣	茶箬粕	茶粕	茶箬渣
白酒	白酒	白酒	白酒

閩南方言的內部差異：

1. 三地皆存在差異詞彙：豆漿、花生油。

2. 任兩地存在差異詞彙：

饅頭——泉州“麵頭”與潮陽、海豐“饅頭”形成區別。

肉鬆——泉州“肉脯”與潮陽、海豐“肉鬆”形成區別。

腰子——泉州、海豐“豬腰子”與潮陽“豬腎子”形成區別。

排骨——泉州“肉骨”與潮陽、海豐“排骨”形成區別。

豆腐——泉州、海豐“豆腐”與潮陽“豆乾”形成區別。

豆腐乾兒——泉州、海豐“豆乾”與潮陽“香腐”形成區別。

豆腐腦兒——泉州、海豐“豆花”與潮陽“豆腐”形成區別。

醬油——泉州“豆油”與潮陽、海豐“豉油”形成區別。

冰棍兒——泉州“冰條”與潮陽、海豐“雪條”形成區別。

茶葉——泉州、海豐“茶箬”與潮陽“茶米”形成區別。

豬油——泉州“肉油”與潮陽“膀”形成區別。

閩南方言的自身演變：

夜宵——泉州“暝宵”為自身演變結果，本土泉州方言則為“點心”。

剩飯——泉州“存飯”為自身演變結果，本土泉州方言則為“凊飯”。

餡兒——海豐“料”為自身演變結果，本土海豐方言為“餡”。

下水——海豐“肚內貨”為自身演變結果，本土海豐方言亦為“腹內”。

葷菜——海豐“肉”為自身演變結果，本土海豐方言有“臊菜”說法。

閩南方言向通語演變：

油條——海豐“油條”同於通語。

雞雜兒——海豐“雞雜”同於通語。

松花蛋——泉州“皮蛋”同於通語。

菜——泉州“菜”同於通語。

閩南方言向粵語演變：

銀耳——海豐“雪耳”同於粵語。

茶葉渣——海豐“茶箬渣”同於粵語，本土海豐方言仍有“茶箬粕”說法。

閩南方言的內部差異 + 自身演變：

小腸——泉州“腸囝”為自身演變結果，本土泉州方言有“小臟”說法。

閩南方言的內部差異 + 向粵語演變：

餛飩——泉州“扁食”與潮陽“餃”形成區別，海豐“雲吞”同於粵語。本土海豐方言也稱“扁食”。

閩南方言的內部差異 + 向通語演變：

香腸——泉州“灌腸”與海豐“臘腸”形成區別，潮陽“香腸”有通語影響因素。

15. 風俗

詞彙	泉州	潮陽	海豐
做媒	做媒儂	牽親情	做媒
媒人	媒儂	媒儂	媒儂
相親	相看	相睇	相睇
挑選吉日	選好日子	睇日	揀日
聘禮	聘金	聘金	禮金

（續表）

詞彙	泉州	潮陽	海豐
娶親	娶母	娶母	娶母
出嫁	出嫁	出嫁	嫁
結婚	結婚	結婚	結婚
新郎	新儂	新郎	新郎官
新娘	新娘	新娘	新娘
新房	新儂房	新房	新儂娘間
回門	頭做客	轉處	轉處
懷孕了	帶身	有身份	有囝 / 大肚
害喜	病囝	病囝	病囝
孕婦	有身孕	大肚婆	大肚婆
小產	落胎	小產	流產
生孩子	生囝	生孥囝	生囝
胎盤	胎盤	胎盤	胎盤
坐月子	做月內	做月	做月
頭胎	頭胎	頭胎	頭胎
雙胞胎	雙生	雙生	雙生囝
打胎	拍胎	落囝	落囝
餵養孩子	飼囝囝	飼孥囝	飼囝
尿床	tshua11 尿	la33 尿	tshua55 尿
周歲	度晬	對歲	實歲蜀歲
做生日	做生日	做生日	做生日
喪事	喪事	喪事	白事 / 老父老母
死了	老去	過身	過身
入殮	落棺	落棺	落棺
做七	七日	七日	頭七
帶孝	帶孝	帶孝	帶孝
出殯	出山	出山	出山

（續表）

詞彙	泉州	潮陽	海豐
孝服	麻衣	孝服	麻布衫
紙錢	紙錢	紙錢	銀团金
墳地	墓地	墳地	風水位
墳墓	墓	墓	墳頭
上墳	掃墓	上墳	掛紙
投水	跳水	跳溪	跳水
溺死	淹死	淹死	淹死
上吊	吊死	吊頷	吊頷
毒死	毒死	毒死	毒死
屍體	屍體	屍體	屍
骨殖罐子	骨灰盎	骨灰盎	金丹盎 / 骨灰盎
老天爺	天公	天公	天神
灶王爺	灶君公	灶公	司面公
土地廟	土地公廟	伯公廟	地主爺廟
閻王	閻羅王	閻羅王	閻羅王
祠堂	祠堂	祠堂	公廳 / 祖公廳
靈牌	神主牌	靈位	家神牌 / 神位
拜菩薩	拜佛	拜菩薩	拜菩薩
蠟燭	蠟燭	蠟燭	燭引 / 蠟燭
線香	香	香	香
籤詩	籤詩	博籤詩	籤詩
求籤	抽籤	求籤詩	求籤詩
解籤	解籤詩	解籤	揚籤詩 / 解籤詩
廟會	香會	鬧熱	鬧熱
做道場	做功德	做事	做功德 / 做法事
唸經	唸經	唸經	讀經 / 唸經
看風水	看風水	睇風水	睇風水

（續表）

詞彙	泉州	潮陽	海豐
算命先生	看命仙	算命先生	算命先生
許願	發願	發願	説話
還願	答謝	謝神	還神
信教	食教	食教	信教
事情	事際	事	事

閩南方言的內部差異：

三地皆存在差異詞彙：

挑選吉日、懷孕了、小產、墳地、還願、土地廟（土地廟——泉州“土地公廟”與潮陽“伯公廟”形成區別。“伯公廟”同於客家方言。）

任兩地存在差異詞彙：

新郎——泉州“新儂官”與潮陽、海豐“新郎”形成區別。

回門——泉州“做頭客”與潮陽、海豐“轉處”形成區別。

孕婦——泉州“有身份”與潮陽、海豐“大肚婆”形成區別。

打胎——泉州“拍胎”與潮陽、海豐“落囝”形成區別。

求籤——泉州“抽籤”與潮陽、海豐“求籤”形成區別。

廟會——泉州“香會”與潮陽、海豐“鬧熱”形成區別。

算命先生——泉州“看命仙”與潮陽、海豐“算命先生”形成區別。

許願——泉州、潮陽“發願”與海豐“説話”形成區別。

事情——泉州“事際”與潮陽、海豐“事”形成區別。

閩南方言的自身演變：

老天爺——海豐“天神”為自身演變結果，本土海豐方言仍有“天公”説法。

閩南方言向通語演變：

喪事——泉州、潮陽“喪事”同於通語。

孝服——潮陽“孝服”同於通語。

紙錢——泉州、潮陽“紙錢”同於通語。

靈牌——潮陽“靈位”同於通語。

信教——海豐“信教”同於通語。

閩南方言向粵語演變：

靈牌——泉州“神主牌”同於粵語。

閩南方言的內部差異 + 向通語演變：

新房——泉州“新儂房”與海豐“新儂娘間”形成區別。潮陽“新房”同於通語。本土潮陽方言有“新儂房”說法。

祠堂——潮陽“祠堂”與海豐“公廳 / 祖公廳”形成區別。泉州“祠堂”同於通語，本土泉州方言仍有“祖戍”說法。

閩南方言的內部差異 + 自身演變：

周歲——泉州“度晬”與潮陽“對歲”形成區別。海豐“實歲蜀歲”為自身演變結果，本土海豐方言仍有“對歲”說法。

灶王爺——泉州“灶君公”與海豐“司面公”形成區別。潮陽“灶公”為自身演變結果，本土潮陽方言仍有“司面公”說法。

同一概念不同表達：

做媒——泉州、海豐“做媒”與潮陽“牽親情”形成區別。但本土泉州方言也有“牽親情”說法。

死了——泉州“老去”與潮陽、海豐“過身”形成區別。本土閩語中，“老去”與“過身”皆可委婉形容“死了”，為同一概念的不同表達。

16. 起居

詞彙	泉州	潮陽	海豐
穿衣服	頌衫褲	頌衫	頌衫
脱衣服	褪衫褲	褪衫	剝衫
釘扣子	thĩ11 鈕囝	thĩ33 鈕	釘鈕
洗衣服	洗衫褲	洗衫	洗衫褲
投	汰	汰	汰水
晾衣服	披衫褲	晾衫	曝衫褲 / 晾衫褲

（續表）

詞彙	泉州	潮陽	海豐
生火	起火	起火	起火
滅了	熄	火過了	過了 / 著了
做飯	煮飯	煮飯	煮飯
淘米	洗米	汰米	洗米
蒸饅頭	炊	炊	炊 / 蒸
裹粽子	縛粽	包粽	節粽
擇菜	揀菜	揀菜	揀菜
煮蛋	saʔ51 卵	saʔ11 卵	saʔ31 卵
盛飯	貯飯	添飯	舀飯
搛菜	夾菜	夾菜	夾菜
舀湯	舀湯	舀湯	舀湯
吃早飯	食早起頓	食眠起	食眠起
吃午飯	食日晝	食日晝	食下晝 / 食晝
吃晚飯	食暗飯	食暝昏	食暝昏
吃零食	吃零食	食物食	食零散
使筷子	kha33 箸	騎箸	揭箸
打嗝兒	拍呃	拍呃	tuʔ11 囝 / 拍呃
沏茶	泡茶	沖茶	沖茶
喝茶	啉茶 / 食茶	食茶	食茶
抽煙	燒熏	食熏	食熏
起床	爬起來	走起	起身
洗臉	洗面	洗面	洗面
漱口	洗喙	tŋ35 喙	tŋ35 喙
刷牙	洗喙	拭牙	擦牙
梳頭	捋頭	梳頭 / 梳毛	梳頭
理髮	剃頭	lu33 頭	絞頭毛
刮鬍子	割喙鬚	剃鬚	剃鬚 / 閃鬚

（續表）

詞彙	泉州	潮陽	海豐
編辮子	編辮囝	縛辮	綁辮囝
剪指甲	剪指甲	絞指甲	絞指甲
擤鼻涕	擦鼻涕	拭鼻	拭鼻
洗澡	洗身	洗浴	洗浴
小便	放尿	放尿	放尿
大便	放屎	放屎	放屎
乘涼	秋凊	lu 涼	遮涼
曬太陽	曝日頭	曝日	曝日
烤火	烘火	puɛ213 燒	haʔ11
住宿	隔夜	歇暝	歇暝
打哈欠	拍哈戲	拍哈戲	huaʔ11 戲
睏了	ia213 sia21	目澀	hek51
打瞌睡	tu53 眠	tak11	thim53
躺下	倒落	夗落	困落去
睡著了	困咯	夗去了	困著了
呼吸	thau53 氣	呼吸	喘氣
打鼾	鼾	鼻鼾	鼻鼾
睡不著	困 bue21 得去	bɔi21 夗	困 bue21 io35 著
睡午覺	困晝	午睡	午睡
落枕	困落枕	落枕	瞓唔著勢
做夢	做夢	做夢	發夢幹
説夢話	陷眠	呾夢話	講夢話
上工	出工	上工	上班
收工	收工	放工	收工
回家了	倒來	轉來了	轉戍

（續表）

詞彙	泉州	潮陽	海豐
逛街	行街	行街	行街

閩南方言的內部差異：

1. 三地皆存在差異詞彙：

裹粽子、盛飯、吃零食、起床、刷牙、理髮、乘涼、烤火、睏了、打瞌睡、躺下、說夢話、回家了。

2. 任兩地存在差異詞彙：

晾衣服——泉州“披衫褲”與潮陽、海豐“晾衫褲”形成區別。

滅了——泉州“熄”與海豐、潮陽“過了”形成區別。

抽煙——泉州“燒熏”與潮陽、海豐“食熏”形成區別。

漱口——泉州“洗喙”與潮陽、海豐“tŋ35 喙”形成區別。

梳頭——泉州“捋頭”與潮陽、海豐“梳頭”形成區別。

刮鬍子——泉州“割喙鬚” 與潮陽、海豐“剃鬚”形成區別。

擤鼻涕——泉州“擦鼻涕”與潮陽、海豐“拭鼻”形成區別。

洗澡——泉州“洗身”與潮陽、海豐“洗浴”形成區別。

住宿——泉州“隔夜”與潮陽、海豐“歇暝”形成區別。

睡著了——泉州、海豐“困咯”與潮陽“夗去了”形成區別。

睡午覺——泉州“困晝”與潮陽、海豐“午睡”形成區別。

做夢——泉州、潮陽“作夢”與海豐“發夢幹”形成區別。

閩南方言的自身演變：

淘米——潮陽“汰米”為自身演變結果。

落枕——海豐“睏唔著勢” 為自身演變結果。本土海豐方言有“交落枕”說法。

閩南方言向通語演變：

釘扣子——海豐“釘扣”同於通語。

吃零食——泉州“吃零食”同於通語。

閩南方言向粵語演變：

剝衫——海豐“剝衫”同於粵語。

起身——海豐“起身”同於粵語。

閩南方言的內部差異 + 向通語演變：

上工——泉州“出工”與潮陽“上工”形成區別，海豐“上班”同於通語，本土海豐方言仍有“出工”説法。

17. 交際

詞彙	泉州	潮陽	海豐
告狀	告狀	告狀	告狀 / 投
翻臉	變面	變面	變面
犯法	犯法	犯法	犯法
保釋	保	保	保
逮捕	搦去	搦	搦
行賄	楔錢	使楔	行後門 / 楔錢
受賄	食錢	食錢	貪污 / 收錢
罰款	罰錢	罰錢	罰錢
囚禁	搦去關	禁	禁
坐牢	坐監	坐監	坐監
納稅	繳稅	挈稅	交稅
走親戚	做儂客	做儂客	做儂客
看望	探朋友	睇	睇
請客	請儂	請儂	請儂
人情	人情	人情	人情
不用客氣	免客氣	免客氣	mãĩ223 客氣
茶點	茶配	茶點	點心
倒茶	倒茶	倒茶	盛茶
擺酒席	開桌	做桌	擺酒席

（續表）

詞彙	泉州	潮陽	海豐
赴宴	食桌	食桌	食酒 / 請儂客
入席	上桌	上桌	
斟酒	澄酒	倒酒	盛酒
勸酒	敬酒	敬酒	敬酒
吃素	食菜	食齋	食齋
不和	bue21 鬥的	唔啱	唔和 / 和唔落
説話	講話	呾話	講話
插嘴	插喙	插喙	插喙
頂嘴	應喙應舌	拄喙	拄
爭論	相爭	相拗	拗
吵架	冤家	相罵	冤家
打架	相拍	相拍	相拍
叨嘮	囉嗦	囉嗦	吶囔
囑咐	吩咐	吩咐	喊 / 交代
聊天	講古	拍 phuɛ53	發話 / 發世情 / 傾解
撒謊	説白賊話	呾大話	講假話
投訴	投	投	投
做作	做樣	張樣	裝水
裝傻	假	張傻	裝
假裝	假唔知	張唔知	裝
丢人	見笑	謝衰儂	見笑
巴結	扶卵	扶	托泡
看得起	看得起	睇解起	睇解起
看不起	看唔起	睇唔起	睇唔起
答應	應承	答應	應承
不答應	唔允准	唔答應	唔應承
勞駕	費神	請	痲煩汝
嬌慣	相收	iaŋ33 ɔ33	容 / 容貓誼

（續表）

詞彙	泉州	潮陽	海豐
遷就	就	就	就
騙	騙	誑	騙
運氣好	好運	運氣好	好運
倒黴	衰	衰死	衰

閩南方言的內部差異：

1. 三地皆存在差異詞彙：

擺酒席、斟酒、不和、聊天、撒謊、做作、裝傻、勞駕、嬌慣。

2. 任兩地存在差異詞彙：

赴宴——泉州、潮陽"食桌"與海豐"食酒"形成區別。

吃素——泉州"食菜"與潮陽、海豐"食齋"形成區別。

說話——泉州、海豐"講話"與潮陽"呾話"形成區別。

丢人——泉州、海豐"見笑"與潮陽"謝衰儂"形成區別。

巴結——泉州、潮陽"扶"與海豐"托"形成區別。

倒茶——泉州、潮陽"倒茶"與海豐"盛茶"形成區別。

爭論、吵架、吩咐雖表達不同，但這種區別並非內部差異，而是一個概念有不同的說法，不同發音人選擇上的個人差異。

閩南方言的自身演變：

納稅——潮陽"挈稅"屬自身演變結果。本土潮陽方言仍有"繳稅"說法。

倒茶——海豐"盛茶"屬自身演變結果。本土海豐方言仍有"倒茶"說法。

頂嘴——泉州"應喙應舌"與潮陽、海豐"拄喙"形成區別。不過本土泉州方言亦有"拄"的說法。

閩南方言向通語演變：

受賄——海豐"收錢 / 受賄"同於通語。

納稅——海豐"交稅"同於通語。

答應——潮陽“答應”同於通語。

騙——泉州、海豐“騙”同於通語。

閩南方言向粵語演變：

看望——泉州“探朋友”同於粵語。

閩南方言向通語演變＋向粵語演變：

茶點——潮陽“茶點”同於通語，海豐“點心”同於粵語。

閩南方言的內部差異＋向通語演變：

叨嘮——泉州、潮陽“囉嗦”同於通語，與海豐“吶囔”形成區別。

看得起——泉州“看得起”同於通語，與海豐、潮陽“睇解起”形成區別。

18. 商業

詞彙	泉州	潮陽	海豐
開鋪子	開鋪頭	開鋪	開鋪頭
鋪面	鋪面	鋪面	鋪面
擺攤子	擺攤囝	擺檔	擺攤
趕集	赴墟	到墟	到墟
飯館	飯館	店鋪	飯店 / 餐廳
旅館	旅館	旅舍	旅舍
雜貨店	雜貨店	雜貨鋪	雜貨
買米	糴米	糴米	糴米
賣米	糶米	糶米	賣米
瓷器店	硋囝店	硋鋪	賣硋的
理髮店	剃頭店	lu33 頭鋪	剃頭鋪
當鋪	當鋪	當鋪	當鋪
租房子	租處	租處	租處
開張	開業	開張	開業
停業	關門	倒賬	停業
櫃台	櫃檯	櫃面	櫃檯

（續表）

詞彙	泉州	潮陽	海豐
開價	出價	開價	出價
講價	講價	相量	講價
還價	還價	還價	還價
漲價	起價	起價	起價
掉價	落價	減價	降價
便宜	俗	便	便
貴	貴	貴	貴
公道	公道	公道	公道
僱	倩儂	倩儂	倩
工錢	工錢	工錢	工錢
本錢	本錢	本錢	本金
賺錢	趁錢	趁錢	趁錢
虧本	了本	蝕本	蝕本
利息	利息	利息	利息
欠	欠	欠	欠
差	欠	tsuaʔ51	tsuaʔ51
開銷	所費	所費	所費
欠賬	欠數	欠錢	欠數
賒賬	賒數	賒	賒
要賬	討錢	討數	討數
抵賬	抵數	賭數	賭數
存款	存錢	存錢	存錢
零錢	散錢	碎紙	散紙
鈔票	紙字囝	紙字	紙幣
秤	秤	秤	秤
客車	客車	巴士	大巴
小轎車	小包車	私家車	小車

（續表）

詞彙	泉州	潮陽	海豐
摩托車	摩托車	摩托	摩托
人力車	儂車	儂力車	風輪車 /nẽk51 士
自行車	骹踏車	骹車	銅車 / 骹車
車輪	輦	車輦	車輦
乘車	坐車	搭車	搭車
開車	開車	開車	開車
帆船	篷船	篷船	篷船
漁船	討海船	漁船	漁船
輪船	大電船	輪船	輪船
過擺渡	過渡船	搭渡	過渡
公路	車路	公路	車路
小路	路囝	路囝	路囝
街道	街路	街路	路
胡同	巷	巷	巷
人行道	行儂路	行儂路	行儂道
渡口	渡頭	渡頭	渡頭
碼頭	碼頭	埠	埠頭

閩南方言的內部差異：

1. 三地皆存在差異詞彙：飯館、停業、零錢。

2. 任兩地存在差異詞彙：

趕集——泉州“趕墟”與潮陽、海豐“到墟”形成區別。

講價——泉州、海豐“講價”與潮陽“相量”形成區別。

虧本——泉州“了本”與潮陽、海豐“蝕本”形成區別。

漁船——泉州“討海船”與潮陽、海豐“漁船”形成區別。

閩南方言的自身演變：

櫃台——潮陽“櫃面”屬自身演變結果，本土潮陽方言仍有“櫃台”說法。

本金——海豐“本金”屬自身演變結果，本土潮陽方言仍有“本錢”說法。

人力車——海豐“風輪車 /nẽk51 士”屬自身演變結果。

閩南方言向通語演變：

旅館——泉州“旅館”同於通語。

賣米——海豐“賣米”同於通語。

開張——潮陽“開張”同於通語。

開價——潮陽“開價”同於通語。

掉價——海豐“降價”同於通語。

鈔票——海豐“紙幣”同於通語。

輪船——潮陽、海豐“輪船”同於通語。

公路——潮陽“公路”同於通語。

碼頭——潮陽“碼頭”同於通語。

抵數——泉州“抵數”同於通語。

閩南方言向粵語演變：

掉價——潮陽“減價”同於粵語。

客車——潮陽、海豐“巴士”、“大巴”有粵語影響因素。

小轎車——潮陽“私家車”有粵語影響因素。

19. 文娛

詞彙	泉州	潮陽	海豐
學校	學堂	學堂	學堂 / 學校
上學（開始上學）	上學	讀書	去讀冊
上學（上課）	去讀冊	讀書	讀冊
放學	放下	放下	放下
放假	放假	放假	放假
教室	課室	課室	課室
上課	上課	上課	上堂
下課	落課	落課	落堂

（續表）

詞彙	泉州	潮陽	海豐
黑板	烏板	黑板	黑板
書	冊	書	冊
古籍	古冊	古籍	古冊
本子	簿囝	簿	簿
課本	冊	書	冊 / 課本
橡皮	樹膽擦	樹膽 dzu53	thu53
鉛筆刀	鉛筆刨	鉛筆刨	鉛筆攪
鋼筆	鐵筆	鋼筆	鋼筆
毛筆	毛筆	墨筆	毛筆
硯台	硯	硯	墨盤 / 硯
研墨	磨墨	磨墨	磨墨
墨汁	墨膏	墨汁	墨汁
書包	冊包	書包	冊包
讀書人	讀冊儂	讀書儂	讀冊儂
識字的	八字	八字	八字的
背書	背冊	背書	背冊
考試	考冊	考試	考試
零分	食鴨卵	鴨卵	零分 / 挈雞卵
頭名	頭名	頭名	第一
末名	尾名	尾名	煞尾
寫白字	寫 tã11 字	寫錯字	寫錯字
玩兒	thiʔ21 tho35	去耍	thiʔ51 thio55
小人書	囝囝冊	翁囝冊	翁囝冊
照相	翕相	翕相	翕相
相片	相片	相片	相
風箏	風吹	紙鷂	風箏
踢毽兒	踢毽子	踢毽子	踢毽

（續表）

詞彙	泉州	潮陽	海豐
划拳	喝拳	猜拳	猜梅
猜謎兒	猜謎語	猜謎	猜謎
打賭	相輸	相輸	相輸
賭博	搏繳	搏錢	搏繳
牌九	牌九	牌九	牌九
麻將	麻雀	麻雀	麻雀
爆竹	炮囝	碰鰾	炮
下棋	行棋	著棋	行棋
拔河	拔河	tui53 索	著龜
跳繩	跳索	跳索	跳索
游水	游水	游水	游 / 游泳
潛水	bi55 水	bi21 水	bi21 水
打球	拍球	拍球	拍球
翻跟頭	翻抛 lin33	抛 lin33 倒	抛 lin33 猴
倒立	倚 ha33 飛魚	倒頭 tɛŋ21	倚燈柱
舞獅子	弄獅	舞虎獅	舞虎獅
打鞦韆	拍韆鞦	拍鞦韆	搖鞦韆
划龍舟	扒龍船	扒龍船	扒龍船
木偶戲	嘉儡戲	皮猴戲	抽皮猴
變戲法	變魔術	變猴戲	做把戲 / 變魔術
講故事	講古	學古	講古囝
大戲	大班戲	大戲	大戲
戲院	戲院	戲園	戲棚骹
戲台	戲棚	戲棚	戲棚
戲子	戲囝	戲囝	戲囝
笛子	簫囝	笛	笛囝
哨子	啡囝	啡	銀雞囝

閩南方言的內部差異：

1. 三地皆存在差異詞彙：橡皮、划拳、翻跟頭、倒立、打鞦韆。

2. 任兩地存在差異詞彙：

黑板——泉州“烏板”與潮陽、海豐“黑板”形成區別。

書（書包、讀書人、背書）——泉州、海豐“冊”與潮陽“書”形成區別。

毛筆——泉州、海豐“毛筆”與潮陽“墨筆”形成區別。

墨汁——泉州“墨膏”與潮陽、海豐“墨水”形成區別。

末名——泉州、潮陽“尾名”與海豐“煞尾”形成區別。

賭博——泉州、海豐“摶繳”與潮陽“摶錢”形成區別。

爆竹——泉州、海豐“炮”與潮陽“碰鰾”形成區別。

舞獅子——泉州“弄獅”與潮陽、海豐“舞虎獅”形成區別。

木偶戲——泉州“嘉儡戲”與潮陽、海豐“抽皮猴”形成區別。

講故事——泉州、海豐“講古”與潮陽“學古”形成區別。

大戲——泉州“大班戲”與潮陽、海豐“大戲”形成區別。

笛子——泉州“蕭囝”與潮陽、海豐“笛”形成區別。

哨子——泉州、潮陽“啡”與海豐“銀雞囝”形成區別。

閩南方言向通語演變：

上學——泉州“上學”同於通語。

上課——泉州、潮陽“上堂”同於通語。

古籍——潮陽“古籍”同於通語。

寫白字——潮陽、海豐“寫錯字”同於通語。

變戲法——泉州“變魔術”同於通語。

閩南方言向粵語演變：

頭名——海豐“第一”同於粵語。

教室——三地“教室”稱“課室”同於粵語。

划拳——潮陽“猜拳”同於粵語。

閩南方言的內部差異＋向通語演變：

風箏——泉州“風吹”與潮陽“紙鷂”形成區別，海豐“風箏”同於通語。

拔河——泉州“拔河”同於通語，與潮陽“tui53 索”、海豐“著龜”形成區別。

閩南方言的自身差異 + 向通語演變：

戲院——泉州“戲院”同於通語，海豐“戲棚骹”屬自身演變結果。本土泉州、海豐方言皆稱“戲園”。

同一概念不同表達：

鉛筆刀——泉州、潮陽“鉛筆刨”與海豐“鉛筆攪”形成區別。

“下棋”有“行棋”與“著棋”的區別，但這種區別為同一概念有不同表達，發音人的個人選擇不同使然。

20. 動詞

詞彙		泉州	潮陽	海豐
搖	（～頭）	搖頭	搖頭	搖頭
點	（～頭）	tap21 頭	tap51 頭	ap31 頭
抬	（～頭）	揭頭	抬頭	揭頭
低	（～頭）	低頭	tshiʔ11	tshuʔ31 頭
回	（～頭）	越頭	越轉頭	tsut51
睜	（～眼）	thi55 目	thi53	掰 kim33
瞪	（～眼）	tĩ53 目	kiŋ33	星星 kim33
閉	（～眼）	khoiʔ51 目	mĩ33	khet51 目 / 目 mĩ33 恁
眨	（～眼）	躡目	躡	夾目
看見	（～他）	看見	睇	睇著
聽見	（～槍聲）	聽見	聽見	聽著
聞	（用鼻子～）	鼻	鼻	鼻
張	（～嘴）	開喙	thi53 開	喙掰開
閉	（～嘴）	合喙	合	喙合恁
噘	（～嘴）	噘喙	翹	喙長長

（續表）

詞彙		泉州	潮陽	海豐
咬	（用嘴～住繩子）	咬	咬	咬
啃	（～骨頭）	喫	喫	lui223/ 喫
嚼	（～花生米）	哺	哺	哺
舔	（～盤子）	舐	lap11	舐
啜	（大口用力連喝帶吃）	嗍	嗍	嗍
吮	（嬰兒～奶）	嗍	嗍	koʔ11/ 嗍
含	（～一口水）	含	含	含
吹	（～燈）	pun35	puŋ55	pun55
吻	（親嘴）	親	親	親
叫	（～他）	叫	叫 / 喊	喊
喊	（～一聲）	喝	喊	叫
哭		嚎	嚎	嚎
笑		笑	笑	笑
舉	（～手）	揭	舉	舉手
招	（～手）	曳	招	搖手
伸	（～手）	伸	伸	伸手
撒手	（放開手；鬆手）	放手	鬆手	鬆手
拍手	（～歡迎）	拍手	拍	拍 phok51/ 拍手
背著手兒		揖手	手揖後	手插阿尻川後 / 手背恁
叉著手兒	（雙手交叉胸前）	雙手插胸	手抱心肝頭	手翹恁
拿	（～走）	theʔ51	挈	挈走
打	（～人）	拍	拍	拍
打	（～傘：撐傘）	thi53	揭	揭
打	（～毛衣：織毛衣）	織 tsih51	勾	tshiah11
抓	（～壯丁）	�	掚	掚
抓	（一把米）	mĩ33	納	mẽ33

（續表）

詞彙		泉州	潮陽	海豐
擰	（～毛巾）	旋	旋	旋
擰	（～大腿肉）	旋	捏	旋 / 捏
擰	（～蓋子）	旋	hũãĩ55	旋
搧	（～扇子）	曳	撥	曳扇
搧	（～了他一耳光）	搧 siaŋ53	掃	kaʔ11/ 削蜀巴掌
掐	（～他的臉蛋）	kŋ35	捏	捏
掐	（～他的脖子）	kŋ35	tɛ̃53	tẽ35
拉	（把繩子～直）	求 khiu53	拖	拖直
拉	（～平板車）	拖	拖	拖
推	（把他～倒）	車	lɛŋ53	推 /soŋ53
推	（～車）	推	lɛŋ53	推
擦	（～汗）	拭汗	拭 / 擦	擦汗
蓋	（～蓋子）	勘 kham53	khãĩ53	kham21 蓋
蓋	（～被子）	勘 kham53	kaʔ11	kaʔ11 被
拔	（～草）	挽	扣	扣草
摘	（～果子）	挽	摘	摘
提	（～一桶水）	kũã21	kũã53	kũã35
捧	（用雙手～花生）	抔	捧	捧 / 盛
捏	（～一小撮鹽）	捏	捏	捏
摟	（～柴火）	攬	攬	抔
抱	（～孩子）	抱	抱	抱
餵	（～嬰兒）	飼	飼	飼
擲	（～石頭）	擲	kak51	hoŋ53
摔	（發脾氣～東西）	siak51/ 擲	擲	siaŋ223
甩	（～乾手上的水）	hiu53	落	hĩ223
撣	（拌，～掉灰塵）	拌	撣	拌
掖	（紙從門縫～入）	楔	楔	楔

（續表）

詞彙		泉州	潮陽	海豐
掏	（從口袋～東西）	ia55	tsim33	dzim55
夾	（～在腋下）	夾	夾	夾
捂	（用雙手～眼睛）	揞	揞	揞
攔	（伸開雙臂～住）	攔	閘	把恁
摳	（用手指～）	摳	扭	挖
撓	（～癢）	搦	耙	搦
撕	（～紙）	拆	li53	li223
掰	（饅頭～成兩半）	掰	掰	掰
剝	（～橘子）	掰 / 剝	掰	掰
折	（拗，～斷樹枝）	拗	拗	拗
敲	（～門）	敲	拍	敲
劃	（～火柴）	揭	劃	劃
按	（～圖釘）	tshiʔ51	dziʔ51	dziʔ51
塞	（～住洞口）	塞	塞	塞
摞	（把碗～起來）	沓	疊	疊
捋	（～袖子）	捋	捋	捋
繫	（～鞋帶）	縛	縛	縛
綁	（～人）	縛	縛	縛
解	（～開繩子）	敨	解	敨開
搓	（～繩子）	搓	搓	搓
砍	（～樹）	剉	斬	斬樹
殺	（～豬）	刣	刣	刣豬
削	（～果皮）	削	批	批皮
捅	（用尖刀來～）	tuʔ51	捅	捅
砸	（用石頭～蛇）	拼	拼	擂
撬	（～箱子）	撬	撬	撬
掏	（～耳朵）	勾	勾	勾

（續表）

詞彙		泉州	潮陽	海豐
縫	（～被子）	paŋ35	thĩ21	thĩ55 被
扎	（用針來～）	刺	刺	刺
挑	（用針來～刺兒）	挑	挑	揭
撐	（～船）	撐	kɔ53	扒船
墊	（用磚頭等～高）	thoiʔ11	kuɛ53	貼
壓	（用石頭～著）	壓	tɛʔ11	墊
埋	（～在地下）	埋	埋	kam55
填	（～土）	填	填	填
撫摩	（用手～貓背）	挲	挲	摸
胳肢	（抓撓）	nĩãũ33	nĩãũ33	nĩũ33
攥	（～拳頭：握拳頭）	kŋ35	nĩm33	tẽ35
走	（～路）	行	行	行
跑	（～過去）	走	走	走 / 跑
逃跑		偷走	偷走	跑
追	（～出去）	緝	追	追
跳	（～起來）	跳	跳	跳
到	（他～了）	遘	遘	遘
跟	（～著他）	綴	綴	綴
爬	（～樹）	爬	爬	爬
爬	（小孩在地上～）	爬	爬	爬
站		徛	徛	徛
蹲		ku35	ku55	ku55
跨	（～過去）	伐	伐	伐
踩	（～到蟲子）	踏	踏	踏
踢	（～了他一腳）	踢	踢	踢
踢	（小孩～被子）	踢	踢	踢
跺	（～腳）	頓	踮	踮

（續表）

詞彙		泉州	潮陽	海豐
踮	（～腳）	躡	踢	ĩãũʔ31
跌倒		puaʔ11 倒	puaʔ11	ĩãũʔ31 著
滑倒		滑倒	溜摶	溜著
絆	（被繩子～倒）纏	纏	鬼著	纏 niŋ53
爬起		爬起來	爬起來	爬起來
挑	（～擔子）	擔	擔	擔
抬	（～轎子）	扛	扛	扛
扛	（鋤頭～在肩上）	揭	扛	kiaʔ51
背	（～小孩兒）	ĩã35	領	背
趴	（～在桌上）	趴	趴	趴
靠	（～在牆上）	ua53	ua53	ua53
蹭	（貼在牆上～癢）	磨	lu33	摸 mõ33
擠	（～上車）	khoiʔ51	擠	擠
掉	（～下來）	ko35	ka33 落	ka33 落
裂	（嘴唇～開）必	必 / 裂	裂	必裂
浮	（～起來）	浮	浮	浮
沖	（水自上而下～）	沖	沖	tsaŋ55
濺	（髒水～一身）	濺	噴	噴
溢	（湯～出來）	pũã35	溢	pui55
嗆	（飯～了氣管）觸	灼	灼	哽
燙	（被開水～了）	燙	燙	燙
軋	（雞被車～死了）	khoik51	khɔik51	犁
遮	（別～住我）	閘	遮	閘
藏	（把東西～起來）	囥	囥	囥
躲藏	（他～起來）	覕	tiam53	tiam223
遷移	（～新居）	搬 / 徙	搬	搬
遇到		堵著	遇	堵著

（續表）

詞彙		泉州	潮陽	海豐
丟失		拍無	ka33 落	唔見 /ka33 落
找到		tshɤ53 著	tshuɛ21 著了	tshue21 著了
扔掉	（沒用的～）	tan55 sak51	kak11 掉	hiaʔ31 了 / 掉了
收拾	（～行李）	收拾	拾	收
選擇		揀	揀	揀
撿	（～起來）	khioʔ51	khiɔʔ11	khioʔ31
打撈	（～水底的東西）	ho35	liau55	liau55
剩	（～一點兒）	存	存	存
攪拌	（～糖水）	la21	攪	攪
攙	（酒裏～水）	摻	摻	摻
混	（～在一起）	摻	摻	溝
豎	（～起來）	徛	徛	放 teŋ55/ 徛 teŋ55
凹	（～下去）	lap51	nãp51	nãp11
凸	（～出來）	thap51	thɔu53	凸
知道	（他不～）	知影	知	知
會了	曉	解曉的	解	解
不會	（還～走路）	boi35 曉的	bɔi21	bei35
認得	（這個人我～）	八	八	八伊
不認得		唔相八	唔八	唔八
想想		想蜀排	想睇	想下囝
估量		估	估	約
猜測		猜	猜	約 / 猜
主張	（動詞）	主意	主張	揸主意
相信		信	相信	相信 / 信
心存疑慮	堯疑	堯疑	猜疑	懷疑
沒料到		無想著	無想著	無想到
留神	（注意；小心）	注意	小心	注意

（續表）

詞彙		泉州	潮陽	海豐
嚇著了		驚著	驚著	驚著 / 驚恁
著急		著急	急	緊
掛念		數念	數念	數念
盼望		向望	望	希望
記著	（你給我～）	記得	憶得	記得
忘記了		boi35 記的	唔記得	唔記得
想起來了		想起來	想著	想著 / 想起來
妒忌		烏妒	目紅	妒忌
發愁	（～找不到工作）	煩惱	煩惱	煩惱
討厭		討厭	惱	惱
嫌棄		棄嫌	嫌	嫌
抱怨		哀怨	怨	怨
恨		ia35 恨	恨	恨
羨慕	欣羨	羨慕	羨	羨慕
慪氣	（生悶氣）	激氣	激氣	裝 dun213
憋氣	（委屈不能發洩）	鬱卒	鬱氣	鬱恁
生氣		受氣	氣	鬱心
發火	（發脾氣）	使性	發性	發僻
愛惜	（對物）	惜略	惜略	惜
疼愛	（對人）	痛 thaŋ21	惜	惜 / 疼
喜歡	（他～喝酒）	愛	癮	癮
喜歡	（他不～我）甲意	合意	合	合
誇獎		o33 lo53	ɔ33 lɔ53	o33 lo53
是		是	是	是
不是		唔是	唔是	唔是
有	（～時間）	有	有	有
沒	（～時間）	無	無	無

閩南方言的內部差異：

1. 三地皆存在差異詞彙：

噘、招、織毛衣、噘嘴、抓米、擲、攔、摳、撐、墊、踮、滑倒、絆、蹭、溢、凸。

2. 任兩地存在差異詞彙：

睜眼——泉州、潮陽“thi53 目”與海豐“目掰 kim33”形成區別。

眨眼——泉州、潮陽“躡目”與海豐“夾目”形成區別。

看見——泉州“看”與潮陽、海豐“睇”形成區別。

背著手兒——泉州、潮陽“揖手”與海豐“手插阿尻川後 / 手背㤘”形成區別。

打傘——泉州“thi53”與潮陽、海豐“揭”形成區別。

掐臉蛋——泉州“kŋ35”與潮陽、海豐“捏”形成區別。

把繩子拉直——泉州“khiu53”與潮陽、海豐“拖”形成區別。

拔草——泉州“挽草”和潮陽、海豐“扣草”形成區別。

撕——泉州“拆”與潮陽、海豐“li213”形成區別。

挑——泉州、潮陽“挑”與海豐“揭”形成區別。

劃火柴——泉州“揭”與潮陽、海豐“劃”形成區別。

撓——泉州、海豐“搦”與潮陽“耙”形成區別。

砍樹——泉州“剉”與潮陽、海豐“斬”形成區別。

削果皮——泉州“削”與潮陽、海豐“批”形成區別。

砸——泉州、潮陽“摒”與海豐“擂”形成區別。

擠——泉州“khoiʔ51”與潮陽、海豐“擠”形成區別。

軋——泉州、潮陽“khoik51”與海豐“犁”形成區別。

躲藏——泉州“覕”與潮陽、海豐“tiam213”形成區別。

打撈——泉州“ho35”與潮陽、海豐“liau55”形成區別。

嗆——泉州、潮陽“灼”與海豐“哽”形成區別。

閩南方言的自身演變：

挑——海豐“揭”為自身演變結果，本土海豐方言有“挑”說法。

慪氣——海豐“裝 dun213” 為自身演變結果。

閩南方言向通語演變：

抬頭——潮陽“抬頭”同於通語。

低頭——泉州“低頭”同於通語。

揮——潮陽“揮”同於通語。

解——潮陽“解”同於通語。

縫——泉州“縫” 同於通語。

濺——泉州“濺”同於通語。

遮——潮陽“遮”同於通語。

遇到——潮陽“遇”同於通語。

主張——潮陽“主張”同於通語。

留神——潮陽“小心”同於通語。

討厭——泉州“討厭” 同於通語。

喜歡——泉州“愛”同於通語。

閩南方言向粵語演變：

舔——潮陽“lap11”同於粵語。

甩——潮陽“落”同於粵語。

混——海豐“溝” 同於粵語。

主張——海豐“揸主意”同於粵語。

著急——海豐“緊”有粵語影響因素。

發火——海豐“發脾氣”同於粵語。

同一概念不同選擇：

搧扇子：曳、撥。

搧一巴掌：搧、掃、削。

叫：叫、喊（新舊詞彙）。

推：推、leŋ53（新舊詞彙）。

擰：旋、hũãĩ55。

擦：擦、拭（新舊詞彙）。

摘：挽、摘。

摟：攬、拂。

敲：敲、拍。

撫摩：挲、摸。

21. 形容詞

詞彙		泉州	潮陽	海豐
多	（人～）	儕	儕	儕
少	（人～）	少	少	減
大	（老虎很～）	大	大	大
小	（不大不～）	細	細	細
粗	（～沙）	粗	粗	粗
細	（～沙）	幼	幼	細
高	（他的個兒很～）	懸	懸	懸
高	（樓房很～）	懸	懸	懸
矮	（他的個兒很～）	矮	矮	矮
低	（平房很～）	下	下	矮
長	（～頭髮）	長	長	長
短	（～頭髮）	短	短	短
遠	（離得很～）	遠	遠	遠
近	（離得很～）	近	近	近
寬	（路很～）	闊	闊	闊
窄	（路很～）	狹	狹	窄 / 狹
厚	（書很～）	厚	厚	厚
薄	（紙很～）	薄	薄	薄
重	（擔子～）	重	重	重
輕	（擔子～）	輕	輕	輕
直	（路很～）	直	直	直
彎	（路很～）	彎	彎	彎

（續表）

詞彙		泉州	潮陽	海豐
快	（走得～）	緊	猛	猛
慢	（走得～）	慢	慢	慢
利	（刀～）	利	利	利
鈍	（刀～）	鈍	鈍	鈍
滿	（缸裏水很～）	滿	密	tĩ35
空	（屋子裏很～）	空	空	空
緊	（繩子綁～一些）	an213	緊	穩
鬆	（繩子綁得不夠緊）	鬆	鬆	鬆
深	（水～）	深	深	深
淺	（水～）	淺	淺	淺
清	（水～）	清	清	清
濁	（水～）	lo35	lɔ55	lo55
生	（～肉）	生	生	生
熟	（～肉）	熟	熟	熟
乾	（曬～了）	乾	乾	乾
濕	（淋～了）	澹	澹	澹
密	（禾苗太～了）	密	雜	密
疏	（禾苗太～了）	疏	鬆 /laŋ33	鬆 /laŋ33
稠	（粥太～）	洘	kik51	kik51
稀	（粥太～）	潡 ka53	tshiɔʔ11	水
油膩	（菜太～了）	油	肥	油
爛	（肉煮得很～）	爛	爛	爛
脆	（餅乾很～）	酥 / 脆	蘇	酥 / 脆
硬	（木頭很～）	硬	硬	硬 /tãĩ21
軟	（柿子很～）	軟	軟	軟 / 爛
新	（～衣服）	新	新	新
舊	（～衣服）	舊	舊	舊

（續表）

詞彙		泉州	潮陽	海豐
老	（菜太～了）	過	熟	熟
嫩	（菜很～）	幼	稚	稚
亮	（房間很～）	光	光	光
暗	（房間很～）	暗	暗	暗
早	（來～了）	早	早	早
晚	（來～了）	晏	晏	晏
陡	（坡很～）	徛	徛	徛
傾斜	（這堵牆有點兒～）	崎	斜	崎 /tshua53/ 斜
乾淨	（地上很～）	清潔	清潔	清潔
骯髒	（地上很～）	骯髒	垃圾	垃圾
整齊		齊整	齊整	齊
凌亂		亂	dzu55	亂 /dzi55
熱鬧	（集市上很～）	鬧熱	鬧熱	鬧熱
冷清	（集市上很～）	靜	靜靜	靜 /bei35 鬧熱
黑		烏	烏	烏
紅		紅	紅	紅
藍		藍	藍	藍
綠		綠 / 青	綠	綠
白		白	白	白
灰	（顏色）	灰	灰	灰
黃		黃	黃	黃
餓		iau33	iau33	iau33
飽		飽	飽	飽
渴		喙焦	喉焦	喉渴
鹹	（菜太～了）	鹹	鹹	鹹
淡	（菜太～了）	tsĩã53	tsĩã53	tsĩã53
淡	（茶太～了）	薄	薄	薄

（續表）

詞彙		泉州	潮陽	海豐
濃	（茶太～了）	厚	厚	kiap11/ 濃 / 厚
香	（花兒很～）	芳	芳	芳
臭	（雞屎很～）	臭	臭	臭
酸	（橘子很～）	酸	酸	酸
甜	（糖很～）	甜	甜	甜
鮮	（肉湯很～）	鮮尺	甜	鮮
苦	（藥很～）	苦	苦	苦
辣	（柿子椒不夠～）	辣	hiam33	hiam33
澀	（柿子不夠成熟，很～）	澀 / 厚 lui21	澀	kiaʔ31
腥	（這種魚很～）	臭腥	腥	臭腥
臊	（臭尿～）	臭尿破	臭	臭尿 hiam33
刺眼	（光線～）	晟目	晟目 / 刺目	刺眼
刺耳	（聲音～）	嘈耳	晟耳	刺耳
膩	（吃肥肉不怕～）	飫	肥	膩膩
顛	（路不好，坐車覺得～）	tiu53	tiɔ21	tio223
硌	（在沙石上走，～腳）	砧 tiam33	砧 tiam33	tsham33 骹 /ke55 骹
癢	（身上覺得～）	癢	癢	hai55
好	（～人）	好	好	好
壞	（～人）	phai53	phai53	bai53
美	（這個姑娘長得～）	水	雅	水
醜	（這個姑娘長得～）	兇	野樣	野
肥	（指動物）	肥	肥	肥
胖	（指人）	肥	肥	肥
瘦	（不肥、不胖）	省	省	省
瘦	（指肉，如：～肉）	精 / 赤	精	赤
老	（不年輕）	老	老	老
年輕	（他比我～）	後生	後生	後生

（續表）

詞彙		泉州	潮陽	海豐
高興		歡喜	歡喜	歡喜
痛快	（看得很～）爽 / 暢	爽	爽快	爽
疲勞		ia53 謝	siaŋ53	thiam53
舒服	（身體不～）爽	快活	舒服	舒服
難過	（心裏很～）艱苦	艱苦	艱苦	nãp 意
慚愧		痞勢	小禮	見笑
害臊	（怕醜）	驚見笑	驚小禮	見笑 / 畏儂
乖		乖	gau55	gau55
調皮		孽	孽	孽
可愛	（小孩子很～）	古錐	趣味	有癮
能幹	（小夥子很～）	巧 /gau35	khiaŋ53	料搦 /khiaŋ213
無能	無路用 / 使	無路用 / 使	au53	無路用
勤快	骨力	骨力	力	力相 / 幫 leŋ35
懶惰		懶惰	惰	懶
聰明		巧	識	聰明 / 巧
笨	笨用	笨用	蠢	笨
糊塗		糊塗	糊塗	loŋ21 phu21/ 糊塗
傻			/ 白仁	
狡詐		狡詐 / 狡猾	狡詐	niauʔ51 喘
執拗	（固執任性）執癖	執癖	執癖	厚 kue35
善良		善	善	好
殘酷		粗殘	粗殘	惡毒
蠻橫		蠻橫	橫	拗橫 /kiaŋ35
下流	垃圾	垃圾	垃圾	phai53
風騷	（指輕佻）	姣	姣	姣
吝嗇		鹹澀 / 夭鬼	鹹澀	kiap31 澀
大方		闊氣	大方	大方

（續表）

詞彙		泉州	潮陽	海豐
忙	（最近很～）	無閒	無閒	無閒
閒		閒	閒	閒
次	（質量差）	痞料	au53	害 /bai53/sap31
難	（這道題很～做）	惡	惡	惡
容易	（這道題很～做）	kue21	kɔi21	容易
對	（沒錯）	著	著	對 / 著 / 啱
錯	（不對）	誕	誕	錯 / 唔著
要緊	（只受了一點傷，不～）	緊要	緊要	緊要
地道	（～四川風味）	正港	正宗	正宗

閩南方言的內部差異：

1. 三地皆存在差異詞彙：

水很滿、綁緊、粥太稀、渴、膩、疲勞、慚愧、害臊、可愛、質量差。

2. 任兩地存在差異詞彙：

平房很低——泉州、潮陽“下”與海豐“矮”形成區別。

走得快——泉州“緊”與潮陽、海豐“猛”形成區別。

禾苗太密——泉州、海豐“密”與潮陽“雜”形成區別。

禾苗太稀——泉州“疏”與潮陽、海豐“鬆 /laŋ33” 形成區別。

粥太稠——泉州“洘”與潮陽、海豐“kik51”形成區別。

油膩——泉州、海豐“油”與潮陽“肥”形成區別。

骯髒——泉州“骯髒”與潮陽、海豐“垃圾” 形成區別。

美——泉州、海豐“水”與潮陽“雅”形成區別。

瘦肉——泉州、海豐“赤”與潮陽“精”形成區別。

能幹——泉州“巧 /gau35”與海豐、潮陽“khiaŋ213”形成區別。

無能——泉州、海豐“無路用”與潮陽“au53”形成區別。

殘酷——泉州、潮陽“粗殘”與海豐“惡毒”形成區別。

下流——泉州、潮陽“垃圾”與海豐“phai53”形成區別。

錯——泉州、潮陽“誕”與海豐“唔著”形成區別。

閩南方言的自身演變：

硌腳——海豐“tsham33 骹 /ke55 骹”為自身演變結果，本土海豐方言仍有“砧”説法。

難過——海豐“nãp 意”為自身演變結果。

聰明——泉州、海豐“巧”與潮陽“識”形成區別。

狡詐——海豐“niauʔ51 喘”為自身演變結果。本土海豐方言也稱“狡詐”。

善良——海豐“好”為自身演變結果。本土海豐方言也稱“善”。

閩南方言向通語演變：

凌亂——泉州“亂”同於通語。

刺眼——海豐“刺眼”同於通語。

舒服——潮陽、海豐“舒服”同於通語。

乖——泉州“乖”同於通語。

懶惰——泉州“懶惰”同於通語。

懶惰——海豐“懶”同於通語。

大方——潮陽、海豐“大方”同於通語。

容易——海豐“容易”同於通語。

閩南方言內部差異 + 自身演變：

醜——泉州“兇”為自身演變結果，本土泉州方言有“否勢”與潮陽、海豐“野樣”形成區別。

地道——泉州“正港”與潮陽、海豐“正宗”形成區別。本土海豐方言另有“真宗”説法。

22. 位置

詞彙	泉州	潮陽	海豐
上面	頂面	頂爿	上頂
下面	下骹	下爿	骹下

（續表）

詞彙	泉州	潮陽	海豐
地上	塗骹	塗骹	塗骹
地下	塗骹底	塗底	塗骹底
屋頂上	處頂	處頂	處尾頂
床底下	床骹底	眠床骹	門床骹 / 舖下
裏面	內面	內底	內底
外面	外面	外口	外口
前面	頭前	前爿 / 頭前	頭前
後面	後壁	後爿	後底
末尾	尾路	kiau53 尾	煞尾
對面	對面	對面	對面
中間	中央	中央	中央
旁邊	邊頭	phĩã21 頭	墘 phĩã55
邊緣	墘	墘	墘
附近	在近	近邊	周圍
跟前兒	面頭前	頭前	面頭前
左邊	倒手爿	倒手爿	倒手 siau53
右邊	正手爿	正手爿	正手 siau53

閩南方言的內部差異：

1. 三地皆存在差異詞彙：

上面、下面、裏面、後面、末尾、旁邊、附近。

2. 任兩地存在差異詞彙：

左邊——泉州、潮陽“倒手爿”與海豐“到手 siau53”形成區別。

右邊——泉州、潮陽“正手爿”與海豐“正手 siau53”形成區別。

閩南方言向通語演變：

外面——泉州“外面”同於通語。

23. 代詞

詞彙	泉州	潮陽	海豐
我	我	我	我
你	汝	汝	汝
他	伊	伊	伊
我們	阮	阮	阮
咱們	lan53	nãŋ53	nãŋ53
你們	恁	恁	恁
他們	in33	伊儂	伊 nãĩ55 儂
我的	我 kai35	我 kai55	我 kai55
別人	別儂	別儂	別儂
大家	大家儂	合儂	大家儂
自己	家己	家己	家己
誰？	啥儂？	底儂？	tiaŋ35
這個	只個	只個	只個
那個	hit11 個	hu53 個	hi53 個
哪個？	倒蜀個？	底個？	ti21 tie33 個
這些	tsua35 e55	只撮	tsi53 nãĩ33
那些	hua35 e55	hu53 撮	hi53 nãĩ33
哪些？	倒蜀 e21	底撮	底蜀項
這裏	只 taʔ51	tsĩɔ̃ 53 囝	只
那裏	hit11 taʔ51	hĩɔ̃53 囝	hi53
哪里？	倒蜀 tah51 ？	底塊？	ti21 tia213
這麼	tso53 那	tsĩɔ̃53	tsiaʔ51
那麼	ho35 啊	hĩɔ̃53	hiaʔ31
這樣	按 nẽ33 做	tsĩɔ̃ 53 生	這生做
那樣	向樣做	hĩɔ̃53 生	向生做
怎樣（做）？	tsĩõ 53 啊做	做呢做	tsãĩ55 呢
怎麼辦？	tsĩõ53 啊辦	做呢物	tsãĩ55 呢辦

（續表）

詞彙	泉州	潮陽	海豐
什麼？	甚物	麼個	麼個
為什麼？	為甚物	做呢	做呢 / 為什麼
多少（錢）？	nũã21 tsoi21	dzĩɔ̃53 tsɔi21 錢	kue33 tsei21/kue33 tsei21 錢
多（大）？	nũã 21 大	dzĩɔ̃53 大	kue33 大

閩南方言的內部差異：

1. 三地皆存在差異詞彙：這些、那些。

24. 數字

詞彙	泉州	潮陽	海豐
一	蜀	蜀	蜀
第一	第一	第一	第一
二	兩	兩	兩
第二	第二	第二	第二
十一	十一	十一	十一
二十	二十	二十	二十
五十五	五十五	五五	五十五
一百	蜀百	蜀百	蜀百
一百一十	蜀百一十 / 百一	百一	蜀百一十 / 百一
一百一十一	蜀百一十一	百一一	蜀百一十一 / 百一一
二百五十	二百五十 / 二百五	二百五	二百五十 / 二百五
一千	蜀千	蜀千	蜀千
一萬一千	蜀萬蜀千 / 萬一	萬一	萬蜀
一萬零一百	蜀萬空蜀百	萬空一	萬空一 / 蜀萬零蜀百
幾個？	幾個的？	幾個？	幾個？幾儕個？
好幾個	有幾個的？	幾啊個	幾啊個
一點兒	蜀絲囝	滴囝	躡囝

（續表）

詞彙	泉州	潮陽	海豐
十多個	十外個	十外個	十外個
一百多個	（蜀）百外個	百外個	百外個
上下	左右	左右 / 十 khiau33	左右 / 大個十個向生
不到十個	唔遘十個	唔遘十個	未十個
分	分	分	分
半個	半個	半個	半個
一半	蜀半	蜀 ue55/ 蜀爿	蜀半 / 蜀 ue55/ 蜀 siau53
一大半兒	蜀大半	大半爿	大 siau53
整個	歸輪個的	遘個	整個 / 遘個

閩南方言的內部差異：

1. 三地皆存在差異詞彙：一點兒、一大半兒。

2. 任兩地存在差異詞彙：

一萬一千——泉州、潮陽“萬一”與海豐“萬蜀”形成區別。

閩南方言的自身演變：

不到十個——海豐“未十個”為自身演變的結果，本土海豐方言有“唔遘十個”說法。

25. 量詞

詞彙		泉州	潮陽	海豐
座	一～山	座	座	座
丘	一～田	沟	丘	丘
畦	一～菜地	沟	畦	tap31
團	一～泥	團	團	khok31
堆	一～沙	堆	堆	堆
塊	一～磚	tɤ21	tɔ53	khok31
家	一～鋪子	家	間	間

（續表）

詞彙		泉州	潮陽	海豐
間	一～屋子	間	間	間
座	一～房子	落	座	間
座	一～橋	條	條	條
扇	一～門	扇	扇	扇
堵	一～牆	堵	扇	面 /siau53
口	一～井	個	個	口
個	一～人	個	個	個
夥	一～人	幫	幫	幫
家	一～人家	家	家	家 / 戍
頭	一～牛	隻	隻	隻
口	一～豬	隻	隻	隻
只	一～雞	隻	隻	隻
個	一～雞蛋	隻	隻	粒
窩	一～蜂	岫 / 宿	岫	宿
窩	一～小豬	岫	岫	牢
條	一～蛇	隻	條	條
條	一～魚	尾	尾	條
棵	一～樹	叢	叢	叢
叢	一～草	叢	叢	叢
朵	一～花	蕊	蕊	葩
串	一～葡萄	掛	球	掛
把	一～芹菜	把	把	扎
截	一～甘蔗	節	節	khok31
節	一～甘蔗	目	目	節
片兒	一～西瓜	tɤ21	nĩãm53	片
瓣兒	一～橘子	辦	nĩãm53	片
支	一～煙	叢	支	條

（續表）

詞彙		泉州	潮陽	海豐
杯	一～茶	杯	杯	杯
服	一～藥	帖	帖	帖
把	一～米	把	把	撮
瓶	一～醋	矸	樽	支
罎	一～酒	甕	甕	taŋ35
件	一～衣裳	領	件	件
套	一～衣裳	套	套	脱
頂	一～帽子	頂	頂	頂
條	一～被子	領	領	張 / 封
頂	一～蚊帳	領	領	頂
雙	一～鞋	雙	雙	雙
張	一～床	張	張	張
張	一～桌子	tɤ21	張	張
把	一～椅子	tɤ21	隻	張
把	一～刀	支	把	支
把	一～鋤頭	支	支	支
隻	一～碗	tɤ21	個	隻
口	一～鐵鍋	個	支	隻
桿	一～秤	支	支	支
個	一～箱子	骹	個	個
盞	一～燈	盞	支	葩
元	一～錢	箍	個銀	個銀
角	一～錢	角	角	蜀豪
分	一～錢	分	分	蜀分
張	一～鈔票	張	張	蜀張銀紙
台	一～戲	棚	棚	台
齣	一～戲	齣	齣	齣

（續表）

詞彙		泉州	潮陽	海豐
封	一～信	張	封	封
行	一～字	tsua55	tsuɛ21	列
沓	一～紙	沓	沓	沓
掛	一～鞭炮	kũã35	球	連
尊	一～佛像	身	身	個
對	一～花瓶	對	對	對
盒兒	一～火柴	盒	盒	盒
匣子	一～首飾	盒	盒	盒
隻	一～眼睛	隻	隻	隻
根	一～頭髮	支	條	條
隻	一～手	隻	隻	隻
拃	拇指與中指張開長度	搦	搦	搦
庹	兩臂平伸長度	尋	尋	尋
鋪	十華里路程	鋪	鋪	鋪
口	一～水	喙	喙	喙
身	一～土	身	身	身
泡	一～尿	tshiu33	pfu55	pu55
頓	吃一～飯	頓	頓	頓
趟	走一～	tsua21	dzua21	dzua21
回	玩一～	排	tam33	回
遍	看一～	遍	遍	回 / 遍
下	打一～	下	下	下
陣	下一～雨	陣	陣	dzua21
盤	下一～棋	盤	盤	盤
圈	打一～麻將	圈	圈	圈

閩南方言的內部差異：

1. 三地皆存在差異詞彙：

畦、座（房子）、片兒、瓣兒、一支煙、瓶、一把椅子、一盞燈、一掛鞭炮、玩一回。

2. 任兩地存在差異詞彙：

團——泉州、潮陽“團”與海豐“khok31”形成區別。

家——泉州“家舖”與潮陽、海豐“間舖”形成區別。

堵——泉州、潮陽“堵牆”與海豐“面 /siau53”形成區別。

窩（小豬）——泉州、潮陽“岫”與海豐“牢”形成區別。

一條蛇——泉州“隻”與潮陽、海豐“條”形成區別。

一朵花——泉州、潮陽“蕊”與海豐“葩”形成區別。

一串葡萄——泉州、海豐“掛”與潮陽“球”形成區別。

把——泉州、潮陽“把”與海豐“扎”形成區別。

節——泉州、潮陽“目”與海豐“節”形成區別。

一把米——泉州、潮陽“把”與海豐“撮”形成區別。

一件衣裳——泉州“領”與潮陽、海豐“件”形成區別。

一張桌子——泉州“tɤ21”與潮陽、海豐“張”形成區別。

一封信——泉州“張”與潮陽、海豐“封”形成區別。

一窩蜂——泉州“岫 / 宿”皆可，潮陽“岫”與海豐“宿”形成區別。

閩南方言的自身演變：

窩——海豐“tshok31”為自身演變結果，本土海豐方言用“竇”。

一套——海豐“脱”為自身演變結果，本土海豐方言用“身”。

一身佛像——海豐“個”為自身演變結果，本土海豐方言用“身”。

一陣雨——海豐“dzua21”為自身演變結果，本土海豐方言用“陣”。

閩南方言向通語演變：

一口井——海豐“口”同於通語。

一隻箱子——潮陽、海豐“個”同於通語。

一台戲——海豐“台”同於通語。

閩南方言向粵語演變：

一只雞蛋——泉州、潮陽“隻”同於粵語。

一行字——海豐“列”同於粵語。

閩南方言的內部差異 + 自身演變：

一條被子——泉州、潮陽“領”與海豐“張 / 封”形成區別。“張 / 封為海豐自身演變結果，本土海豐方言有“領”説法。

閩南方言的內部差異 + 向粵語演變：

一隻碗——三地有別，海豐“隻”同於粵語，本土海豐方言用“個”。

一口鐵鍋——三地有別，海豐“隻”同於粵語，本土海豐方言用“個”。

同一概念不同説法：

一角錢：角、毫。

4.2.2　香港泉州、潮陽、海豐方言詞彙通語化、粵語化比較

根據上述詞彙調查結果及對其與通語、粵語接觸關係的分析，泉州、潮陽與海豐方言在與通語和粵語的接觸度上各有不同，具體的統計結果詳見表 4-1。

表 4-1　泉州、潮陽、海豐方言詞彙通語化、粵語化比較

詞彙	泉州		潮陽		海豐	
	通語化	粵語化	通語化	粵語化	通語化	粵語化
天文	2%	0	10%	0	10%	0
地理	4%	2%	9%	0	11%	2%
時間	0	0	3%	0	1%	4%
農事	0	0	0	0	4%	0
植物	2%	0	3%	3%	6%	5%
動物	1%	0	3%	0	3%	2%
屋舍	12%	0	4%	4%	8%	4%
器具	2%	1%	2%	7%	5%	6%
人品	7%	0	15%	2%	15%	3%
親屬	4%	0	0	0	4%	2%

（續表）

詞彙	泉州		潮陽		海豐	
	通語化	粵語化	通語化	粵語化	通語化	粵語化
身體	3%	0	4%	1%	6%	0
醫療	5%	0	3%	1%	4%	1%
服飾	0	0	4%	2%	2%	4%
飲食	3%	0	1%	0	3%	4%
風俗	5%	2%	8%	0	2%	0
起居	2%	0	0	0	3%	3%
交際	6%	2%	6%	0	6%	2%
商業	3%	0	8%	5%	7%	2%
文娛	2%	2%	5%	3%	3%	3%
動詞	2%	0	3%	1%	0	2%
形容詞	2%	0	1%	0	4%	0
位置	5%	0	0	0	0	0
代詞	0	0	0	0	0	0
數字	0	0	0	0	0	0
量詞	0	1%	1%	1%	4%	4%
均值：	3%	0.4%	4%	1.2%	4%	2.1%

據表 1 統計結果，聯繫上文詞彙調查情況，香港泉州、潮陽、海豐閩南方言通語化、粵語化的演變特徵有如下四點。

第一，泉州、潮陽、海豐方言通語化、粵語化情況並不顯著。相比之下，三個閩南方言通語化程度比粵語化程度更明顯。

第二，三個閩南方言通語化、粵語化程度最高詞類各異：

泉州方言	通語化程度最高項	屋舍 > 人品 > 交際
	粵語化程度最高項	地理 / 風俗 / 交際 / 文娛
潮陽方言	通語化程度最高項	人品 > 天文 > 地理
	粵語化程度最高項	器具 > 商業 > 屋舍

（續表）

海豐方言	通語化程度最高項	人品 > 地理 > 天文
	粵語化程度最高項	器具 > 植物 > 時間 / 屋舍 / 服飾 / 飲食

香港閩南方言詞彙的通語化與粵語化並不遵循客觀世界、主觀世界等以往研究所展現的詞彙演變規律，而是與使用者個人的生活情況、職業範疇、文化程度等因素相關。簡言之，香港閩南方言通語化、粵語化的演變主要為外部因素。

第三，聯繫詞彙調查結果可知，香港閩南方言通語化、粵語化演變與語義相關性的聯繫不緊密。例如：語義相關性較強的詞彙“開水、熱水、溫水”，在這組語義相關的詞彙中，“開水”、“熱水”依舊可保持閩南方言一致的“滾水”、“燒水”說法，而“溫水”則在泉州、潮陽方言中演變為通語化“溫水”說法，在海豐方言中演變為“暖水”的粵語說法。因此，語義與詞彙通語化、粵語化演變無直接相關。

第四，聯繫詞彙調查結果亦可知，香港閩南方言的上下位概念通語化、粵語化發展也不平衡。如詞彙“櫃子”與“衣櫃”，“櫃子”屬“衣櫃”的上位概念，但是，調查結果顯示，“櫃子”受通語、粵語影響稱“櫃”而非閩南方言的本有說法“櫥”，但其下位概念“衣櫃”仍保持閩語的說法“衣櫥”。又如“石頭”與“小石塊”，前者是後者的上位概念。泉州與潮陽方言受到通語、粵語影響而有“石頭”的說法，其下位概念“小石塊”泉州方言則仍有“細石囝”的說法，而非與潮陽發音人一樣的“石頭囝”。

由通語化、粵語化的演變特徵可知，香港閩南方言詞彙為離散式演變。這種離散式演變與方言使用者所處生活環境、職業歸屬、教育程度等因素關係密切，與詞彙本身的性質、結構及語義範疇關係不密切，其演變的主要原因為與社會語言學相關的外部原因。

4.2.3 香港泉州、潮陽、海豐方言詞彙內部差異比較

我們將閩南方言內部差異細分為三者皆存在差異及任意兩者存在差異，具體統計其差異程度，結果如表 4-2 所示。

表 4-2 三種方言詞彙的內部差異[1]

詞彙	泉：潮：海	泉：潮 / 海	潮：泉 / 海	海：泉 / 潮
天文	10%	2%	2%	2%
地理	5%	4%	0	0
時間	19%	3%	1%	1%
農事	13%	4%	0	13%
植物	8%	4%	0	3%
動物	6%	6%	0	5%
屋舍	4%	0	0	0
器具	6%	7%	5%	2%
人品	7%	7%	3%	3%
親屬	2%	5%	3%	4%
身體	4%	7%	3%	5%
醫療	11%	15%	3%	7%
服飾	11%	4%	0	4%
飲食	3%	9%	8%	1%
風俗	9%	17%	0	3%
起居	22%	17%	3%	2%
交際	18%	4%	4%	8%
商業	5%	5%	2%	0
文娛	8%	10%	8%	3%
動詞	8%	5%	0.5%	3%
形容詞	8%	4%	4%	3%
位置	37%	0	0	11%

1 在比較符號中，“：”前後表示比較項，“/”前後表示合併項，下同。

（續表）

代詞	6%	0	0	0
數字	8%	0	0	4%
量詞	12%	7%	2%	9%
均值：	10%	5.8%	2%	3.8%

由上述統計結果可知，泉州、潮陽、海豐方言內部存在差異。相比之下，泉州方言與潮陽、海豐方言間的差異較大。為了比較這種方言內部差異是否與詞彙使用頻率、閩語內部特徵詞性質相關，我們在所調查詞彙中抽出“一百核心詞”與“一級閩語特徵詞”、“二級閩語特徵詞”，查看差異狀態，比較差異程度[1]。

表 4-3　一百核心詞 / 特徵詞的內部差異

	差異度			
	泉：潮：海	泉：潮 / 海	潮：泉 / 海	海：泉 / 潮
一百核心詞	5%	4%	2%	2%
一級特徵詞	3%	2%	0	2%
二級特徵詞	3%	2%	4%	5%

由所調查詞彙差異的綜合統計，一百核心詞差異統計，及一級、二級閩語特徵詞差異統計結果可知，方言間差異最小為“一級閩語特徵詞”，換言之，閩語特徵詞“對內一致，對外排斥”，具有穩固性質。特徵詞的差異程度要比“一百核心詞”更小。同時，由泉州、潮陽、海豐方言在“一百特徵詞”內部的差異要小於綜合詞彙差異可知，閩南方言基本詞彙的一致性高於一般詞彙。由上述兩表的統計結果，可得出香港泉州、潮陽、海豐方言內部差異特徵如下：

第一，香港泉州、潮陽、海豐方言詞彙內部具有差異。泉州方言與潮陽、海豐方言的內部差異大於潮陽、海豐方言間的差異。這種方言差

1　閩語特徵詞選取參李如龍主編（2002：278-337）。

異的多寡與區域因素相關。即便是本土的潮陽、海豐方言，因隸屬廣東，與粵語、客家話長期接觸共存，其詞彙沾染粵客等其他方言色彩，亦要比福建本土閩南方言更甚。

第二，閩南方言特徵詞共性特徵表現突出，一級特徵詞共性特徵最強。

第三，香港泉州、潮陽、海豐方言詞彙內部差異與詞彙的使用頻率相關。核心詞差異小，一般詞差異大。

4.2.4 香港泉州、潮陽、海豐方言“囝”的使用比較

“囝”是閩南方言通用特徵詞，表示“兒子”、“子”，亦可作詞尾，具有“表小、親暱”語義特徵，屬小稱範疇。在讀音上，泉州、海豐方言的“囝”弱化讀為零聲母 [a]，潮陽閩語則不發生語音弱化，讀 [kĩã]。同時，在泉州、潮陽和海豐閩語中，詞尾是否加“囝”，也存在內部差異。我們統計了所調查詞彙中出現“囝”的頻率，並分“實義的囝”與“小稱的囝”，比較三方言的區別。

表 4-4 香港泉州、潮陽、海豐方言“囝”的使用比較

	泉州	潮陽	海豐
實義的囝	16	17	15
小稱的囝	52	21	38
實義 / 小稱囝連用	2	0	0

由上表統計結果可見，表“實義的囝”與表“小稱的囝”在閩南方言內部的分佈不一。其中，實義名詞“囝”在閩語內部具有一致性，三個閩南方言皆有以“囝”表兒子的用例，除了通語 / 粵語化及個別自身演變詞彙，其他詞彙的“囝”表達趨同，數量差距不明顯。作小稱詞尾的囝的分佈則存在差異。一個詞是否應加小稱囝尾，什麼詞必須加小稱囝尾，泉州、潮陽、海豐方言則存在區別。泉州方言的“小稱囝尾”最為發達，其數量是潮陽方言的 2.4 倍，是海豐方言的 1.3 倍，即在三個方言中，囝尾發展，泉州方言 > 海豐方言 > 潮陽方言（> 表示多於）。

泉州方言“實義的囝”與表“小稱的囝”還可連用出現在同一詞彙。

由泉州方言的“囝尾”最為發達的特徵可推斷，“囝”的小稱化在泉州方言的發展要快於海豐、潮陽兩個方言。泉州方言中作小稱的“囝”已深入構詞層面，因此帶“囝尾”的詞彙最多。諸多詞彙不帶“囝尾”無法成詞。

從語音與詞彙的關係上講，發生語音虛化的泉州、海豐方言“囝”小稱化發展要比沒有發生語音虛化的潮陽方言“囝”來得更快，這種發展符合“語音虛化搭配語義虛化”的一般規則。

4.3　香港元洲仔閩南方言詞彙裏的粵語層次

較之語音與語法，詞彙更容易受他方言的影響，產生變化。元洲仔居民長居於以粵語為主流日常用語的香港，詞彙沾染香港粵語嚴重，為語言接觸提供研究空間。從總體上説，元洲仔閩語的各類詞彙都存在粵語層次。具體來看，各類詞彙粵語層次多寡不一。如數字、顏色、農業、基本動作、代詞類詞彙借入粵語的元素較少，其他類詞彙皆有粵語詞彙層次。同時，元洲仔閩語借入粵語層次詞彙的方式亦可分兩類，一為整個詞彙的借入，二為雜糅粵語與閩語語素，創製閩粵語共現的詞彙。

1. 天文

借自粵語的詞彙

詞條	彗星	毛毛雨	雨停
元洲仔	掃把星	小雨	無雨

粵語語素與閩語語素組合的詞彙

詞條	月光
元洲仔	月光娘

2. 地理

借自粵語的詞彙

詞條	河邊	地上	城裏	村子	前面	後面	旁邊	附近	隔壁	鄰居
元洲仔	河邊	地面	城市	村	前面	後面	旁邊	旁邊	隔離	隔離鄰舍

3. 時間

借自粵語的詞彙

詞條	明年	中午	最後	剛才	曆書
元洲仔	出年	中午	最後	頭先	通勝

4. 農事

借自粵語的詞彙

詞條	澆菜
元洲仔	淋菜

5. 植物

借自粵語的詞彙

詞條	玉米	洋白菜	大白菜	絲瓜	辣椒	芥菜	孛薺	香蕉
元洲仔	包粟	椰菜	黃芽白	絲瓜	辣椒	芥菜	馬蹄	香蕉

6. 動物

除了“蝴蝶”一詞與通語、粵語相同而不同於閩語的通俗讀法之外，其他動物類詞彙沒有夾雜粵語的層次。

7. 屋舍

借自粵語的詞彙

詞條	粉刷	曬台	台階	廚房	廁所
元洲仔	批盪	天棚	台級	煮食房	廁所

8. 器具

借自粵語的詞彙

詞條	抽屜	肥皂	水壺	暖水瓶	調羹	煤油	掃帚	工具	公共汽車	自行車
元洲仔	櫃桶	番鹼	茶煲	暖壺	調羹	火水	掃把	家生	巴士	單車

粵語語素與閩語語素組合的詞彙

詞條	櫃子	牙刷
元洲仔	衫櫃	牙 tshiu21

9. 人品

借自粵語的詞彙

詞條	整齊	邋遢	小氣	勤快	可愛	淘氣	執拗	偷懶	說謊	說大話
元洲仔	齊整	污糟	孤寒	勤力	得意	百厭	硬頸	蛇王	講大話	車大炮

10. 親屬

借自粵語的詞彙

詞條	曾祖母	弟媳	連襟	重孫
元洲仔	老太嫲	阿嬸	老襟	孫息

11. 身體

借自粵語的詞彙

詞條	酒窩	牙齒	齙牙	胸脯	豁牙	胖子	愛哭的人
元洲仔	酒笠	牙	哨牙	心口	崩牙	肥佬	喊包

閩語中“牙齒”說“齒”，而粵語說“牙”，元洲仔閩語所有的“牙齒”類詞彙全部用“牙”而不用“齒”，如“牙”、“哨牙”、“牙屎”，同於粵語而異於閩語。

粵語語素與閩語語素組合的詞彙

詞條	高個子
元洲仔	懸佬

12. 醫療

元洲仔閩南方言的調查材料中涉及醫療類詞彙較少，現有材料中醫療類詞彙無借自粵語的層次。

13. 服飾

借自粵語的詞彙

詞條	毛衣	毛線	衣服皺了	拖鞋	鞋墊	手套	手絹	熨斗
元洲仔	冷衫	冷線	巢皮	拖鞋	鞋氈	手襪	手巾囝	熨斗

粵語語素與閩語語素組合的詞彙

詞條	圍巾
元洲仔	頷巾

14. 飲食

借自粵語的詞彙

詞條	焖飯	汆湯	燙	醃肉	口渴	糊	豆腐乳	冰淇淋	餛飩	豬油	蜂蜜	湯藥
元洲仔	焗飯	滾燙	燶	臘肉	喉渴	燶	南乳囝	雪糕	雲吞	豬油	蜜糖	茶

15. 風俗

借自粵語的詞彙

詞條	上墳
元洲仔	拜山

16. 起居

借自粵語的詞彙

詞條	起床	休息	聊天
元洲仔	起身	唞	傾解

17. 交際

借自粵語的詞彙

詞條	猜拳	勞駕	慢走	胡扯	看望	頂嘴
元洲仔	猜枚	唔該	慢慢行	亂講	探	駁喙

元洲仔方言表示“説話”都用“講”，粵東閩語諸多地區則用“呾”。該語素與漳州系閩語相同，也有受粵語影響而形成的可能。

粵語語素與閩語語素組合的詞彙

詞條	回老家
元洲仔	轉鄉下

18. 商業

借自粵語的詞彙

詞條	理髮師	泥瓦匠	西洋人	西洋女人	流氓	妓女	時興	停業
元洲仔	剃頭佬	泥水佬	番鬼	番鬼婆	爛囝	雞婆	新潮	執笠
詞條	老闆	老闆娘	還價	零錢	一千	值得	便宜	騙子
元洲仔	事頭	事頭婆	講價	散紙	金牛	抵	便宜	呃囝

粵語語素與閩語語素組合的詞彙

詞條	農民	屠戶	鐵匠	商人
元洲仔	耕塍佬	治豬佬	拍鐵佬	生理佬

19. 文娛

借自粵語的詞彙

詞條	上學	書	最後一名	圖釘	漿糊	橡皮擦
元洲仔	翻學	簿	第尾	禁釘	漿糊	膠擦
詞條	橡皮筋	硯台	徽章	郵局	球	哨子
元洲仔	橡筋	墨盤	揿章	郵政局	波	銀雞囝

粵語語素與閩語語素組合的詞彙

詞條	面具
元洲仔	小面殼

20. 動詞

借自粵語的詞彙

詞條	動	豎	癢	被車軋了	慣	凹陷	喜歡	憋氣	埋怨
元洲仔	郁	棟	hai44	車	縱	lap3	中意	激氣	怪

粵語語素與閩語語素組合的詞彙

詞條	認識	發抖	踢足球
元洲仔	八得	拍震	踢骹波

21. 形容詞 / 副詞

詞條	悶	辣	澀	弄亂	酥脆	瘺了
元洲仔	焗	辣	kiap3	亂	脆	lap5
詞條	軟爛	軟	總是	一向	幸虧	反正
元洲仔	爛	腍	一路	一路	好彩	横掂

22. 位置

此類詞彙無借用粵語成分。

23. 代詞

此類詞彙無借用粵語成分。

24. 數字

此類詞彙多能保持閩語色彩與結構，無粵語借入成分。

25. 量詞

借自粵語的詞彙

詞條	一棵樹	一雙鞋	一畦菜地
元洲仔	pho33	對	壢

26. 短句

除了詞彙的粵語借入成分，元洲仔閩語在句式上也有粵語的成分。

句式	行不行？	給他一本書。	重寫！	重泡一壺！	能不能來？
元洲仔	得唔得？	分一本簿伊。	寫過！	沖過一壺！	來唔來得？
句式	不能喝酒！	不能久坐！	先把水燒開。	他非去不可。	沒有他不行。
元洲仔	唔食得酒！	坐唔得久！	浮滾水先。	伊唔去唔得。	無伊唔得。

元洲仔閩語句式上借入粵語主要有兩種形式，一為借入粵語的詞彙用法，如“行不行”變成“得唔得”，“得”與“唔”分別為粵語表示“可以”與“否定”的詞彙形式，元洲仔方言借用這種形式，並以閩語讀音説出。二為借用粵語的句法結構。如“給他一本書”借用粵語的“俾一本書佢”而説成“分一本簿伊”。“分”、“伊”分別為閩方言表示給予和第三人稱單數的用法，對應粵語的“俾”和“佢”，在此，元洲仔方言並非直接借用粵語的詞彙，而是借用粵語的説法，運用本方言的詞彙。這種句法上的借用，要比單純詞彙上的借用更為深入，反映元洲仔閩語語法規則的動搖。

第五章　語言態度及社會語言學個案研究：兩代潮陽方言的比較

5.1　香港閩籍人士對閩南方言的語言態度[1]

語言態度是語言變化與發展的重要影響因素。本書以香港潮州[2]、福建閩籍人士為例，通過問卷方式，對比閩南方言與香港通行之兩文三語，調查香港閩籍人士（包括在港出生的閩籍人士以及居港三十年以上的閩籍人士）對閩南方言的語言態度。由社會語言學理論可知，語言使用者的年齡、性別因素會對其發音、用詞等方面產生重要影響。故本文主要考究人群語言態度與年齡、性別因素的關係，同時觀察兩個群體對閩南方言的態度差異。

5.1.1　研究方法

1. 考察角度

本章考察在港閩籍人士的“語言態度”問題。語言態度主要分為感

1　此章節曾發表於《第四屆海外漢語方言國際學術研討會論文集》（世界圖書出版公司，2016），頁 36-46，內容有所改動，特此說明。

2　本文“潮州”概念為廣義潮州，即一般所言之潮汕，包括潮州、汕頭、揭陽及其所轄縣鎮。由於香港稱潮汕方言為潮州話，此處沿用此稱謂。

性語言態度和理性語言態度。感性語言態度指使用者在說到、聽到某種語言時，情緒、感情上的感受和反應，它是個體對待語言不自覺的自然反應。這類態度往往與語言使用者自小成長的語言環境、文化傳統乃至個人生活上的特殊經歷相關。理性語言態度指使用者對特定語言的實用價值和社會地位的理性評價。這種態度表面上主觀，實際上受社會文化、輿論等諸多客觀現象與理念影響[1]。

由上文對感性語言態度與理性語言態度的定義可知，感性語言態度具較強主觀色彩，與語言使用者個人經歷相關，甚至某一愉悅或不愉悅的語言經歷，都可能影響使用者對該語言的判斷。因此，同一族群，在同樣的語言環境下，由於個人經歷的不一致，對同一語言的態度可能大相徑庭。也因此，僅從感性角度考察，不能完全反映社會群體對語言的整體態度。相反，理性語言態度則與語言本身的社會功用密切相關。一種語言在社會上的實際功用如何，並非個人所能直接決定。因而，對語言實用價值和社會地位的判斷，具有群體一致性。同一族群，在相同的語言環境下，一般會有較為一致的看法，有利於考察社會群體的整體語言態度。然而，語言態度也並不僅是語言社會功用態度，它關乎使用者對族群的認同感，夾雜文化感知和情感傾向，具有一定主觀性。考察語言態度，亦不能泯滅使用者的主觀態度。因此，將感性語言態度與理性語言態度結合起來，才能真實考察群體語言判斷，揭示符合事實的語言評價。本文將感性與理性兩個維度結合起來。

2. 問卷設計

基於上文的思路，本文主要通過問卷調查（詳見附錄一）的方式考察香港福建、潮州閩籍人士的語言態度。問卷主要分兩個部分，第一部分是對調查者基本情況的了解，主要了解調查對象年齡、性別等因素，亦包括對其居港區域、文化程度、職業範圍、出生地點，居港年限的界

1 語言態度界定參考陳松岑，1999，《新加坡華人的語言態度及其對語言能力和語言使用的影響》，載《語言教學與研究》1：81-95。

定。此部分雖為非語言因素的考察，但對問卷篩選有較大作用。本文考察的對象為香港福建、潮州閩籍人士，主要是對出生在香港或長期居港（長期的界定為居港年限三十年或三十年以上）閩籍人士閩南方言語言態度的考量。但問卷的發放有賴於各地同鄉組織和文化機構。如福建閩籍人士的調查主要依靠“旅港福建商會”協助，潮州閩籍人士的調查主要依靠“潮州文化協進會”與“香港理工大學中國商業中心潮汕語言文化研習班”協助。對調查參數的控制，必須依靠問卷資料。在問卷篩選中我們發現以下兩種不符合調查標準的情況。第一，籍貫與語言不對應。由於閩語本身就有很大的差異，閩語包括閩南、閩北、閩東等多地方言。如調查者雖為閩籍，但並非閩南方言區人士，我們須將問卷剔除。第二，居住地或居港年限不符合要求。由於語言形成於幼年，語言使用、語言態度受當時當地語言政策影響，與居住地有較大關係。香港長期有來自內地的移民，如移民成長於閩語區，成年後才居港，且居港年限很短，並無法真實反映香港閩籍人士的語言態度，此類問卷也須剔除。

第二部分是問卷的主體，主要考察香港閩籍人士對閩南方言與其他三種語言：粵方言、普通話、英語的態度差別。我們選用了“好聽、親切、友善、權威、文雅、生動、有身份、精確、用處多、方便交流、容易學 / 説”十一項態度參數，讓調查者對比四種語言，根據自己的認識，在“完全反對、反對、不確定、同意、完全同意”五項態度中選擇合適者。這十一項參數的前六項：“好聽、親切、友善、權威、文雅、生動”為感性語言態度，與調查者自身的語言經歷相關，具有較大主觀性。後五項“有身份、精確、用處多、方便交流、容易學 / 説”則與四種語言的實用價值和社會地位相關，屬理性語言態度評價，受語言社會功用影響較大，具有一定客觀性。

3. 參數劃分

我們將上述調查問卷派發到香港閩籍同鄉組織和文化機構，隨機挑選閩籍人士做問卷調查，力求從隨機切面調查語言態度。經統計，本次調查收得有效問卷 119 份，包括福建閩南方言調查問卷 64 份，潮州閩南方言調查問卷 55 份。我們對所收集之有效問卷做量化統計，集中討論年齡、性別與語言態度之間的關係。在年齡段的劃分上，參與本次調查的人群年齡集中在 1940–2000 年間，我們以 1970 年為界[1]，將調查對象分為兩個層次。根據年齡與性別兩個角度，我們將調查問卷分為四類，分別為 1940–1969 年代男性、1940–1969 年代女性、1970–2000 年代男性、1970–2000 年代女性，以此為坐標考察福建、潮州兩個群體對閩南方言感性與理性的語言態度。

5.1.2　語言態度對比研究

調查問卷研究維度繁多，本文統計正面資料，即統計問卷中"完全同意"或"同意"閩南方言、粵方言、普通話、英語"好聽、親切、友善、權威、文雅、生動、有身份、精確、用處多、方便交流、容易學 / 說"之資料，以視調查對象對不同語言的態度差異。為了清晰考量上述態度參數，我們按照上文人群組別，把調查資料分類整理，先統計調查對象對四種語言十一項參數作"同意、完全同意"證明評價的比例，再把四種語言的資料對比分析，將依年齡和性別所分的四類人群調查資料畫成柱狀圖（詳見附錄二）。以上述參數作為基礎，本文考察不同年齡與性別人群對四種語言的態度，考察點包括：

第一，從調查參數出發，考察每項參數最獲肯定的語言。

第二，從調查語言出發，研究福建、潮州閩南方言最受肯定的特點。

第三，從調查對象出發，討論因年齡與性別差異而產生的語言態度區別。

第四，從調查態度出發，衡量感性語言態度與理性語言態度的參數異同。

第五，從調查結果出發，分析福建與潮州群體的語言態度差別。

1　二戰後香港經濟迅速發展，到 20 世紀 70 年代，香港的經濟水準與生活條件與之前年代相比，皆有較大進步，故本文以 1970 年為界劃分年齡層次。同時，1940 到 2000 年間，1970 年剛好是年齡中間點，故以 1970 年為斷代也符合年齡的二分中點。

1. 香港福建籍人士語言態度對比研究

依上文研究方法，我們將香港福建籍按年齡與性別區分的四組人群：1940–1969 年代男性、1940–1969 年代女性、1970–2000 年代男性、1970–2000 年代女性，將十一項參數中最受肯定的語言列出，四組資料對比如下表所示。

表 5-1 福建籍人士最獲肯定語言參數比較

	好聽	親切	友善	權威	文雅	生動	有身份	精確	用處多	方便交流	易學/說
40–69 男	普	閩	閩	普	普	閩	普	普	普	普	普
40–69 女	閩	閩	閩	普	普	閩	閩	閩普	普	閩	普
70–00 男	普	普	普	普	普	閩	英	閩粵普	英	普	普
70–00 女	普	閩	粵	普	普	粵普	普	粵普	粵普	普	普

參考“表 5-1”可知清晰見到十一項參數最獲肯定的語言以及閩南方言最受肯定的特點。從年齡因素出發，不同年齡段福建籍人群對四種語言的肯定態度尤為不同。出生於 40–69 年代人群對閩南方言的感性語言態度較肯定。從上述資料可清楚看到，在感性語言態度六項參數中，調查對象對閩南方言肯定的特點包括“好聽、親切、友善、生動”[1]。70–00 年代人群對閩南方言的肯定態度則明顯比 40–69 年代人群弱。此年齡段人群肯定閩南方言的感性語言態度參數僅有“親切、生動”，體現了對閩南方言的疏離感。同時，在理性語言態度上，40–69 年人群對閩南方言的肯定亦多於 70–00 年代人群。

從性別因素出發，福建閩籍女性群體要比男性群體更為肯定閩南方

1 由於此處作年齡因素比較，不考慮性別因素，故此處統計兩種性別的合集參數。下同。

言。由表 5-1 可見，在感性語言態度上，女性群體認為閩南方言具有“好聽、親切、友善、生動”特徵，男性群體僅認為閩南方言具有“親切、友善、生動”特徵。性別差異在理性語言態度上體現得更為明顯。在對閩南方言的社會功用評判上，女性群體認為說閩南方言有“有身份、精確、方便交流”特徵，男性群體則沒有在理性語言態度上肯定閩南方言。這反映了性別總體社會表徵的差異：男性群體有更多使用通語的交際需求，女性則有更多與家庭相關的語言需求。

總體來看，福建閩籍人士對閩南方言的感性語言態度比理性語言態度更正面，且語言態度與年齡呈比例分佈，年齡越大，語言態度越正面。同時，女性群體對閩南方言的語言態度比男性更為正面，對閩南方言的情感更深。

2. 香港潮籍人士語言態度對比研究

按照上文研究福建閩南方言的方式，我們也將香港潮州籍人群分為 1940–1969 年代男性、1940–1969 年代女性、1970–2000 年代男性、1970–2000 年代女性，分別統計各項參數在不同語言的認可程度，畫出柱狀圖，並根據柱狀圖的資料分佈，統計最獲肯定的語言，列於表 5-2。

表 5-2　潮籍人士最獲肯定語言參數比較

	好聽	親切	友善	權威	文雅	生動	有身份	精確	用處多	方便交流	易學 / 説
40–69 男	普	潮	潮	英	普	潮	英	粵英	英	英	普
40–69 女	普	潮	潮	英	普	潮	英	粵	粵普英	粵	粵
70–00 男	普	潮	普	英	普英	潮粵	粵英	潮	普英	普英	普
70–00 女	普	潮	普	普	普英	粵普	英	普英	普英	普	粵普

表 5-2 展現潮籍人士對潮州方言的語言態度。從年齡因素考察，

40–69 年代人群對潮州方言的語言態度更為正面。在感性語言態度參數中，40–69 年代人群認為潮州方言具有“親切、友善、生動”特徵，而 70–00 年代人群僅認為潮州方言“親切、生動”，且“生動”特徵與粵方言不相伯仲。而由於潮州方言在香港社會的功用不大，兩個年齡層對潮州方言的理性語言態度皆較負面，僅有 70–00 年代人群認為潮州方言表達“精確”，無其他理性語言態度的肯定。

從性別因素出發，與福建籍人士有別，潮籍人士兩性語言態度差異度不及福建籍人士。同時，調查展現的是男性比女性更為肯定潮州方言的模式。特別是 70–00 年代人士，男性群體感性上認為潮州方言“親切、生動”，理性上認為潮州方言表達“精確”，這些特徵皆不為女性人群所肯定。

總體來説，潮籍人士對潮州方言的感性態度要比其理性態度正面。同時，其語言態度亦與年齡因素相關，隨年齡遞減，正面語言態度亦遞減。而男性群體比女性群體對潮州方言的態度更為正面，這明顯異於福建群體的語言態度特徵。

3. 福建與潮州群體的語言態度差別

由上文的分析可見，福建籍人士與潮州籍人士對閩南方言的語言態度展現同中有異的模式。其共同點有二，第一，年齡與語言態度的正比例關係：即兩個群體皆展現隨年齡遞減，正面語言態度遞減的趨勢。第二，兩個群體皆展現了感性語言態度比理性語言態度正面的趨勢，這種趨勢明顯與閩南方言在香港社會實用價值較弱的特點相關。而在性別因素的考察上，福建與潮州人群對閩南方言的態度則具有差異。福建群體展現女性人群語言態度更正面的特點，潮州群體則展現男性人群更正面的趨勢。我們綜合八組人群語言態度參數，根據柱狀圖資料，將年齡與性別因素同時納入計算範疇，考察福建與潮州籍人群的正面語言態度，以示福建與潮州群體的語言態度差別。兩個群體的語言態度趨勢如圖一所示。

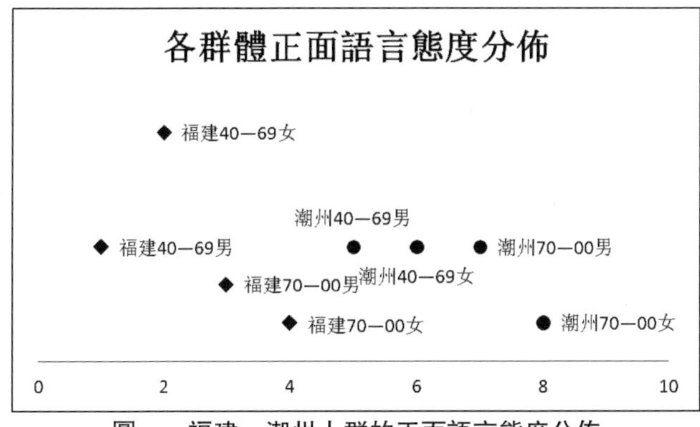

圖一　福建、潮州人群的正面語言態度分佈

圖一散點置於圖表較高位置者，表示該群體正面語言態度比例較高。由此可知，綜合年齡、性別與區域因素，在對閩南方言的正面語言態度分佈上，福建群體稍高於潮州群體，且福建群體的正面語言態度分佈與性別、年齡因素關係皆相當密切，基本由年齡、性別因素制約呈現遞減曲線分佈。潮州群體的正面語言態度分佈則較為集中，年齡、性別因素的制約力不及福建群體，顯示了群體內部相對一致的語言態度，這種態度更受制於非年齡、性別因素。

5.1.3　結語

本文以年齡、性別作為考察因素，選取香港福建、潮州籍人士作為調查對象，比較閩南方言、粵方言、普通話、英語在各個群體中的語言態度差異，分析不同群體的感性、理性語言態度。本文的調查者由同鄉組織與文化機構隨機選取，是為隨機人群切面研究，有一定客觀性。同時，我們承認，語言態度除了與年齡、性別因素相關，也與調查者的文化程度、家庭背景、工作環境等因素相關。這些因素可在以後進一步調查中不斷細化。

5.2 兩代潮陽方言的比較

由上述語言態度研究結果可見，不同年齡與性別的人群對香港閩南方言持不同態度。為了進一步驗證年齡因素在香港閩南方言中的表現與作用，本章選取兩位長居香港的潮陽籍母女，規避性別與其他因素，考察香港潮陽方言的年代差異。同時，因在潮汕當地，潮陽方言與潮汕三大中心城市潮州、汕頭、揭陽方言存在差異，遠離本土的香港潮陽方言亦應有方言區域差異的表現，故本書在比較兩代潮陽方言區別的同時，考量潮陽司馬浦大布方言與潮汕中心城市方言的差異，以視香港潮陽方言的時空表現。

本章討論音系的發音人有二，一為第二章香港潮陽方言音系的發音人連女士，她是出生於潮陽地區，青年時期來港的第一代潮陽人；二為出生並成長於香港的第二代潮陽人吳女士。吳女士出生於 20 世紀 60 年代，幼年在受教育前完全講潮陽話，父母為汕頭潮陽（今潮南區）司馬浦大布人士，母親即為第一代潮陽發音人連女士。據吳女士回憶，由於幼年家庭語言為潮陽方言，剛上學時，校方以為她為剛到港的移民。吳女士受教育期間以及成年後都以粵語為主要使用語言。因其父母來港多年，已熟悉粵語，吳女士現在即便與父母會話，也是粵語參雜潮陽話，且以粵語為主。

就總體發音而言，連女士保持較地道的閩語發音與詞句，吳女士的發音則明顯帶粵語特徵。調查發現，諸多與文化相關的字詞吳女士無法識讀，有的文化類字詞她則直接沿用粵語讀音。同時，較之連女士，吳女士的潮陽音系文白異讀表現更少。根據吳女士的表述，很多字詞對於她而言，是一種童年生活存留，須提示才能朗讀。

以下我們從聲母、韻母、聲調的角度觀察兩代潮陽方言的異同，同時考察潮陽司馬浦大布方言與粵東地區其他閩南方言的差異。

5.2.1　兩代潮陽方言的聲母比較

從聲母數量來看，兩代潮陽方言的聲母並沒有差異，皆為二十二個。而具體的字音聲母分佈，兩代潮陽方言則具差異。同時，香港潮陽方言的二十二聲母，與粵東地區主流的“十八音”聲母系統亦存在差異。粵東閩語諸多方言，如潮州、汕頭、揭陽方言，皆只有十八個聲母，即慣常所說的潮州十八音。香港潮陽方言聲母則以韻母特徵為條件派生出了新的聲母 pf、pfh、bv，同時因與粵語接觸，又增生了聲母 f，故有二十二個聲母。

對比潮州、汕頭、揭陽等粵東閩南方言十八個聲母可知，香港潮陽司馬浦大布方言多了 f、pf、pfh、bv 四個聲母。從來源上看，這四個聲母可分為兩類，一為借自粵語的 f，二為唇音聲母 p、ph、b 以韻母為特徵派生而來的唇齒音聲母 pf、pfh、bv。以下分別考究兩類聲母的形成。

首先，f 聲母來源於與粵語的接觸，是粵語聲母借用的結果，可以說是一個外源聲母。香港潮陽方言新生的 f 聲母，在潮州、汕頭、揭陽等粵東閩語中一般讀 h 聲母，香港潮陽方言這種外來的 f 聲母的主要源於以下兩種情況。第一，f 聲母直接借用粵語，如第二代潮陽方言“貨、呼、符、扶、腐、非、浮、婦、凡、範、范、反、販、訪、覆”各字，在粵語中讀 f 聲母，發音人直接沿用粵語聲母讀音。第二，f 聲母不是直接借入粵語，但以粵語讀音為基礎調整所得。調查所錄得的第二代潮陽方言中“和、禾、禍、回”各字，在粵語中並不讀 f，而讀帶有摩擦性質的零聲母。這種粵語的零聲母字為發音人所改造，摩擦色彩增強，生成新的唇齒擦音 f。與第二代潮陽方言有諸多 f 聲母讀音不同，香港第一代潮陽方言音系中，讀 f 聲母的例子稀少，僅有“悲、煩、忽”三字。由此可見，第一代潮陽方言受粵語的影響遠少於第二代。

從演變規則上講，粵東其他地區方言的 h 在兩代香港潮陽方言中演變的 f，所有參與演變的音節皆帶有 u 元音，u 或直接作為韻母主元音，或作為韻母介音，即，香港潮陽方言 f 聲母的生成規則可以寫成：h > f / #_u，粵東其他地區閩語的 h 聲母因與粵語接觸，以 u 元音為條件，實現了 h 向 f 的轉變。

第二，聲母 pf、pfh、bv 的形成主要是唇音聲母 p、ph、b 演變的結果。兩代香港潮陽方言 pf、pfh、bv 聲母音節，來源於中古唇音字，無一例外。這種現象與之前學者所發現的唇齒塞擦音現象相呼應，成為雙唇塞音向唇齒塞擦音轉變的又一論證。同時，雙唇塞音向唇齒塞擦音轉變亦以元音 u 為條件，即 pf、pfh、bv 聲母到生成規則可分別寫成：

p >pf / #_u

ph >pfh/ #_u

b >bv / #_u

元音 u 是雙唇塞音向唇齒塞擦音轉變的語音條件，這種條件具有發音生理學特點："雙唇音的唇齒化與其後的 u 息息相關，雙唇音後緊接著是一個舌面後高的圓唇音，舌位在向後迅速回收時會影響前面雙唇形狀，使聲母出現唇齒化趨向"[1]，可為漢語史上重唇音向輕唇音發展的重要證據。

兩代香港潮陽方言除了上述四聲母展現同種有異的讀音格局之外，其他聲母則展現時代的差異。這種差異包括：

第一，第二代香港潮陽方言中，n、l 聲母具有相混的趨勢。在第一代香港潮陽閩南方言中，n、l 聲母因不同的音系搭配規則而並行不悖，並不混淆。但在第二代香港潮陽方言的調查中，n、l 聲母的音系搭配規則出現混亂，n、l 在音值上出現混淆，如"泥"字讀 l 聲母，"鱗、零"讀 n 聲母。"老、廉、練"各字的聲母音色介於 n 與 l，顯示了 n、l 聲母，即傳統所説的泥來母的分混與變化。這種分混不見於第一代香港潮陽方言，是第二代方言的後起演變結果。

第二，第二代香港潮陽方言 t、th 與 ts、tsh 聲母分佈亦異於第一代潮陽方言。如"展"讀 ts，"超"讀 tsh，不同於第一代潮陽方言（"展"讀 t，"超"讀 th），亦與粵東閩語其他方言點，如潮州、汕頭等地不同。

第三，dz、g 聲母的差異。第二代香港潮陽方言中 dz、g 聲母字要

1　參張維佳，1998，《從關中方言看中古輕唇音產生的語音機制》，載《陝西教育學院學報》3：61。

少於第一代。如“仁、韌、日、嚷”各字，讀 ts 聲母，並不讀 dz 聲母。“牛”讀 k 聲母，並不讀 g 聲母，顯示濁音聲母的清音化趨勢。

第四，鼻音聲母與塞音聲母的差別。包括潮陽方言在內的粵東閩南方言鼻音聲母 m、n、ŋ 因去鼻化現象而與聲母 b、l、g 分混。這種分混現象在第二代潮陽方言中表現得比較特別。第二代潮陽方言去鼻化音變並不明顯，其中“無、買、賣、木”讀 m 聲母，“吳、玉”讀 ŋ 聲母。第一代潮陽方言中讀 b、l、g 聲母的音節，在第二代閩南方言常帶有鼻音色彩。這種“鼻音聲母回歸”現象，與粵語的影響密切相關。

第五，零聲母字數量的差別。第二代香港閩南方言音系中“危、熬、堯、柔、染、嚴、任、然、研、原、源、願、忍、允、茸、辱、滿、抹、襪、物”各字皆讀零聲母。這些字在第一代潮陽方言中並非零聲母音節，而在粵語中則多讀零聲母（除了“抹、襪、物”）。可見，第二代香港潮陽方言音系深受粵語影響，直接借用粵語的聲母對閩語進行改造，形成了獨特的零聲母字群。

5.2.2　兩代潮陽方言的韻母比較

同於其他閩南方言，香港潮陽方言亦有極為複雜的韻母系統。本書調查的第二代香港潮陽方言發音人因長期不頻繁使用潮陽方言，在音節朗讀中常出現“忘音”現象。很多韻母正是出現在被發音人遺忘的音節中，因此兩代潮陽方言的韻母區別，首先表現為第二代潮陽方言韻母數量要少於第一代潮陽方言。同時，因“忘音”現象的存在，第二代香港潮陽方言的韻母轄字數量，亦遠少於第一代潮陽方言。第三，第二代香港潮陽方言韻母受粵語的影響程度，則遠大於第一代潮陽方言。在調查中發現，由於第二代潮陽方言發音人長期使用粵語，單字的閩語讀音也常帶上粵語特徵，如粵語的韻母特徵 œy、yek，也可出現在第二代潮陽方言發音人的音系中。總體而言，第一代香港潮陽方言韻母保持著較為地道的潮陽特色，第二代香港潮陽方言則是一個奇特的夾粵語閩南方言。具體來說，兩代香港閩南方言韻母特徵上有以下區別。

第一，第二代香港潮陽方言音系中入聲韻母出現舒聲化趨勢，如“恰”讀為 ha53，“括”讀為 khua53，入聲韻尾經已丟失。這種舒化趨勢並未出現在第一代香港潮陽方言，屬兩代方言的差異。

第二，第二代香港潮陽方言鼻化元音的鼻化度遠低於第一代及其他粵東閩南方言。第二代香港潮陽方言音系中的“鼻化元音”常處於鼻化與不鼻化之間。在粵東閩南方言中常讀為鼻化元音的“第、齊、鼻、椅、稚、以、已、櫃、記、幼、虎、愛、圓”各字中，第一代香港潮陽方言讀鼻化元音的音節有“鼻、椅、稚、以、已、幼、虎、愛、圓”，第二代香港潮陽方言除了“虎、愛、圓”讀音處於鼻化與不鼻化之間外，其他各字全部不讀鼻化元音。如讓發音人將“虎、愛、圓”多讀幾次，則時有鼻化，時有不鼻化。第二代香港潮陽方言的這種鼻化特色，顯示了鼻化元音的弱化與不穩定性，亦有別於第一代潮陽方言及粵東其他區域閩南方言。

第三，第一代香港潮陽方言與其他區域的粵東閩南方言一致，保留 -p、-k、-ʔ 韻尾。第二代方言的韻尾 -p、-k 則常帶有演變趨勢。-p 韻尾發生 -p 到 -ʔ 的演變，如“答”讀 taʔ21，-p 韻尾消失。-k 韻尾則有兩種變化的模式，一為 -k、-t 相混，即韻尾常處於 -t、-k 之間，如“筆、密、術”等字，韻尾帶有 -t 色彩。這種韻尾的混淆與粵語影響相關，“筆、密、術”三字在粵語中皆讀為 -t 韻尾音節。二為 -k 與 -ʔ 相混。如“擦、粵、屈、握、墨”各字，讀 -ʔ 韻尾音節，顯示了 -k 韻尾的演變。

第四，第二代香港潮陽方言音系中鼻音韻尾 -ŋ 有類同 -n 的趨勢。第一代潮陽方言及今天粵東其他地區閩語讀 -ŋ 韻尾的音節，在第二代潮陽方言中介於 -n 與 -ŋ 之間的讀音色彩非常明顯，如“溫、文”等字，聽感上更像 un，而非 uŋ，顯示了韻尾的界限模糊。

第五，第二代香港潮陽方言深受粵語影響，某些韻母出現，與第一代潮陽方言明顯有別，卻與粵語趨同的讀音。如“棗”讀 tsɔu、“鬥”讀 tau，明顯有粵語影響的痕跡。粵語影響亦讓第二代潮陽方言的 iɔ 類韻母有圓唇化趨勢。如“錶、笑、蕉”的韻母，極為類似 yɔ。

此外，兩代潮陽方言的 ŋ 類音節保持程度要比潮州、汕頭等地閩南方言更好。在韻母系統中，基本沒有從 ŋ 到 ɯŋ 的裂化音變。聽感上鼻音色彩更重。這種特徵在兩代香港潮陽方言中並不具顯著差異，但顯示了潮陽方言與潮州、汕頭等地粵東閩南方言的差別。

5.2.3　兩代潮陽方言的聲調比較

從單字調的調類與調值角度比較，兩代香港潮陽方言的聲調沒有差異，調值與調類都極為一致。然而，從字調調查角度看，第一代香港潮陽方言聲調系統穩定有序，而第二代潮陽方言發音人的聲調常有把握並不準確的現象出現：如將詞彙中的變調當成單字調，且這種現象已形成固有認知，在發音中無法更改；又如聲調受到粵語影響而直接套用粵語聲調，或根據粵語調值改造閩語聲調，從而形成聲調歸類的混亂。

同時，相比其他區域的粵東閩南方言，兩代香港潮陽方言調類具有合併性質。粵東閩南方言的單字調系統有"八調"與"七調"之分，粵東中心城市如汕頭、潮州、揭陽、海豐等，皆持"八調"系統。較之"八調"系統的粵東閩南方言，香港潮陽方言在陰平、陽平、陰上、陽去、陰入、陽入調的讀音分佈與轄字上與之一致，而其他"八調"系統粵東閩語的陽上、陰去調則不見於兩代香港潮陽方言。其他粵東閩南方言的陽上調多併入陰上調，全濁聲母字陽上調則併入陽去調。陰去調則全部併入陰上調，形成了相對簡化的聲調格局。因此，從調值的角度看，兩代香港潮陽方言聲調只有六種，即：

陰平 33、陽平 55、上聲（陰上）53、去聲（陽去）21、陰入 $\underline{11}$、陽入 $\underline{51}$

比較粵東潮州、汕頭地區閩南方言，兩代香港潮陽方言的聲調歸併可如下表所示。

表 5-3 兩代香港潮陽方言的聲調格局

潮州等地調類	陰平 33	陽平 55	陰上 53	陰去 213	陽上 35	陽去 21	陰入 11	陽入 51
潮陽調值	陰平 33	陽平 55	上聲 53			去聲 21	陰入 11	陽入 51

需要指出的是，兩代潮陽方言聲調體系也受粵語影響，且第二代方言受粵語影響更明顯。如上述我們總結兩代香港潮陽方言並無“陽上”調，然第一代發音人也出現“醜、瓦、韻”讀 35 現象，然“醜”讀 tshau35，“瓦”讀 ŋã35，“韻”讀 uaŋ35 顯然具有濃厚粵語特徵。第二代發音人直接借用粵語的現象則極為普遍。諸多字音須經我們的提示方可回歸閩語調值，有些字音即便經提示亦無法回歸。

5.2.4 兩代香港潮陽方言音系總體比較

對於第二代香港潮籍人士而言，閩南方言或為家庭語言，或只是童年時的家庭語言（現在即便在家也已改用粵語），因此其閩南方言溝通能力遠不及第一代香港潮籍人士。也因此，對字詞的把握具有簡化和粵語化特徵。其中，簡化主要表現在閩南方言異讀的大量減少，粵語化則表現在諸多字音出現閩語音模糊，與粵語音混淆。

先看異讀簡化現象。異讀現象豐富是粵東閩南方言乃至整個閩南方言系統非常突出的特點。相比本土的粵東閩南方言，兩代香港潮陽方言的異讀現象皆有簡化的趨勢。具體到兩代香港潮陽方言的比較，第二代潮陽方言異讀消失現象更為嚴重。在此次第二代香港潮陽方言音系調查中，發音人極少有異讀的現象，多數字只有一種讀音，能找到的異讀現象僅有以下各字：“麻、樹、開、挨、替、寄、起、私、指、流、浮、淋、天、結、還、川、作、生、平、聖、成、青、醒、冬、膿、宮、重、湧”。這在調查的 3248 字中所佔比例極低，比本土粵東閩語亦更低。

同時，第二代潮陽方言與第一代潮陽方言，乃至本土粵東閩南方言在異讀特點上亦有區別。第一代香港潮陽方言、其他粵東閩南方言的異讀除了訓讀、別義異讀之外，多數為文白異讀現象。而第二代香港潮陽方言的異讀，除了上述現象之外，還多了因發音人對閩語與粵語認知混亂所致的異讀。以“騎、浮”二字為例。“騎”字在詞彙“輕騎”和“騎馬”中，發音人的讀音分佈為 khi55 和 khɛ55，兩個讀音皆不同於粵東閩語普遍讀音 khia55，且其中白讀音 khɛ55，明顯為粵語借入讀音。“浮”在詞彙“輕浮”和“浮起來”中分別讀為 fau21 和 pfhu55，其中文讀音 fau21 也明顯具有粵語色彩。可見第二代香港潮陽方言異讀的類型並非本土粵東閩語異讀類型所能全部企及。對其異讀現象的解釋，除了以傳統的文白異讀方式考察，還須從粵語與閩語在香港的深度接觸角度剖析。

兩代香港潮陽方言差異的第二個顯著特點是第二代潮陽方言沿用粵語音現象極為嚴重。在調查中我們經常發現發音人分不清粵語與閩語的界限，時常以粵語音讀閩語字。調查伊始我們以為這是錯讀的緣故，常加以提示。但提示的效果不佳，多數的提示並不能讓發音人回歸字音的閩語讀法，反而會讓發音人產生疑惑與混亂，以致調查無法順利進行。因此，後來的調查我們儘量讓發音人以最自然的方式發音。如果發現發音人用粵語讀音朗讀，我們會稍作提醒，但發音人認為讀音沒問題，我們便直接記錄，不再加以詮釋和懷疑。基於此，我們錄得一批粵語化的閩語讀音近四百個，這些讀音可分為四類：第一，完全以粵語音，包括聲母、韻母、聲調代替閩語讀音音節，如“聚”讀 tsœy21，完全是粵語的讀音；第二，以粵語中聲母、韻母、聲調中的兩類代替閩語讀音，如“眉”讀 mɛi55，借用粵語的聲母與韻母；第三，以粵語中聲母、韻母、聲調中的一類代替閩語讀音，如“條”讀 thiau55，其聲母送氣成分明顯來源於粵語的送氣聲母 th；第四，不直接借用粵語讀音，但以粵語讀音為基礎，進行類推或創新的讀音，如“聯”讀 luaŋ55，其介音 u 與粵語的 y 介音不無關係。

5.2.5　結語

由上述的分析可知，兩代香港潮陽方言在聲韻調及整體音系特點上皆有年代差異。由於我們已最大程度規避了性別及其他因素的影響（兩位發音人為母女關係），因此這種差異可較大程度反映年代差別。總體而言，兩代香港潮陽方言在音系上的種種差別，皆與潮陽方言與香港粵語接觸相關。第二代香港潮陽方言音系是一個高度粵語化的閩語音系，這種音系形成與發音人長期生活於粵語區，使用粵語，以及其閩語使用頻率不高直接相關。發音人這種幼年習得閩語，成年後閩語使用率較低的現象在香港第二代閩籍人士中具有代表性。香港潮陽方言與粵語的長期接觸，與本土閩語長期分離，讓香港第二代閩籍人士的方言使用與第一代潮陽方言、本土閩南方言漸行漸遠。這種剝離與傳承、平行與接觸的錯綜複雜的關係，對泉州、海豐及其他語用背景相似的方言，具有類型意義。

本章附錄一：本文調查問卷

背景：

您的出生年月或年代請填年月或在以下年代選擇：年月（　　　　）

1920–1930（　）/1930–1940（　）/1940–1950（　）/

1950–1960（　）/1960–1970（　）/1970–1980（　）/

1980–1990（　）/1990–2000（　）請在您的出生年代後打“√”

性別：（　）　　籍貫請儘量具體到區 / 鄉鎮：（　　　　）

現居住香港區域：（　　　　）　　文化程度 / 學歷：（　　　　）

職業：（　　　　）　　出生地：（　　　　）

居港年限：（　　年）　　母語：（　　　　）

家庭語言：（　　　　）　　最常用語言：（　　　　）

您父親的職業：（　　　　）　　文化程度：（　　　　）

最常用語言：（　　　　）　　您母親的職業：（　　　　）

文化程度：（　　　　）　　最常用語言：（　　　　）

請在認為正確的格中打「√」

		好聽	親切	友善	權威	文雅	生動	有身份	精確	用處多	方便交流	容易學/說
閩南話	完全反對											
	反對											
	不確定											
	同意											
	完全同意											
粵語	完全反對											
	反對											
	不確定											
	同意											
	完全同意											
普通話	完全反對											
	反對											
	不確定											
	同意											
	完全同意											
英文	完全反對											
	反對											
	不確定											
	同意											
	完全同意											

本章附錄二：各群體十一項語言態度參數柱狀圖

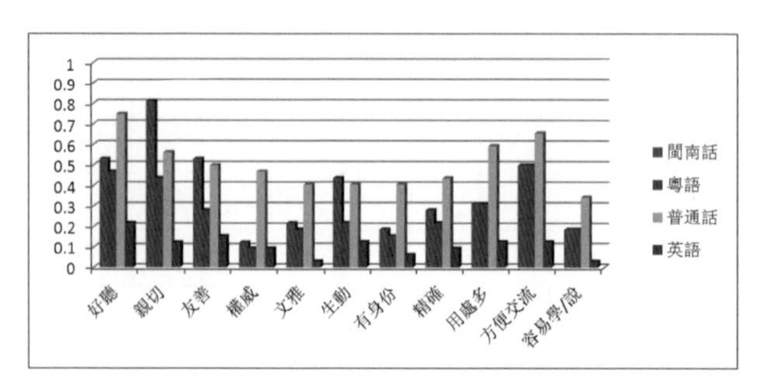

圖二　1940–1969 年代福建籍男性語言態度比較圖

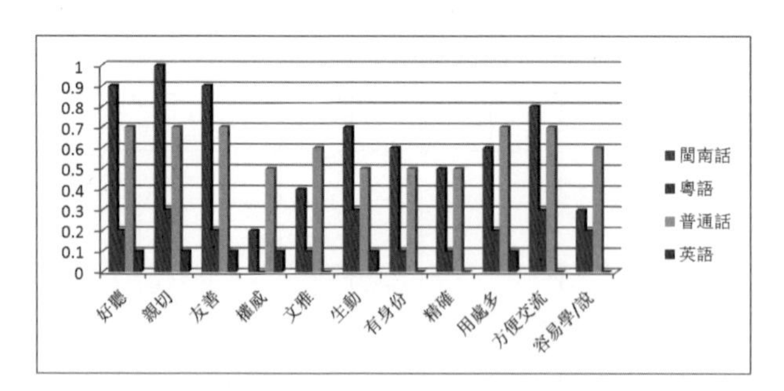

圖三　1940–1969 年代福建籍女性語言態度比較圖

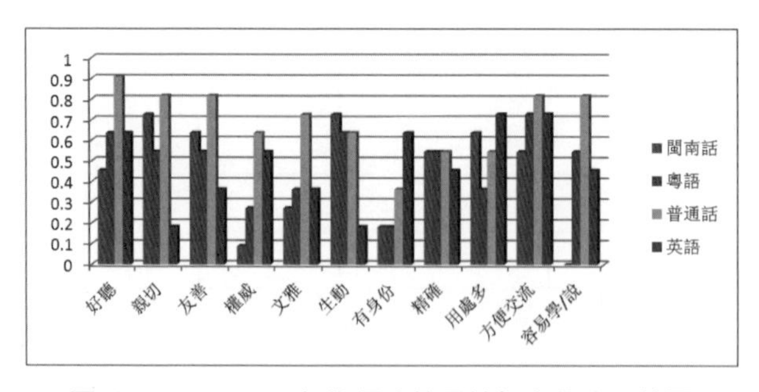

圖四　1970–2000 年代福建籍男性語言態度比較圖

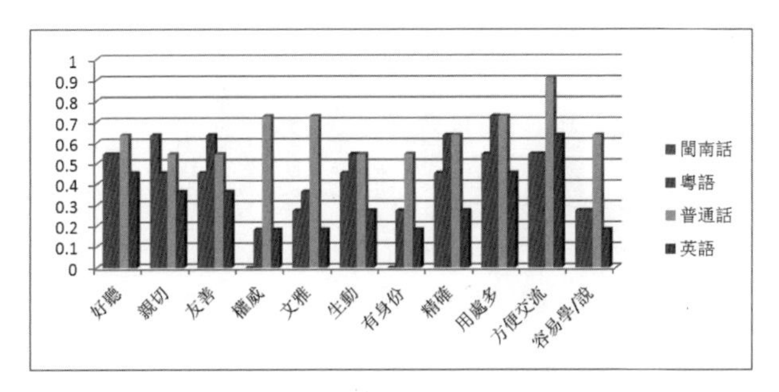

圖五　1970–2000 年代福建籍女性語言態度比較圖

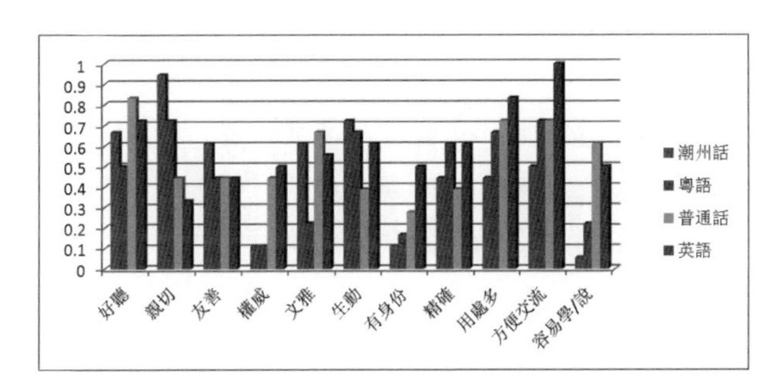

圖六　1940–1969 年代潮州籍男性語言態度比較圖

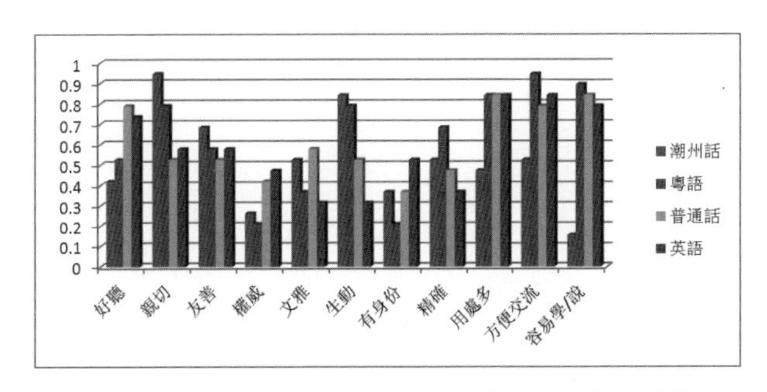

圖七　1940–1969 年代潮州籍女性語言態度比較圖

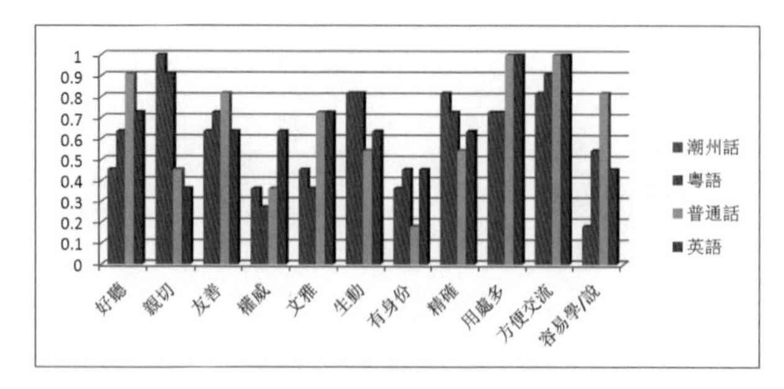

圖八 1970–2000 年代潮州籍男性語言態度比較圖

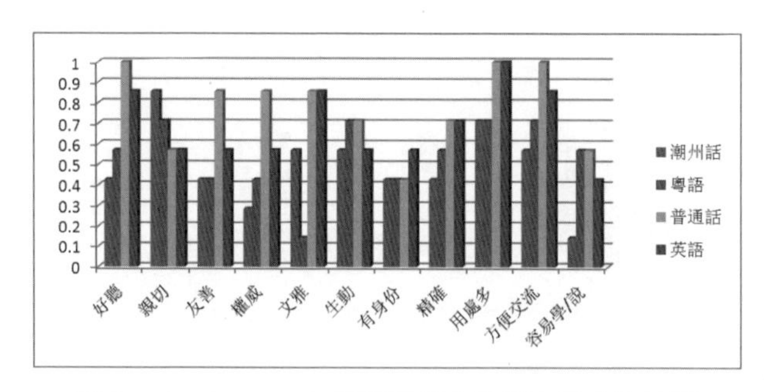

圖九 1970–2000 年代潮州籍女性語言態度比較圖

第六章　結論

語言的演變具有必然性，人力無法阻止。而每一種語言資源皆有其存在的價值與意義。從文教層面上說，語言是文化的承載及民系的標籤；從科學意義上講，語言的多樣性有如生物的多樣性，是多元世界有機構成元素。不同城市、不同地區的差異，必然包括區域語言、方言的差異。然而在城市化進程迅猛的今天，諸多非主流的語言、方言正逐步被主流語言替代。語言資源的流失，是社會發展的衍生物，雖令人唏噓，卻不能倖免。因此，把握當下，記錄和研究現有語言，是生態語言學之使命。

本書基於挖掘香港地區閩南方言的理念，將目前仍存於香港社會的泉州方言、潮陽方言、海豐方言加以記錄，並把十五年前仍存於香港社會，今已消失殆盡的元洲仔閩南方言納入研究範疇，對香港閩南方言的生態現狀作一次梳理與描繪。本書運用的研究方法主要為方言學與社會語言學方法，首先細緻描寫泉州、潮陽、海豐、元洲仔方言的音系，製作同音字彙，並比較了四種閩南方言的異讀層次差異。這部分內容是對語言事實最為直觀的記錄，可為往後研究提供詳盡資料參考。其次從詞彙角度描寫四種閩南方言，分析閩南方言詞彙的內部差異，並考察其與粵語、通語的接觸關係，提供四種方言詞彙信息的同時，展開詞彙比較研究，對香港閩南方言詞彙的現狀與發展作科學統計與預測。最後以社會語言學的考察方法剖析香港閩籍人士對閩南方言的語言態度，並以“兩代潮陽方言”為研究個案，從年代因素觀察香港潮陽方言的變化發展。

客觀存在於人類社會的各種語言現象具有諸多共性。香港閩南方言屬於大都市背景下的非主流方言，其語用環境與今天世界其他都市的非主流方言具有一致性。香港閩南方言之音系規則變化、詞彙接觸發展、人群語言態度、年代語言更替的種種端倪，可為與其在語用環境上具有相似性的其他方言提供類型參考。

參考文獻

北京大學中國語言文學系語言學教研室主編，2003，《漢語方音字彙（第二版重排本）》，北京：語文出版社。

蔡俊明編著，1976，《潮語詞典》，台北：三民書局。

蔡俊明、張雙慶主編，1991，《潮州方言詞彙》，香港：中文大學吳多泰中國語文究中心。

《潮州市志》編輯部，1992，《潮州市志》，廣州：廣東人民出版社。

陳松岑，1999，《新加坡華人的語言態度及其對語言能力和語言使用的影響》，《語言教學與研究》1。

李如龍，1996[1993]，《論閩方言的文白異讀》，李如龍著，《方言與音韻論集》，頁 52-71，香港：香港中文大學中國文化研究所吳多泰中國語文研究中心。

李如龍，2002，《漢語方言特徵詞研究》，廈門：廈門大學出版社。

李如龍，2005，《閩語的“囝”及其語法化》，《南開語言學刊》，天津：南開大學出版社。

李新魁，1987，《廣東閩方言形成的歷史過程（一）》，《廣東社會科學》3，廣州：廣東社科院。

李新魁，1987，《廣東閩方言形成的歷史過程（二）》，《廣東社會科學》4，廣州：廣東社科院。

李永明，1959，《潮州方言》，北京：中華書局。

廖迪生等主編，2008，《大埔傳統與文物》，香港：大埔區議會。

林連通，1993，《泉州市方言志》，北京：社會科學文獻出版社。

林倫倫，1996，《澄海方言研究》，汕頭：汕頭大學出版社。

林倫倫，陳小楓，1996，《廣東閩方言語音研究》，汕頭：汕頭大學出版社。

羅常培，1956[1930]，《廈門音系》，北京：科學出版社。

潘家懿，1991，《海丰福佬話文白异讀研究》，《山西師大學報》3，臨汾：山西師範大學。

潘家懿，2009，《潮汕方言存在齒唇音聲母》，《中國語文》1，北京：中國社會科學院語言研究所。

潘家懿，2009，《粵東閩語的內部差異與方言片劃分的再認識》，《語文研究》3，太原 : 山西社科院。

王福堂，2003，《漢語方言語音中的層次》，《語言學論叢》27，北京：商務印書館。

王福堂，2006，《文白異讀中讀書音的幾個問題》，《語言學論叢》32，北京：商務印書館。

王福堂，2009，《文白異讀和層次區分》，《語言研究》1，武漢：華中科大出版社。

王洪君，2006，《文白异讀、音韻層次与歷史語言學》，《北京大學學報》2，北京：北京大學。

王洪君，2007，《文白雜配與析層擬測》，何大安等主編，《山高水長：丁邦新先生七秩壽慶論文集》，台北：中研院語言所。

王洪君，2010，《層次與斷階——疊置式音變與擴散式音變的交叉與區別》，《中國語文》4，北京：中國社會科學院語言研究所。

王洪君，2014，《歷史語言學方法論與漢語方言音韻史個案研究》，北京：商務印書館。

徐通鏘，2008[1991]，《歷史語言學》，北京：商務印書館。

徐馥瓊，2010，《粵東閩語語音研究》，廣州：中山大學博士學位論文。

徐馥瓊，2012，《粵東閩語甲子方言重唇合口字的輕唇化》，載《中國語文》2，北京：中國社會科學院語言研究所。

徐睿淵，2008，《廈門方言一百多年來語音系統和詞彙系統的演變》，廈門：廈門大學博士論文。

徐宇航，2009，《潮州方言咸深二攝字音韻尾變化研究》，香港：香港中文大學中文系碩士論文。

徐宇航，2010，《年齡、區域因素對潮州方言咸深二攝韻尾變化的影響——基於SPSS 軟件線性回歸模型的建立》，《中國社會語言學》1，北京，高等教育出版社。

徐宇航，2010，《潮州方言咸、深攝韻尾［-m］→［-ŋ］、［-p］→［-k］的音變模式及其成因》，《中國語文研究》1，香港：香港中文大學吳多泰語文研究中心。

徐宇航，2012，《潮州方言一百多年來語音演變的研究》，香港：香港中文大學中文系博士論文。

徐宇航，2013，《十九世紀的潮州方言音系》，《香港中文大學中國文化研究所學報》57，香港：香港中文大學出版社。

許惠玲，2007，《潮州話揭陽方言語法研究》，《中國語言學報》（專刊），伯克利，加州大學。

楊秀芳，1982，《閩南語文白系統的研究》，台北：台灣大學中國文學研究所博士學位論文。

楊秀芳，2007，《論文白異讀》，丁邦新主編《歷史層次與方言研究》，上海：教育出版社。

余靄芹，1982，《遂溪方言裏的文白系統》，《歷史語言研究所集刊》53（2），台北：中研院史語所。

曾南逸，2013，《閩南方言 hiu 之本字考釋》，《語文研究》1，太原：山西省社科院。

曾南逸，2013，《泉廈方言音韻比較研究》，北京：北京大學博士學位論文。

曾南逸，2013，《論廈門、漳州、潮州方言魚韻字的讀音層次》，《語言學論叢》48，北京：商務印書館。

張光宇，2016，《閩客方言史稿》（增訂版），台北，五南圖書出版股份有限公司。

張振興，1992，《漳平方言研究》，北京：中國社會科學出版社。

張盛裕，1979，《潮陽方言的文白異讀》，《方言》4，北京：中國社科院語言研究所。

張盛裕，1979，《潮陽方言的連讀變調（上）》，《方言》2，北京：中國社科院語言研究所。

張盛裕，1980，《潮陽方言的連讀變調（下）》，《方言》2，北京：中國社科院語言研究所。

張盛裕，1981，《潮陽方言的語音系統》，《方言》1，北京：中國社科院語言研究所。

張盛裕，1982，《潮陽聲母與《廣韻》聲母的比較（一）》，《方言》1，北京：社科院語言研究所。

張盛裕，1982，《潮陽聲母與《廣韻》聲母的比較（二）》，《方言》1，北京：社科院語言研究所。

張盛裕，1982，《潮陽聲母與《廣韻》聲母的比較（三）》，《方言》3，北京：社科院語言研究所。

張盛裕，1984，《潮陽方言的訓讀字》，《方言》2，北京：中國社科院語言研究所。

張雙慶、莊初昇，2003，《香港新界方言》，香港：商務印書館。

張維佳，1998，《從關中方言看中古輕唇音產生的語音機制》，載《陝西教育學院學報》3 ，西安：陝西教育學報出版社。

張振興，1985，《閩語的分區》，《方言》3，北京：中國社會科學院語言研究所。

張振興，1989，《漳平（永福）方言的文白異讀》，《方言》3，北京：中國社會科學出版社。

張振興，2000，《閩語及其周邊方言》，《方言》1，北京：中國社會科學院語言研究所。

中嶋幹起，1979，《福建漢語方言基礎語彙集》，東京：東京外國語大學出版社。

周長楫，1981，《廈門話文白異讀構詞的兩種形式》，《中國語文》5，北京：社科院語言研究所。

周長楫，1983，《廈門話文白異讀的類型（上 / 下）》，《中國語文》5/6，北京：社科院語言研究所。

Labov, William. 1972. *Sociolinguistic Patterns.* Philadelphia: University of Pennsylvania Press.

Labov, William. 1975. *What is A Linguistic Fact.* Lisse: The Peter de Ridder Press.

Labov, William. 1980. *Locating Language in Time and Space.* Academic Press. INC.

Labov, William. 1994. *Principles of Lnguistic Change.* Volume 1: Internal Factors. Oxford: Blackwell.

參考項目及資料庫：

張雙慶，2002，香港政府研究資助局資助研究項目“中國五省及東南亞閩方言調查”（2002/03）。

關子尹，2014，“漢語多功能字庫”，香港：香港中文大學人文學科研究所人文電算研究中心。

後記

香港作為發展純熟的國際大都會，聚集了來自世界各地的不同人群，語言生態面貌豐富，接觸現象時有發生。因“兩文三語”政策的實施，香港以英文、中文（現代漢語）為書面語言，居民日常口語則以粵語為主流，另有英語、普通話及漢語其他方言並存。第一代移居香港的族群以其母語作為家庭語言，外出則使用粵語、英語。其後代則多以粵語為家庭語言，偶有使用父母輩的原方言。因與粵語的緊密接觸，各大族群所用方言，與原方言地存在差異。凡此種種，讓我們對香港漢語方言的生態面貌產生濃厚興趣。2014 年，得益於香港衞奕信勳爵文物信託基金的支持，我們以“閩南方言”為考察對象，調查香港居民中來自福建、廣東地區族群的閩語使用情況，並將調查結果彙集成書，以備考察。

是次調查以字音、詞彙為主，不過多修飾發音人音系、詞彙中的粵語元素，客觀展現香港地區閩南方言的整體概貌，並簡要比較第一代移民與其後代在閩語使用上的異同。在調查發音人的選擇上，為了規避因環境、階層等因素對語言演變的影響，我們選取了同一家庭母女兩代人作為研究對象，以個案研究的方式考察兩代人閩語使用的差異。同時，本書以專門的章節描寫閩南方言複雜的文白異讀現象，為層次研究提供語料基礎。在描寫之後的論述章節中，本書亦採用了簡單的量化方式，統計語言變化數據。整體而言，本書以展示與描寫語言調查結果為主，分析、論述為輔，主要目的為記錄二十一世紀初仍存留於香港社會的閩南方言。本書的前期構思與項目申請受助於業師張雙慶教授，調查過程則有賴於書中多位發音人的盡心協作，書稿出版獲單周堯教授、沈培教授、吳夏郎先生相助，北京大學出版社的杜若明先生、中華書局（香港）出版社的黎耀強先生及本書執事編輯的傾力支持讓本書得以順利出版，特此致謝。

書稿匆匆，定有疏漏，未盡之言，斟酌往後。

徐宇航

2020 年 3 月

鳴 謝

衞奕信勳爵文物信託資助

Supported by Lord Wilson Heritage Trust